A Faint Cold Fear Thrills Through My Veins
William Shakespeare

Zu diesem Buch

Mrs. Hathall haßt ihre Schwiegertochter Angela. Gleich ihre erste Begegnung endet im Streit, und Mrs. Hathall läuft wutentbrannt davon. Sie versteht auch überhaupt nicht, wieso ihr Sohn Robert seine erste Frau Eileen verlassen hat, um diese Schlampe zu heiraten.

Doch Robert liegt sehr daran, daß die beiden Frauen sich aussöhnen. Er lädt seine Mutter zu einem erholsamen Wochenende ein. Widerstrebend sagt Mrs. Hathall zu. Aber Angela erwartet sie nicht wie verabredet am Bahnhof, um sie abzuholen. Mit boshafter Genugtuung registriert Mrs. Hathall diese Unhöflichkeit. Und sie steht auch nicht an der Haustür, um den Besuch freudestrahlend zu empfangen. Ein weiterer Minuspunkt: Nicht einmal der Tisch für das Abendessen ist gedeckt. Mrs. Hathall triumphiert.

Doch Angela hat eine Entschuldigung. Sie liegt erdrosselt im Schlafzimmer.

In der Reihe rororo thriller liegen vor: Dämon hinter Spitzenstores (Nr. 2677), Durch das Tor zum himmlischen Frieden (Nr. 2684), Der Pakt (Nr. 2709), Flucht ist kein Entkommen (Nr. 2712), Die Masken der Mütter (Nr. 2723), Alles Liebe vom Tod (Nr. 2731), Die Grausamkeit der Raben (Nr. 2741), Der Tod fällt aus dem Rahmen (Nr. 2754), Die Verblendeten (Nr. 2763), Die neue Freundin (Nr. 2778), Mord ist ein schweres Erbe (Nr. 2789), In blinder Panik (Nr. 2798), Das geheime Haus des Todes (Nr. 2814), Der Liebe böser Engel (Nr. 2830), Mord am Polterabend (Nr. 2848), Die Tote im falschen Grab (Nr. 2874), Phantom in Rot (Nr. 2875), Schuld verjährt nicht (Nr. 2878) und Mord ist des Rätsels Lösung (Nr. 2899).

Ruth Rendell

Der Kuß der Schlange

Deutsch von
Ilse Bezzenberger

rororo
Rowohlt

rororo thriller
Herausgegeben von Bernd Jost

19.–28. Tausend Februar 1990

Ungekürzte Neuübersetzung
Veröffentlicht im Rowohlt Taschenbuch Verlag GmbH,
Reinbek bei Hamburg, Oktober 1989
Die Originalausgabe erschien bei Hutchinson & Co. Ltd., London,
unter dem Titel «Shake Hands for Ever»
Umschlagfoto Thomas Henning/Bettina Scheffler
Umschlagtypographie Peter Wippermann/Nina Rothfos

Satz Sabon (Linotron 202)
Gesamtherstellung Clausen & Bosse, Leck
Printed in Germany
880-ISBN 3 499 42934 9

Die Hauptpersonen

Mrs. Hathall (senior)	ist auf dem Kriegspfad
Robert Hathall	bereitet die Friedensverhandlungen vor
Angela Hathall	erfülllt die Bedingungen für einen Waffenstillstand
Eileen Hathall	pflegt ihren Haß
Ginge	spielt den Spion
Nancy Lake	verwirrt die Fronten
Morag Grey	wird vermißt
Mark Somerset	bildet die Nachhut
Chief Inspector Wexford	hat eine fixe Idee
Chief Superintendent Howard Fortune	läßt sich davon anstecken
Inspector Michael Burden	will seinen Chef zur Vernunft bringen
Chief Inspector Lovat	interessiert sich nur für Dachse

Meinen Tanten Jenny Waldorff, Laura Winfield,
Margot Richards und Phyllis Ridgway
in Liebe zugeeignet.

1

Die Frau, die in der Victoria Station unter der Tafel mit den Abfahrtszeiten stand, hatte einen platten, rechteckigen Körper und ein ebenso rechteckiges wie eisenhartes Gesicht. Ein ausgebeulter, hellbrauner Filzhut umschloß ihren Kopf wie eine Walnußschale, ihre Hände steckten in hellbraunen Baumwollhandschuhen, und zu ihren Füßen stand ein robuster, aber kaum benutzter Lederkoffer, den sie vor fünfundvierzig Jahren auf ihre Hochzeitsreise mitgenommen hatte. Ihre Augen suchten den vorbeihastenden Strom der Berufspendler ab, und ihr Mund wurde immer verkniffener, bis die Lippen einer haardünnen Spalte glichen.

Sie wartete auf ihren Sohn. Er hatte sich bereits eine Minute verspätet, und seine Unpünktlichkeit bereitete ihr wachsende Befriedigung. Sie war sich dieser heimlichen Freude kaum bewußt, und hätte man sie ihr vorgeworfen, so hätte sie sie abgestritten, genauso, wie sie abgestritten hätte, daß anderer Leute Fehlschläge und Versagen in ihr stets Vergnügen auslösten. Aber es war da, ein undefinierbares Wohlbehagen, das allerdings bei Roberts plötzlichem, hastigen Erscheinen ebenso rasch verschwand, wie es sich eingestellt hatte, und ihrer üblichen schlechten Laune Platz machte. Er war immerhin noch so pünktlich, daß jede Bemerkung über eine Verspätung absurd geklungen hätte. Also begnügte sie sich damit, seinen Lippen die ledrige Wange hinzuhalten und zu sagen:

«Da bist du also.»

«Hast du schon deine Fahrkarte?» fragte Robert Hathall.

Sie hatte sie nicht. Sie wußte, daß er während der drei Jahre seiner zweiten Ehe immer knapp bei Kasse gewesen war, aber das war schließlich seine eigene Schuld. Wenn sie ihren Anteil selbst zahlte, würde ihn das bloß noch bestärken.

«Du solltest lieber gehen und sie besorgen», sagte sie, «oder willst du, daß wir den Zug verpassen?» Und sie preßte ihre festverschlossene Handtasche noch enger an sich.

Er brauchte sehr lange. Sie stellte fest, daß der Zug nach Eastbourne, der in Toxborough, Myringham und Kingsmarkham hielt, um sechs Uhr zwölf abfahren sollte, und jetzt war es fünf nach. Wenn sie auch nicht bewußt daran dachte, wie wunderbar es doch wäre, den Zug zu versäumen, so gestand sie sich auch nicht bewußt ein, wie wunderbar es wäre, ihre Schwiegertochter in Tränen aufgelöst anzutreffen, das Haus schmutzig und natürlich keine Mahlzeit vorbereitet, so keimte wieder einmal jener angenehme Groll in ihr auf. Sie hatte sich mit tiefer Zufriedenheit auf dieses Wochenende gefreut, denn bestimmt würde alles danebengehen. Am liebsten wäre es ihr, wenn jetzt schon alles schiefging. Ohne ihr Verschulden würden sie zu spät ankommen, und ihre Verspätung würde dann einen Streit zwischen Robert und Angela auslösen. Aber alles das schwelte verschwommen unter ihrer augenblicklichen Überzeugung, daß Robert wieder mal alles falsch machte.

Immerhin, sie erreichten noch den Zug. Er war voll, und sie mußten beide stehen. Mrs. Hathall beklagte sich nie. Sie würde lieber ohnmächtig werden, als ihr Alter und ihre Krampfadern anzuführen, um diesen oder jenen Mann zu bewegen, ihr seinen Sitz zu überlassen. Stoische Selbstbeherrschung war ihr eigen. Also pflanzte sie ihren dicken Körper, der – hochgeknöpft bis zum steifen, hellbraunen Kragen – einem Schrank ähnelte, so auf, daß der Reisende auf seinem Fensterplatz weder die Beine bewegen, noch seine Zeitung lesen konnte. Sie hatte Robert nur eine einzige Sache zu sagen, und die konnte warten, bis weniger Zuhörer anwesend waren, außerdem konnte sie sich kaum vorstellen, daß er ihr etwas zu sagen hätte. Hatten sie nicht immerhin während der letzten beiden Monate die Abende sämtlicher Werktage gemeinsam verbracht? Aber wie sie mit einigem Staunen festgestellt hatte, waren die Leute ja imstande, daherzuplappern, auch wenn sie nichts zu sagen hatten. Das traf leider auch auf ihren eigenen Sohn zu. Grimmig hörte sie zu, wie er sich über die schöne Umgebung erging, die bald an ihnen vorbeiziehen würde, über die Annehmlichkeiten von Bury Cottage und wie sehr Angela sich darauf freue, sie bei sich zu haben. Auf diese Bemerkung hin erlaubte sich Mrs. Hathall eine Art Schnauben, ein zweisilbiges Grunzen irgendwo aus den Tiefen ihrer Stimmbänder, das notfalls als Lachen interpretiert werden konnte. Ihre Lippen bewegten sich nicht. Sie dachte an jenes eine und einzige Mal, als sie ihrer Schwiegertochter begegnet war. In diesem Zimmer in Earls Court hatte Angela die Ungeheuerlichkeit begangen, Eileen als habgierige Hexe zu bezeichnen. Viel mußte geschehen, vielfache Wiedergutmachung mußte geleistet werden, ehe diese Taktlosigkeit vergessen werden konnte. Mrs. Hathall erinnerte sich noch gut daran, wie sie damals schnurstracks aus dem Zimmer und die Treppen hinuntermarschiert war, fest entschlossen, Angela nie – niemals und unter keinen Umständen – wiederzusehen. Es bewies wirklich, *wie* nachsichtig sie war, daß sie jetzt nach Kingsmarkham fuhr.

In Myringham stolperte der Mann am Fenster mit taub gewordenen Beinen aus dem Zug, und Mrs. Hathall nahm seinen Platz ein. Robert, das bemerkte sie wohl, wurde allmählich nervös. Das war ja auch kein Wunder. Er wußte sehr wohl, daß Angela sich als Köchin und Hausfrau mit Eileen nicht messen konnte, und er fragte sich wohl, wie weit seine zweite Frau hinter den Maßstäben der ersten zurückbleiben würde. Seine nächsten Worte bestätigten denn auch ihre Vermutung, daß ihn das beunruhigte.

«Angela hat die ganze Woche mit dem Frühjahrsputz zugebracht, damit du es schön hast.»

Mrs. Hathall war schockiert, daß jemand so etwas laut äußerte, noch dazu in einem Abteil voller Leute. Am liebsten hätte sie ihm gesagt, daß er erstens leiser sprechen sollte und zweitens, daß jede anständige Frau ihr Haus immer sauberhielte. Aber sie begnügte sich mit einem: «*Meinetwegen* hätte sie sich die Mühe nicht machen müssen.» Kurz und knapp fügte sie hinzu, daß es jetzt Zeit sei, ihren Koffer herunterzuholen.

«Es sind noch fünf Minuten», wandte Robert ein.

Statt einer Antwort erhob sie sich schwerfällig und mühte sich selber mit dem Koffer ab. Robert und noch ein anderer Mann beeilten sich, ihr zu helfen. Beinahe wäre der Koffer einer jungen Frau mit einem Baby im Arm auf den Kopf gefallen, und als der Zug abbremste, um in Kingsmarkham zu halten, stolperten alle durcheinander, jeder klammerte sich an jeden, und im ganzen Wagen herrschte ein gelindes Chaos.

Draußen auf dem Bahnsteig sagte Mrs. Hathall: «Wenn du mir geholfen hättest, wäre das nicht passiert. Aber du warst ja schon immer eigensinnig.»

Sie verstand nicht, warum er sich nicht zur Wehr setzte und sich verteidigte. Anscheinend war er noch viel nervöser, als sie gedacht hatte. Um ihn noch mehr zu reizen, sagte sie: «Wir nehmen doch ein Taxi?»

«Angela holt uns mit dem Wagen ab.»

Dann blieb also nicht mehr viel Zeit für das, was sie ihm sagen wollte. Sie schob ihm den Koffer zu und hängte sich mit besitzergreifender Miene bei ihm ein. Nicht, daß sie seine Unterstützung und seinen Beistand nötig hätte, aber sie fand es äußerst wichtig, daß diese Schwiegertochter – wie ärgerlich und anrüchig, zwei Schwiegertöchter zu haben! – sie beide gleich beim ersten Anblick vertraut Arm in Arm sehen sollte.

«Eileen ist heute morgen bei mir vorbeigekommen», begann sie, als sie ihre Fahrkarten abgaben.

Abwesend zuckte er die Schultern. «Ich wundere mich bloß, daß ihr beiden nicht schon zusammen wohnt.»

«Das würde dir so passen, was? Dann müßtest du ihr nicht mehr ein Dach über dem Kopf finanzieren.» Mrs. Hathall verstärkte den Klammergriff um den Arm, den er ihr entziehen wollte. «Sie sagt, ich soll dich herzlich grüßen, und warum du eigentlich nicht mal abends bei ihr reinschaust, wenn du in London bist.»

«Du machst Witze», meinte Robert Hathall, aber er sagte es ausdruckslos und ohne Verbitterung. Er ließ seinen Blick über den Parkplatz schweifen.

Stur auf ihrem Thema beharrend, fing Mrs. Hathall wieder an: «Es ist eine gottlose Schande...» und blieb mitten im Satz stecken. Eine geradezu wundervolle Ahnung stieg in ihr auf. Sie kannte Roberts Wagen, hätte ihn überall erkannt, er besaß ihn dank all der Schwierigkeiten, die diese Frau über ihn gebracht hatte, lange genug. Auch sie ließ ihre scharfen Augen suchend über den Platz schweifen, und dann sagte sie in zufriedenem Ton: «Sieht nicht so aus, als hätte sie sich die Mühe gemacht, uns abzuholen.»

Robert schien aus der Fassung gebracht. «Der Zug war ein paar Minuten zu früh.»

«Er hatte drei Minuten Verspätung», versetzte seine Mutter. Sie seufzte glücklich. Eileen wäre pünktlich gewesen, um sie abzuholen. Eileen hätte auf dem Bahnsteig gestanden, hätte ihre Schwiegermutter geküßt und fröhlich versichert, daß sie ein üppig gedeckter Tisch erwarte. Und ihre Enkeltochter auch... Mrs. Hathall sagte seufzend zu sich selbst, aber doch so laut, daß man es hören konnte: «Arme kleine Rosemary.»

Es war untypisch für Robert, der schließlich der Sohn seiner Mutter war, daß er derartige Sticheleien ohne Kommentar hinnahm, aber wieder ging er nicht darauf ein. «Macht nichts», meinte er nur, «es ist ja nicht weit.»

«*Ich* kann laufen», sagte Mrs. Hathall im stoischen Ton dessen, der sich darüber klar ist, daß noch schlimmere Prüfungen bevorstanden und daß diese erste und leichteste tapfer ertragen werden muß. «Ich bin ja ans Laufen gewöhnt.»

Der Weg führte sie an der Bahnhofsauffahrt und der Station Road vorbei, über die Kingsmarkhamer High Street und dann die Stowerton Road entlang. Es war ein schöner Septemberabend, die Luft schimmerte im Licht des Sonnenuntergangs, die Bäume hingen noch voller Blätter, in den Gärten leuchteten die letzten und schönsten Blumen des Sommers. Aber Mrs. Hathall bemerkte nichts von alledem. Ihre freudige Vermutung war zur Gewißheit geworden. Roberts Niedergeschlagenheit konnte nur eins bedeuten: Diese Person, seine Frau, diese Diebin, diese Zerstörerin einer glücklichen Ehe, war dabei, ihn im Stich zu lassen, und er wußte es.

Sie bogen in die Wool Lane ein, eine enge, von Bäumen beschattete Nebenstraße ohne Bürgersteig. «Das nenne ich ein schönes Haus», sagte Mrs. Hathall.

Robert warf flüchtig einen Blick auf die alleinstehende Villa aus der Zeit zwischen den Kriegen. «Es ist das einzige Haus hier unten außer unserem. Eine Frau namens Lake wohnt da. Sie ist Witwe.»

«Schade, daß es nicht deins ist», sagte seine Mutter mit bedeutungsschwerem Unterton. «Ist es noch weit?»

«Gleich hinter der nächsten Biegung. Ich verstehe gar nicht, was mit Angela los ist.» Er blickte sie nervös an. «Es tut mir sehr leid, Mutter. Wirklich, es tut mir leid.»

Sie war so verblüfft, daß er tatsächlich von der Gepflogenheit der Familie abwich und sich allen Ernstes für etwas entschuldigte, daß sie darauf gar nicht antworten konnte. Sie blieb stumm, bis das Haus in Sicht kam. Eine leichte Enttäuschung beeinträchtigte ihre innere Befriedigung, denn es war ein Haus, ein annehmbares, wenn auch altes Haus aus braunen Ziegeln mit einem soliden Schieferdach. «Das ist es?»

Er nickte und öffnete ihr die Gartenpforte. Mrs. Hathall bemerkte, daß in dem ungepflegten Garten die Blumenbeete voller Unkraut und das Gras kniehoch waren. Unter einem vernachlässigt aussehenden Baum lagen verrottete Pflaumen. Sie sagte nur: «Hmm.» Dies undefinierbare Geräusch war typisch für sie und bedeutete, daß sich die Situation genau so entwickelte, wie sie es erwartet hatte. Er steckte den Schlüssel in das Haustürschloß, und die Tür ging auf. «Komm rein, Mutter.»

Er war jetzt eindeutig aus der Fassung geraten. Daran bestand jetzt kein Zweifel mehr. Sie kannte seine Angewohnheit, die Lippen zusammenzupressen, während in der linken Wange ein kleiner Muskel arbeitete. Und in seiner Stimme schwang ein barscher, nervöser Ton mit, als er rief: «Angela, wir sind da!»

Mrs. Hathall folgte ihm ins Wohnhimmer. Sie traute kaum ihren Augen. Wo waren die schmutzigen Teetassen, die Gingläser mit den Fingerspuren, die herumliegenden Kleidungsstücke, wo waren die Krümel und der Staub? Sie pflanzte sich in ihrer ganzen Rechteckigkeit auf dem fleckenlosen Teppich auf und drehte sich langsam um sich selbst. Sie suchte die Decke nach Spinnweben, die Fenster nach Schmierflecken und die Aschenbecher nach vergessenen Zigarettenkippen ab. Ein merkwürdiges, unangenehmes Frösteln überfiel sie. Sie fühlte sich wie ein Champion, der siegessicher von seiner Überlegenheit überzeugt die erste Runde gegen einen Anfänger verlor.

Robert kam zurück und sagte: «Ich begreife nicht, wo Angela steckt. Sie ist nicht im Garten. Ich sehe mal eben in die Garage, ob der Wagen da ist. Gehst du schon rauf, Mutter? Dein Zimmer ist das große, ganz hinten.»

Nachdem sie sich vergewissert hatte, daß der Eßzimmertisch nicht gedeckt war und daß es in der makellosen Küche, wo die Gummihandschuhe und Staubhandschuhe nach getaner Hausarbeit noch neben dem Spülbecken lagen, keinerlei Anzeichen für eine vorbereitete Mahlzeit gab, stieg Mrs. Hathall die Treppe hinauf. Sie fuhr mit einem Finger über die Bilderleiste auf dem Treppenabsatz. Kein Staubkorn, nichts – als wäre das Holz frisch gestrichen. Ihr Zimmer war ebenso makellos sauber wie der Rest des Hauses. In dem aufgeschlagenen Bett konnte sie die buntgestreifte Bettwäsche sehen, und eine mit Seidenpapier ausgelegte Schublade des Frisiertisches war herausgezogen worden. Sie bemerkte das alles, aber nie konnte Angelas vorzügliche Leistung ihren Haß mildern. Es war einfach nur schade, daß ihre Schwiegertochter sich mit diesen Waffen ausgerüstet hatte, schade, das war alles. Und kein Zweifel: All ihre anderen Fehler, etwa der, daß sie nicht da war, um ihre Schwiegermutter zu begrüßen, wogen diese geringe Tugend mehr als auf.

Mrs. Hathall ging ins Badezimmer. Blankgeputzte Kacheln, duftig saubere Handtücher, Gästeseife... Sie verzog grimmig den Mund. Das Geld konnte doch nicht so knapp sein, wie Robert ihr immer weisgemacht hatte. Immer wieder sagte sie sich, wie sehr sie diese Täuschung verabscheue, ohne sich einzugestehen, daß sie erneut um einen Triumph gebracht worden war, denn nun konnte sie den beiden nicht mehr ihre Armut vorhalten und ihnen die Gründe dafür ins Gesicht sagen. Sie wusch sich die Hände und trat wieder auf den Korridor hinaus. Die Tür zum Schlafzimmer der beiden war nur angelehnt. Mrs. Hathall zögerte. Aber die Versuchung, hineinzusehen und womöglich ein zerwühltes Bett, ein Durcheinander schäbiger Kosmetikartikel vorzufinden, war zu groß, um ihr zu widerstehen. Vorsichtig trat sie ein.

Das Bett war nicht zerwühlt, sondern ordentlich gemacht. Auf der Decke lag ein Mädchen mit dem Gesicht nach unten, anscheinend in tiefem Schlaf. Ihr dunkles, ziemlich ungepflegtes Haar bedeckte die Schultern, und der linke Arm war weit ausgestreckt. Mrs. Hathall sagte wieder «Hmm...», und jene warme innige Befriedigung strömte ungetrübt in sie zurück. Hier lag Roberts Frau und schlief, war vielleicht sogar betrunken. Sie hatte sich nicht mal die Mühe gemacht, ihre Leinenschuhe auszuziehen, ehe sie dort zusammensackte. Sie hatte die gleichen Sachen an wie an jenem Tag in Earls Court, wahrscheinlich war sie immer so angezogen. Sie trug abgenutzte Jeans und ein rotkariertes Hemd. Mrs. Hathall dachte an Eileens hübsche Kleider für den Nachmittag und an ihr kurzes, zu einer Dauerwelle frisiertes Haar, an Eileen, die höchstens am Tag schlief, wenn sie sich an der Schwelle des Todes befände. Und dann ging Mrs. Hathall hinüber zu dem Bett, blickte darauf nieder und runzelte die Stirn. «Hm...» sagte sie wieder, aber diesmal hatte sie ein warnendes « Hm...» geäußert, um ihre Gegenwart kundzutun und eine sofortige, beschämte Reaktion auszulösen.

Aber es passierte nichts. Der natürliche Zorn eines Menschen, der sich unerträglich beleidigt fühlt, ergriff Mrs. Hathall. Sie legte eine Hand auf die Schulter ihrer Schwiegertochter, um sie zu schütteln. Aber sie tat es nicht. Das Fleisch des Nackens war eiskalt, und als sie die Haarmähne anhob, sah sie eine bleiche Wange, aufgedunsen und bläulich.

Die meisten Frauen hätten geschrien. Mrs. Hathall gab keinen Laut von sich. Ihr Körper wurde noch ein wenig kompakter und schrankähnlicher, als sie sich aufrichtete und die dicke, große Hand auf ihr pumpendes Herz legte. Schon oft in ihrem langen Leben hatte sie den Tod gesehen – den ihrer Eltern, ihres Mannes, den von Onkel und Tanten, aber noch nie zuvor hatte sie gesehen, was das dunkelrote Mal auf diesem Nacken signalisierte – Tod durch Gewalt. Sie empfand weder Triumph noch Furcht, sie fühlte nichts als den Schock. Schwerfällig ging sie durch das Zimmer und begann die Stufen hinabzusteigen.

Robert wartete am Fuß der Treppe. In dem Maße, in dem sie zur Liebe fähig war, liebte sie ihn, und als sie jetzt auf ihn zuging, ihm die Hand auf den Arm legte und ihn mit verhaltener, zögernder Stimme ansprach, da war sie der Zärtlichkeit so nahe wie nur irgend möglich. Und sie benutzte die einzigen Worte, die sie wußte, um eine solche Hiobsbotschaft zu überbringen.

«Da ist ein Unfall geschehen. Geh am besten hoch und sieh es dir an. Es ist... es ist zu spät, um irgend etwas zu tun. Versuch es wie ein Mann zu nehmen.»

Er stand ganz still. Er sagte nichts.

«Sie ist gestorben, Robert. Deine Frau ist tot.» Sie wiederholte die Worte, denn er schien sie nicht zu begreifen. «Angela ist tot, mein Sohn.»

Sie empfand das vage, unangenehme Gefühl, daß sie ihn umarmen, ein paar zärtliche Worte sagen müßte, aber sie hatte seit langem vergessen, wie man das machte. Außerdem zitterte sie jetzt, und ihr Herz pumpte unregelmäßig. Er war weder blaß noch rot geworden. Beherrscht ging er an ihr vorbei und stieg die Treppe hinauf. Sie stand wartend da, zu nichts fähig, rieb die Hände gegeneinander und zog die Schultern noch vorn. Dann rief er mit rauher, aber ruhiger Stimme von oben:

«Ruf die Polizei an, Mutter, und sag ihnen, was passiert ist.»

Sie war froh, etwas tun zu können, und als sie das Telefon auf dem niedrigen Tisch unter einem Bücherregal gefunden hatte, setzte sie den Finger auf die Neun in der Wählscheibe.

2

Er war ein großer Mann mit unzureichendem Gewicht für seinen ausladenden Körperbau. Und er hatte ein ungesundes Aussehen, der Bauch hing ein wenig schlaff, und die Farbe der Haut war ein fleckiges Rot. Seine Haare, obgleich noch schwarz, waren spröde und schütter, die Gesichtszüge hart und anmaßend. Er saß in einem Sessel, zusammengesackt, als ob er verwundet und dann dort hingeschleudert worden sei. Im Gegensatz dazu saß seine Mutter kerzengerade, die schweren Beine eng zusammengepreßt, die Hände mit den Innenflächen nach unten im Schoß, die Augen auf den Sohn gerichtet, mehr Strenge als Mitleid.

Chief Inspector Wexford mußte an jene Mütter aus Sparta denken, die eher erduldeten, daß ihre Söhne auf dem Schild nach Hause getragen wurden, als zu hören, daß sie gefangengenommen worden waren. Es hätte ihn nicht verwundert, wenn sie diesem Mann gesagt hätte, er solle sich zusammenreißen, aber abgesehen von einem kurzangebundenen Nicken, als sie Inspector Burden und ihn ins Haus ließ, hatte sie sich bisher überhaupt noch mit keinem Wort und keiner Geste geäußert. Er fand, sie sah aus wie eine Gefängniswärterin oder wie die Vorsteherin eines Arbeitshauses aus alten Zeiten.

Von oben hörte man die Schritte weiterer Polizisten, die dort hin und her gingen. Die Leiche der Frau war so, wie sie lag, fotografiert worden, der Witwer hatte sie identifiziert, und dann hatte man sie ins Leichenhaus geschafft. Trotzdem hatten die Männer noch viel zu tun. Das Haus wurde nach Fingerabdrücken abgesucht, nach der Tatwaffe, nach irgendwelchen Hinweisen, wie diese junge Frau zu Tode gekommen war. Und es war ein ziemlich großes Einfamilienhaus, mit fünf geräumigen Zimmern außer der Küche und dem Badezimmer. Seit acht Uhr waren sie hier, und jetzt war es fast Mitternacht.

Wexford stand an einem Tisch, auf dem der Führerschein der Toten, die Geldbörse und der übrige Inhalt ihrer Handtasche lagen, und untersuchte gerade ihren Paß. Danach war sie britische Staatsbürgerin, in Melbourne/Australien geboren, zweiunddreißig Jahre alt, Beruf Hausfrau, Haare dunkelbraun, Augen grau, Größe 1,65 m, keine unveränderlichen Kennzeichen. Angela Margaret Hathall. Der Paß war drei Jahre alt und ohne jeden ausländischen Stempel. Das Foto darin hatte so viel Ähnlichkeit mit der toten Frau, wie solche Fotos es gewöhnlich mit den dazugehörigen Personen haben.

«Ihre Frau lebte allein hier während der Woche, Mr. Hathall?» fragte er, während er sich von dem Tisch abwandte und sich setzte.

Hathall nickte. Er antwortete mit leiser Stimme, die kaum mehr war als ein Flüstern. «Ich habe früher in Toxborough gearbeitet. Als ich eine neue Stellung in London bekam, konnte ich nicht dauernd hin- und herfahren. Das war im Juli. Ich habe während der Woche bei meiner Mutter gewohnt und bin immer an den Wochenenden nach Hause gefahren.»

«Sie und Ihre Mutter sind hier um halb acht angekommen?»

«Zwanzig nach sieben», korrigierte Mrs. Hathall. Es war das erste, was sie sagte. Sie hatte eine rauhe, metallische Stimme. Unter dem Südlondoner Akzent lag eine Spur nordenglischen Dialektes.

«Dann hatten Sie also Ihre Frau nicht mehr gesehen seit... seit wann? Seit letzten Sonntag? Montag?»

«Sonntag abend», erklärte Hathall. «Ich bin am Sonntag abend mit dem Zug zu meiner Mutter gefahren. Meine... Angela fuhr mich zum Bahnhof. Ich... ich habe sie jeden Tag angerufen. Ich habe sie auch heute angerufen. Um die Mittagszeit. Es ging ihr gut.» Er sog scharf den Atem ein, es klang wie ein Schluchzen, und sein Körper schwankte vorwärts. «Wer... wer kann das getan haben? Wer hätte denn *Angela* töten wollen?»

Seine Worte hatten etwas Bühnenhaftes, einen falschen Ton, wie eingelernt aus einem Fernsehrührstück oder einem klischeestrotzenden Thriller. Aber Wexford wußte, daß Schmerz manchmal nur durch Platitüden ausgedrückt werden kann. Originell sind wir nur in unseren glücklichen Momenten. Kummer hat nur eine Stimme, ein Weinen.

Er beantwortete die Frage denn auch mit ähnlich abgedroschenen Worten. «Das werden wir eben herausfinden müssen, Mr.Hathall. Sie waren den ganzen Tag auf Ihrer Arbeitsstelle?»

«Marcus Flower, Public-Relation-Beratung. Half Moon Street. Ich bin da Buchhalter.» Hathall räusperte sich. «Man wird Ihnen dort bestätigen, daß ich den ganzen Tag dort gewesen bin.»

Wexford hätte beinahe die Augenbrauen gehoben; er strich sich übers Kinn und betrachtete den Mann schweigend. Burdens Gesicht verriet zwar nichts, aber er wußte, daß der Inspector das gleiche dachte wie er. Und in diese Stille hinein stieß Hathall, der den letzten Satz geradezu eifrig gesprochen hatte, einen noch lauteren Schluchzer aus und vergrub das Gesicht in den Händen.

Gefühllos wie ein Stein sagte Mrs. Hathall: «Laß dich nicht gehen, Sohn. Trag es wie ein Mann.»

Doch muß ich's fühlen wie ein Mann... Während ihm diese Zeile aus «Macbeth» in den Sinn kam, überlegte Wexford flüchtig, warum er so wenig Mitleid mit Hathall empfand, warum er nicht bewegt war. Wurde er nun gleichgültig und abgebrüht, wie er immer geschworen hatte, nicht zu werden? Oder lag tatsächlich etwas Falsches im Verhalten dieses Mannes, das diese Schluchzer und diese Hingabe an den Schmerz Lügen strafte? Aber wahrscheinlich war er bloß müde und vermutete überall Bedeutungen, wo es gar nichts gab. Wahrscheinlich hatte die Frau irgendeinen Fremden aufgegabelt, und dieser Fremde hatte sie umgebracht. Er wartete ab, bis Hathall die Hände vom Gesicht nahm und den Kopf hob.

«Ihr Auto ist nicht da?»

«Es war aus der Garage verschwunden, als ich nach Hause kam.» Auf den harten, mageren Wangen waren keine Tränen. Aber wäre der Sohn dieser steingesichtigen Frau überhaupt fähig, Tränen hervorzupressen?

«Ich brauche eine Beschreibung Ihres Wagens und die Nummer. Sergeant Martin wird sich diese Einzelheiten gleich von Ihnen geben lassen.» Wexford stand auf. «Der Arzt hat Ihnen ein Beruhigungsmittel dagelassen, glaube ich. Ich schlage vor, Sie nehmen das und versuchen, etwas zu schlafen. Morgen früh würde ich gern noch einmal mit Ihnen sprechen, heute nacht können wir nichts mehr tun.»

Mrs. Hathall schloß die Tür hinter ihnen mit einer Miene, als fertige sie mit einem «Heute nicht. Danke!» ein paar Hausierer ab. Eine Weile blieb Wexford auf dem Gartenweg stehen und blickte sich auf dem Grundstück um. In dem Licht aus den Schlafzimmerfenstern sah er zwei Rasenstücke, die seit Monaten nicht gemäht worden waren, und einen abgeernteten Pflaumenbaum. Der Gartenweg war gepflastert, die Einfahrt jedoch, die zwischen der Häuserwand und dem Zaun rechter Hand verlief, war betoniert.

«Wo ist denn die Garage, von der er gesprochen hat?»

«Muß wohl hintenrum sein», meinte Burden. «An der Seite war ja kein Platz für einen Garagenanbau.»

Sie folgten der Auffahrt um die hintere Hausecke herum und stießen auf einen billigen Schuppen mit einem Dach aus Preßfaser, den man von der Straße aus nicht sehen konnte.

«Wenn sie losgefahren ist», meinte Wexford, «und jemanden aufgegabelt und mitgebracht hat, dann können die beiden den Wagen sehr leicht in der Garage abgestellt haben, ohne daß eine Seele sie gesehen hat. Sie sind dann wahrscheinlich durch die Küchentür ins Haus gegangen. Wenn wir jemanden finden, der sie gesehen hat, haben wir Glück gehabt.»

Schweigend betrachteten sie die mondbeschienenen, leeren Felder, die sich bis zu den bewaldeten Hügeln hinaufzogen. Hier und da blinkte in der Ferne ein einzelnes Licht. Und während sie zur Straße zurückgingen, wurde ihnen bewußt, wie isoliert das Haus, wie abgelegen der Weg war. Seine hohen Böschungen, überwölbt von dichten, überhängenden Bäumen, machten ihn nachts zu einem schwarzen Tunnel und zu einem verwunschenen, wenig benutzten Korridor bei Tage.

«Das nächstgelegene Haus», bemerkte Wexford, «ist diese Villa oben bei der Stowerton Road, und das einzige sonst ist die Wool Farm. Die liegt einen reichlichen halben Kilometer da runter.» Er deutete durch den Baumtunnel, dann ging er zu seinem Wagen. «Unser Wochenende können wir vergessen», meinte er. «Also, wir sehen uns gleich morgen früh.»

Das Haus des Chief Inspectors lag im Norden von Kingsmarkham an der gegenüberliegenden Seite des Kingsbrook. Im Schlafzimmer brannte noch Licht, und seine Frau war noch wach, als er heimkam. Dora Wexford war zu gelassen und zu vernünftig, um auf ihren Mann zu warten, aber sie hatte bei ihrer älteren Tochter Kinder gehütet und war gerade erst zurückgekommen. Er fand sie im Bett sitzend und lesend, ein Glas warmer Milch neben sich, und obwohl er sich erst vor vier Stunden von ihr getrennt hatte, ging er auf sie zu und küßte sie zärtlich. Der Kuß war inniger als gewöhnlich, denn glücklich, wie seine Ehe war, und zufrieden mit seinem Los, wie er war, bedurfte es manchmal äußerer Katastrophen, um ihm sein gütiges Geschick bewußtzumachen und ihn daran zu erinnern, wie sehr er seine Frau schätzte. Die Frau eines anderen war tot, war auf üble Weise gestorben... Entschlossen verdrängte er seine Überempfindlichkeit, diese Dünnhäutigkeit der späten Nachtstunden, und während er anfing, sich auszuziehen, fragte er Dora, was sie von den Bewohnern von Bury Cottage wisse.

«Wo ist Bury Cottage?»

«In der Wool Lane. Ein gewisser Hathall wohnt da. Seine Frau ist heute nachmittag erdrosselt worden.»

In den dreißig Jahren ihrer Ehe mit einem Polizisten war Dora Wexford weder abgestumpft noch kaltschnäuzig geworden, doch auf eine solche Mitteilung reagierte sie natürlich nicht mehr mit dem Entsetzen einer Durchschnittsfrau.

«Ach je», sagte sie und fügte hinzu: «Wie schrecklich! Ist es eine einfache Sache?»

«Weiß noch nicht.» Ihre sanfte, ruhige Stimme tat ihm gut, wie immer in solchen Fällen. «Bist du diesen Leuten je begegnet?»

«Der einzigen Person aus der Wool Lane, der ich je begegnet bin, ist diese Mrs. Lake. Sie ist ein paarmal im Taueninstitut aufgekreuzt, aber ich glaube, sie ist anderweitig zu beschäftigt, um sich groß dafür zu engagieren. Sie interessiert sich entschieden mehr für Männer, weißt du.»

«Heißt das, das Fraueninstitut hat sie ausgeschlossen?» fragte Wexford in gespieltem Entsetzen.

«Sei nicht albern, Liebling. So spießig sind wir nicht. Schließlich ist sie ja auch Witwe. Ich verstehe gar nicht, weshalb sie nicht wieder geheiratet hat.»

«Vielleicht ist sie wie Georg der Zweite.»

«Kein bißchen. Sie ist sehr hübsch. Was meinst du überhaupt damit?»

«Der versprach seiner Frau auf ihrem Totenbett, er werde nie wieder heiraten, sondern sich nur Geliebte nehmen.» Während Dora kicherte, betrachtete Wexford seine Gestalt im Spiegel und zog dabei die Bauchmuskeln ein. Im vergangen Jahr hatte er durch Diät, körperliche Bewegung und den Schrecken, in den ihn sein Arzt versetzt hatte, zehn Kilo abgenommen, und zum erstenmal seit zehn Jahren konnte er sein Spiegelbild wieder mit Zufriedenheit, wenn nicht gar mit Vergnügen betrachten. Jetzt empfand er deutlich, daß es sich gelohnt hatte. Jawohl, die Quälerei, sich alles zu verkneifen, was er gern aß und trank, hatte sich gelohnt. *Il faut souffrir pour être beau.* Wenn es doch bloß auch ein Mittel gegen Haarausfall gäbe.

«Komm ins Bett», sagte Dora. «Wenn du nicht aufhörst, dein Gefieder zu spreizen, dann denk ich noch, du willst dir eine Geliebte zulegen. Und ich bin noch nicht tot.»

Wexford grinste und ging zu Bett. Schon sehr früh in seiner Karriere hatte er sich verboten, sich nachts mit seiner Arbeit zu beschäftigen, und wirklich hatte die Arbeit ihn selten wach gehalten oder ihn bis in seine Träume verfolgt. Aber als er jetzt die Nachttischlampe ausknipste und sich an Dora schmiegte – was so viel leichter und angenehmer ging, jetzt, wo er schlank war –, da gestattete er sich, ein paar Minuten über die Geschehnisse des Abends nachzudenken. Es konnte sehr wohl ein unkomplizierter Fall sein, wirklich. Angela Hathall war jung gewesen und wahrscheinlich hübsch anzuschauen. Sie war kinderlos, und auch wenn sie eine putzsüchtige Hausfrau gewesen war, so mußte ihr die Zeit doch oft lang geworden sein während jener einsamen Wochentage und der einsamen Abende. Was also lag näher, als daß sie irgendeinen Mann aufgegabelt und ihn mit nach Bury Cottage genommen hatte? Wexford wußte, daß eine Frau nicht unbedingt verzweifelt oder nymphoman oder auf dem Wege zur Prostitution sein mußte, um so etwas zu tun. Wahrscheinlich dachte sie noch nicht einmal an Untreue. Denn die Einstellung der Frau zur Sexualität war, wie immer auch die moderne Auffassung lautete, nicht die gleiche wie die des Mannes. Obwohl es fast immer zutraf, daß ein Mann, der eine unbekannte Frau aufgabelt, nur auf ‹das eine› aus war, und obwohl sie das auch fast immer wußte, klammerte sie sich doch an die edle Vorstellung, daß er nur ein Gespräch und allenfalls einen Kuß wolle. War das auch Angela Hathalls Einstellung gewesen? Hatte sie einen Mann in ihrem Wagen mitgenommen, einen Mann, der mehr wollte als das, und der sie stranguliert hatte, weil er es nicht bekommen konnte? Hatte er sie umgebracht, sie auf dem Bett liegenlassen und sich mit ihrem Wagen aus dem Staub gemacht?

Möglich war es. Wexford beschloß, die Sache unter dieser Hypothese anzugehen. Dann wandte er seine Gedanken angenehmeren Themen zu, seinen Enkelkindern, seinem kürzlich verlebten Urlaub, und bald war er eingeschlafen.

3

«Mr. Hathall», sagte Wexford, «Sie haben zweifellos Ihre eigenen Vorstellungen, wie diese Untersuchung durchgeführt werden sollte. Sie halten meine Methoden vielleicht für unorthodox, aber es sind nun mal meine Methoden, und ich kann Ihnen versichern, sie führen zu Ergebnissen. Ich kann mich bei der Aufklärung dieses Falles nicht allein auf Indizienbeweise beschränken. Es ist für mich unerläßlich, so viel wie möglich über alle betroffenen Personen zu erfahren. Also, wenn Sie meine Fragen einfach und zutreffend beantworten würden, kämen wir sehr viel schneller voran. Ich versichere Ihnen, ich stelle sie in der reinen und einzigen Absicht, herauszufinden, wer Ihre Frau getötet hat. Wenn Sie sich dadurch gekränkt fühlen, geraten wir nur in Verzug. Wenn Sie darauf bestehen, daß gewisse Dinge ausschließlich Ihr Privatleben betreffen, und sich weigern, sie offenzulegen, dann kann dadurch sehr viel kostbare Zeit verlorengehen. Können Sie das bitte verstehen und sich entsprechend kooperativ verhalten?»

Diese kleine Rede war nötig geworden durch Hathalls Reaktion auf die erste Frage, die Wexford am Sonntag morgen um neun bei der Vernehmung an ihn gestellt hatte. Er hatte wissen wollen, ob Angela die Gewohnheit hatte, Fremde im Wagen mitzunehmen, aber Hathall, der nach seinem durch Medikamente bewirkten Nachtschlaf eigentlich ganz ausgeruht schien, hatte einen Wutanfall bekommen.

«Was für ein Recht haben Sie, die Moral meiner Frau in Zweifel zu ziehen?»

Ruhig hatte Wexford geantwortet: «Die überwiegende Mehrheit der Leute, die Anhalter mitnehmen, wollen einfach hilfsbereit sein», und dann, als Hathall ihn weiterhin mit zornigen Augen anstarrte, hatte er diesen Sermon vom Stapel gelassen.

Der Witwer machte eine unwirsche Gebärde, zuckte die Schultern und gestikulierte mit den Händen. «In einem Fall wie diesem sollte man doch meinen, Sie würden sich an Fingerabdrücken und – na ja, eben an solche Sache halten. Ich meine, es ist doch offensichtlich, daß irgendein Mann hier reingekommen ist und... Er muß doch Spuren hinterlassen haben. Ich habe darüber gelesen, wie solche Untersuchungen geführt werden. Ist doch alles eine Frage der Deduktion aufgrund von Haaren und Fußspuren und – na ja, Fingerabdrücken.»

«Ich sagte Ihnen ja bereits, ich bin überzeugt, Sie haben Ihre eigene Vorstellung, wie eine Untersuchung geführt werden sollte. Meine Methoden schließen aber das, was Sie empfehlen, auch ein. Sie haben doch selbst gesehen, wie gründlich wir uns gestern abend dieses Haus vorgenommen haben. Aber wir sind keine Zauberer, Mr. Hathall. Wir können nicht um Mitternacht einen Fingerabdruck oder ein Haar finden und Ihnen neun Stunden später sagen, von wem sie sind.»

«Wann dann?»

«Das kann ich nicht sagen. Sicher werde ich in ein paar Stunden wissen, ob gestern nachmittag ein Fremder hier in Bury Cottage gewesen ist.»

«Ein *Fremder*? Natürlich war es ein Fremder. Das hätte ich Ihnen schon gestern abend um acht sagen können. Ein pathologischer Killer, der hier reingekommen, nein eingebrochen ist – und dann hinterher meinen Wagen gestohlen hat. Haben Sie meinen Wagen schon gefunden?»

Sehr verbindlich und kühl erwiderte Wexford: «Ich weiß es nicht, Mr. Hathall. Ich bin weder der Herrgott, noch kann ich hellsehen.

Ich habe noch nicht einmal Zeit gehabt, mit meinen Leuten zu reden. Wenn Sie mir die eine Frage beantworten, die ich Ihnen gestellt habe, dann lasse ich Sie eine Weile in Ruhe und spreche mit Ihrer Mutter.»

«Meine Mutter weiß nichts über das alles. Meine Mutter hat bis gestern abend noch nie einen Fuß in dieses Haus gesetzt.»

«Meine Frage, Mr. Hathall.»

«Nein, sie hatte nicht die Gewohnheit, jemanden mitzunehmen!» brüllte Hathall, das Gesicht rot und verzerrt. «Sie war sogar zu schüchtern und nervös, um hier unten Freunde zu gewinnen. Ich war der einzige Mensch, dem sie vertrauen konnte, und das ist auch kein Wunder nach allem, was sie durchgemacht hat. Der Mann, der hier reingekommen ist, hat das gewußt, der hat gewußt, daß sie immer allein war. *Darum* sollten Sie sich kümmern, da sollten Sie ansetzen! Und dies ist mein Privatleben, wie Sie es nennen: Ich bin erst drei Jahre verheiratet gewesen, und ich habe meine Frau angebetet. Aber ich habe sie die ganze Woche über allein gelassen, weil ich die Hinundherfahrerei nicht auf mich nehmen wollte, und das ist nun dabei herausgekommen! Sie hat sich zu Tode geängstigt hier so allein, aber ich hab gesagt, es sei doch nicht mehr für lange, und sie solle es um meinetwillen aushalten. Es war ja tatsächlich auch nicht mehr für lange, nicht wahr?»

Er warf den Arm über die Rückenlehne des Sessels und vergrub das Gesicht in der Armbeuge. Sein Körper zitterte. Wexford betrachtete ihn gedankenvoll, sagte aber nichts weiter. Er ging in die Küche, wo er Mrs. Hathall am Spülbecken beim Abwaschen des Frühstücksgeschirrs vorfand. Auf der Arbeitsplatte lag ein Paar Gummihandschuhe, aber die waren trocken, und Mrs. Hathalls nackte Hände steckten in der Lauge. Sie gehörte zu der Sorte Frauen, vermutete Wexford, die sich der Hausarbeit gegenüber geradezu masochistisch verhielten, die eher eine Bürste benutzten als einen Staubsauger, und die behaupteten, Waschmaschinen kriegten die Wäsche nicht sauber. Er sah, daß sie anstelle einer Schürze ein kariertes Geschirrhandtuch um die Taille gebunden hatte, und das kam ihm merkwürdig vor. Natürlich würde sie sich für ihren Wochenendbesuch keine eigene Schürze mitbringen, aber sicherlich besaß doch eine so gute Hausfrau wie Angela etliche davon? Aber er erwähnte das nicht, sondern sagte guten Morgen und fragte Mrs. Hathall, ob es ihr etwas ausmache, ihm während der Arbeit ein paar Fragen zu beantworten.

«Hmmm», sagte Mrs. Hathall. Sie spülte ihre Hände ab, drehte sich behäbig um und trocknete sie an einem Handtuch ab, das an einem Haken hing. «Es hat gar keinen Zweck, mich zu fragen. Ich weiß ja nicht, was die so gemacht hat, während er weg war.»

«Ich habe gehört, Ihre Schwiegertochter war sehr schüchtern und einsam und hielt sich sehr für sich?» Der Ton, den sie von sich gab, faszinierte ihn. Es war eine Art ersticktes Grunzen, das einem Todesröcheln ähnelte. Tatsächlich aber war es wohl ein Lachen, vermutete er. «Sie hatten nicht diesen Eindruck von ihr?»

«Erotisch war sie», sagte Mrs. Hathall.

«Wie bitte?»

Sie sah ihn grimmig an. «Nervös. Eigentlich schon hysterisch.»

«Ah», sagte Wexford. Diese Version eines falsch angewandten Fremdwortes war ihm noch nicht vorgekommen, und er fand sie amüsant. «Und warum war sie wohl so? Ich meine, warum war sie so – äh – neurotisch?»

«Kann ich nicht sagen. Ich hab sie nur einmal gesehen.»

Aber die beiden waren doch drei Jahre verheiratet gewesen... «Ich verstehe das nicht ganz, Mrs. Hathall.»

Sie wandte den Blick von seinem Gesicht zum Fenster, vom Fenster zum Spülbecken, dann griff sie nach einem Tuch und begann das Geschirr abzutrocknen. Dieser massive Klotz von einem Körper, den Rücken gegen ihn gewandt, drückte genausoviel Abweisung aus wie eine geschlossene Tür. Schweigend trocknete sie jede Tasse, jedes Glas und jeden Teller, jedes Besteckteil einzeln ab, scheuerte dann das Tropfbrett sauber, trocknete auch das ab und hängte endlich das Handtuch weg – alles mit einer Konzentration, als praktizierte sie ein kompliziertes, mühsam erworbenes Ritual. Zu guter Letzt aber war sie doch gezwungen, sich wieder umzudrehen und sich seiner stur ausharrenden Person zu stellen.

«Ich muß noch die Betten machen», sagte sie hastig.

«Ihre Schwiegertochter ist ermordet worden, Mrs. Hathall.»

«Als ob ich das nicht wüßte. *Ich* hab sie ja schließlich gefunden.»

«Richtig. Wie war das genau?»

«Hab ich schon gesagt. Hab ich schon erzählt.» Sie öffnete den Besenschrank, nahm einen Handfeger und ein Staubtuch heraus, überflüssige Gerätschaften in einem so makellos sauberen Haus. «Also *ich* habe zu tun; Sie ja vielleicht nicht.»

«Mrs. Hathall», sagte er sanft, «ist Ihnen klar, daß Sie vor dem Untersuchungsgericht erscheinen müssen? Sie sind eine äußerst wichtige Zeugin. Man wird Sie sehr eingehend vernehmen, und dort werden Sie sich nicht weigern können, Fragen zu beantworten. Ich verstehe sehr wohl, daß Sie noch nie zuvor mit dem Gesetz in Berührung gekommen sind, aber ich muß Sie darauf hinweisen, daß Behinderung der Polizei streng bestraft wird.»

Sie starrte ihn finster an, nun ein bißchen eingeschüchtert. «Ich hätte nie hierherkommen sollen», brummte sie. «Ich hatte gesagt, daß ich nie einen Fuß in dieses Haus setzen würde, und dabei hätte ich auch bleiben sollen.»

«Und warum sind Sie dann doch gekommen?»

«Weil mein Sohn darauf bestanden hat. Wir sollten uns versöhnen.» Sie stampfte ein paar Schritte näher und blieb vor ihm stehen. Wexford mußte an die Illustration in einem Geschichtenbuch denken, das einem seiner Enkel gehörte, an das Bild eines Schranks mit Armen und Beinen und einem mürrischen Gesicht. «Eins kann ich Ihnen sagen», meinte sie, «wenn diese Angela nervös war, dann höchstens vor Scham. Geschämt hat sie sich wohl, daß sie seine Ehe zerstört und daß sie ihn zu einem armen Mann gemacht hat. Die hatte wirklich allen Grund, sich zu schämen. Das Leben von drei Menschen hat sie ruiniert. Das werd ich vor Ihrem Untersuchungsrichter sagen. Jedem sag ich das, da kenn ich nichts!»

«Ich bezweifle», wandte Wexford ein, «daß Sie danach gefragt werden. Ich jedenfalls habe Sie nach gestern abend gefragt.»

Sie warf den Kopf zurück. Aufgebracht sagte sie: «*Ich* habe nichts zu verbergen. Ich denke bloß an ihn, wenn das alles an die Öffentlichkeit gezerrt wird. Sie sollte uns gestern abend am Bahnhof abholen...» Ein trockenes «Hmm!» kappte das letzte Wort.

«Aber sie war tot, Mrs. Hathall.»

Sie überhörte das und fuhr kurz und knapp fort: «Wir kamen hier an, und er hat sie gesucht. Gerufen hat er nach ihr. Hier unten hat er überall nach ihr gesucht, auch im Garten und in der Garage.»

«Und oben?»

«Nach oben gegangen ist er nicht. Er hat mir gesagt, ich soll schon mal raufgehen und meine Sachen ablegen. Und da bin ich in ihr Schlafzimmer gegangen, und da lag sie. Zufrieden? Fragen Sie ihn doch selbst, und passen Sie auf, ob er Ihnen was anderes erzählt.» Der wandelnde Schrank stampfte aus dem Zimmer, und die Treppenstufen ächzten, als er hinaufstieg.

Wexford ging in das Zimmer zurück, in dem Hathall war. Er bewegte sich nicht gerade verstohlen, machte aber auch nicht viel Geräusch. Etwa eine halbe Stunde lang war er in der Küche gewesen, und vielleicht glaubte Hathall, er habe bereits das Haus verlassen, denn er hatte sich von seiner völligen Hingabe an den Schmerz äußerst schnell erholt. Jetzt stand er am Fenster und las angestrengt etwas, das auf der Vorderseite der Morgenzeitung stand. Auf seinem hageren, geröteten Gesicht lag der Ausdruck äußerster Anspannung, einer intensiven, ja abwägenden Konzentration, und seine Hände waren völlig ruhig. Wexford hüstelte leicht. Hathall fuhr nicht zusammen. Er wandte sich um, und augenblicklich ließ wieder jene Seelenqual, von der Wexford hätte schwören können, daß sie echt war, sein Gesicht zucken.

«Ich will Sie jetzt nicht wieder belästigen, Mr. Hathall. Ich habe darüber nachgedacht, und ich glaube, es wäre viel besser für Sie, wenn wir uns in einer anderen Umgebung unterhalten. Unter den gegebenen Umständen ist diese hier wohl nicht gerade die beste für die Art Unterredung, die wir führen müssen. Würden Sie bitte so gegen drei zum Polizeipräsidium kommen und dort nach mir fragen?»

Hathall nickte. Er schien erleichtert. «Tut mir leid, daß mir vorhin die Nerven durchgegangen sind.»

«Schon gut. Das war nur natürlich. Bevor Sie heute nachmittag kommen – würden Sie wohl die Sachen Ihrer Frau durchsehen und mir dann sagen, ob etwas fehlt?»

«Ja, das mache ich. Ihre Leute werden das Haus nicht noch einmal durchsuchen?»

«Nein, das ist abgeschlossen.»

Kaum war Wexford in seinem Büro im Kingsmarkhamer Polizeipräsidium angekommen, nahm er sich die Morgenzeitungen vor und fand auch, was Hathall so aufmerksam studiert hatte, im *Daily Telegraph*. Am Fuß der ersten Seite, unter der Rubrik *Letzte Nachrichten* war ein schmaler Absatz, der lautete: «Mrs. Angela Hathall, 32, wurde gestern abend in ihrem Haus in der Wool Lane, Kingsmarkham, Sussex, tot aufgefunden. Sie wurde erdrosselt. Nach Ansicht der Polizei handelt es sich um Mord.» Das war es, worauf Hathalls Augen mit solcher Intensität fixiert gewesen waren. Wexford überlegte eine Weile. Wenn seine eigene Frau ermordet aufgefunden würde, dann wäre doch das letzte, was er wollte, darüber auch noch in der Zeitung zu lesen! Er sprach seine Gedanken laut aus, als Burden ins Zimmer kam, fügte aber gleich hinzu, es habe wohl keinen Sinn, seine eigenen Empfindungen auf andere zu projizieren, schließlich seien nicht alle Menschen gleich.

«Manchmal denke ich», meinte Burden beinahe trübsinnig, «die Welt wäre besser dran, wenn alle so wären wie Sie und ich.»

«Ganz schön arrogant sind Sie! Haben wir schon irgendwas von unseren Fingerabdruckjungens? Hathall ist ganz versessen auf Fingerabdrücke. Er ist einer von denen, die uns für Jagdhunde halten: Zeigt uns einen Abdruck oder eine Fußspur, da senken wir unsere Nasen auf den Boden und verfolgen die Spur, bis wir ein, zwei Stunden später den Fuchsbau gefunden haben.»

Burden schnaubte und warf dem Chief Inspector ein Bündel Papier auf den Tisch. «Da steht alles drin», sagte er. «Ich hab's mir angesehen, es gibt da zwar ein paar interessante Punkte, aber den Fuchs schnappen wir nicht in zwei Stunden. Wer immer er ist, er ist weit, weit weg, darauf können Sie Gift nehmen.»

Schmunzelnd meinte Wexford: «Und von dem Wagen noch keine Spur?»

«Der wird wahrscheinlich irgendwann Mitte der nächsten Woche in Glasgow oder so auftauchen. Martin hat bei Hathalls Firma nachgefragt, bei Marcus Flower. Er hat dort mit einer Sekretärin gesprochen. Sie heißt Linda Kipling, und sie sagt, Hathall ist gestern den ganzen Tag dort gewesen. Sie seien beide etwa gegen zehn gekommen – mein Gott, so gut möchte ich es auch mal haben! –, und abgesehen von anderthalb Stunden Mittagspause war Hathall da, bis er um halb sechs gegangen ist.»

«Daß ich gesagt habe, er habe über den Tod seiner Frau in der Zeitung nachgelesen, heißt noch nicht, daß ich ihn für den Mörder halte.» Wexford klopfte einladend auf einen Stuhl neben sich und sagte: «Setzten Sie sich, Mike, und erzählen Sie mir, was da drinsteht in dem Wust, den Sie mir gebracht haben. Aber möglichst knapp bitte, ich seh es mir später noch selbst an.»

Der Inspector nahm Platz und setzte die Brille auf, die er sich kürzlich zugelegt hatte. Es war eine elegante Brille mit schmalem schwarzen Rand, die Burden das Aussehen eines erfolgreichen Rechtsanwalts verlieh. Mit seiner reichhaltigen Kollektion gutgeschnittener Anzüge, seinem vorzüglich geschnittenen, blonden Haar und einer Figur, die keine Diät nötig hatte, um in Form zu bleiben, hatte er ohnehin nie wie ein Kriminalbeamter ausgesehen – eine Tatsache, die ihm oft nützte. Seine Stimme war klar, ein wenig unsicherer als sonst, denn er hatte sich noch nicht an die Brille gewöhnt, und er schien zu glauben, sie würde nicht nur sein Aussehen, sondern seine gesamte Persönlichkeit verändern.

«Als erstes wäre zu bemerken», fing er an, «daß es in dem Haus nicht annähernd so viele Abdrücke gab, wie man hätte erwarten müssen. Es war ein ganz ungewöhnlich gepflegtes Haus, alles und jedes total sauber, geradezu poliert. Sie muß wirklich supergründlich saubergemacht haben, denn es gab sogar von Hathall selbst kaum Fingerabdrücke. Ein deutlicher, voller Handabdruck auf der Haustür, außerdem Spuren an anderen Türen und am Treppengeländer, aber die sind offensichtlich entstanden, nachdem er gestern abend heimgekommen ist. Die Abdrücke der alten Mrs. Hathall waren auf dem Küchentresen, am Handlauf des Treppengeländers, im hinteren Schlafzimmer, an den Wasserhähnen im Bad, an der Toilettenspülung, am Telefon und – merkwürdigerweise – auch auf den Bilderleisten am Treppenabsatz.»

«Gar nicht merkwürdig», fiel Wexford ein. «Sie ist doch so ein alter Drachen und fährt natürlich mit dem Finger über eine Bilderleiste, um zu sehen, ob die Schwiegertochter Staub gewischt hat. Und hätte die das nicht getan, dann hätte die Alte sicher ‹Schlampe› oder sonst was Provokatives in den Staub geschrieben.»

Burden rückte seine Brille zurecht, verschmiert die Gläser dabei mit den Fingerspitzen und rieb sie ungeduldig an der Hemdmanschette sauber. «Angelas Fingerabdrücke waren an der Hintertür, an der Tür zwischen Küche und Diele, an ihrer Schlafzimmertür und an verschiedenen Flaschen und Dosen auf ihrem Frisiertisch. Aber sonst waren nirgends welche von ihr. Anscheinend trug sie Handschuhe bei der Hausarbeit, und wenn sie die auszog, um aufs Klo zu gehen, dann muß sie hinterher alles saubergewischt haben.»

«Kommt mir ziemlich zwanghaft vor. Aber wahrscheinlich sind manche Frauen wirklich so.»

Burden, dessen Ausdruck verriet, daß er solche Frauen eher schätzte, fuhr fort: «Die einzigen anderen Abdrücke im Haus waren die eines unbekannten Mannes und einer unbekannten Frau. Die des Mannes wurden lediglich auf Büchern entdeckt und auch an der Innenseite einer Kleiderschranktür in einem Schlafzimmer – nicht Angelas Schlafzimmer. Und dann war da noch ein Abdruck, ein einziger, von dieser anderen Frau. Auch das ein voller Handabdruck, von der rechten Hand, sehr deutlich. Er zeigt eine kleine, L-förmige Narbe am Zeigefinger, und gefunden wurde er am Rand der Badewanne.»

«Hmm», machte Wexford, und weil der Ton ihn an Mrs. Hathall erinnerte, änderte er ihn in «Huh» ab. Nachdenklich schwieg er. «Diese Abdrücke haben wir nicht im Archiv?»

«Weiß ich noch nicht. Lassen Sie denen ein bißchen Zeit.»

«Ich bin schon wie Hathall. Gibt's sonst noch was?»

«Ein paar kräftige, lange, dunkle Haare, drei Stück, auf dem Fußboden des Badezimmers. Angelas sind es nicht. Ihre waren feiner; ihre fanden sich zum Beispiel ausschließlich in der Haarbürste auf dem Frisiertisch.»

«Männer- oder Frauenhaare?»

«Unmöglich festzustellen. Sie wissen ja selber, mit was für Mähnen die meisten jungen Kerle heutzutage herumlaufen.»

Burden fuhr sich über das eigene kurzgeschnittene Haar und nahm die Brille ab. «Einen Obduktionsbefund bekommen wir nicht vor heute abend.»

«Okay. Wir müssen also den Wagen finden und jemand, der sie damit fahren sah. Und wenn wir Glück haben auch jemanden, der sie und ihren Fang darin hat zurückkommen sehen – wenn es sich überhaupt so abgespielt hat. Außerdem müssen wir ihre Freunde finden. Ein paar Freunde muß sie doch gehabt haben.»

Sie fuhren mit dem Lift hinunter und durchquerten die Halle mit dem Schachbrettboden. Während Burden stehenblieb, um ein paar Worte mit dem Beamten vom Dienst zu wechseln, ging Wexford auf die Schwingtür zu, die zur Außentreppe und zum Vorplatz führte. Eine Frau kam gerade diese Stufen herauf. Sie bewegte sich mit dem Selbstgefühl eines Menschen, der niemals Ablehnung erfahren hat. Wexford hielt ihr den rechten Türflügel auf, und als sie auf gleicher Höhe mit ihm war, blieb sie stehen und blickte ihm voll ins Gesicht.

Sie war nicht mehr jung, schätzungsweise Ende Vierzig, aber schon auf den ersten Blick merkte man, daß sie zu jenen seltenen Kreaturen gehörte, denen die Zeit wenig anhaben, ihnen weder die Schönheit noch ihre Vitalität nehmen kann. Jede der feinen Linien in ihrem Gesicht schien von Lachen und übermütigem Witz geprägt, und ohnehin gab es nur wenige um die großen, hellblauen und überraschend jungen Augen herum. Sie lächelte ihn an, mit einem Lächeln, das das Herz eines jeden Mannes Kobolz schlagen ließ, und sie sagte:

«Guten Morgen. Mein Name ist Nancy Lake. Ich möchte mit einem Polizeibeamten sprechen, dem ranghöchsten – mit jemand Wichtigen. Sind Sie hier ein wichtiger Mann?»

«Ich glaube, ich bin wichtig genug», erwiderte Wexford.

Sie blickte ihn von oben bis unten an, wie ihn seit zwanzig Jahren keine Frau mehr angesehen hatte. Das Lächeln wurde nachdenklich, feingeschwungene Brauen schoben sich in die Höhe.

«Ich glaube, das stimmt», sagte sie, und während sie eintrat, fuhr sie fort: «Aber Spaß beiseite. Ich bin hergekommen, weil ich wahrscheinlich als letzte Angela Hathall lebend gesehen habe.»

4

Wenn eine schöne Frau altert, so besteht die Reaktion eines Mannes gewöhnlich in der Überlegung, wie entzückend sie einmal gewesen sein muß. Bei Nancy Lake war es anders. Um sie lag ein Flair des ausschließlichen Hier und Jetzt. Wenn man mit ihr zusammen war, dachte man ebensowenig an ihre Jugend oder ihr künftiges Greisenalter, wie man an den Frühling oder an Weihnachten denkt, während man den Spätsommer genießt. Sie gehörte zu der Jahreszeit, die gerade jetzt herrschte, sie war eine Erntezeit-Frau, die an Weinlese-Feste, an reifende Frucht und warme Nächte denken ließ. Aber diese Gedanken kamen Wexford erst viel später. Während er sie in sein Büro führte, war ihm lediglich bewußt, wie ungeheuer erfreulich diese Abwechslung war zwischen Mord und Totschlag, widerspenstigen Zeugen, Fingerabdrücken und verschwundenen Autos. Außerdem war es nicht einfach bloß eine Abwechslung. Glücklich der Mann, der Arbeit und Vergnügen kombinieren kann …

«Was für ein hübscher Raum», sagte sie. Ihre Stimme war tief und angenehm und lebendig. «Ich dachte immer, Polizeireviere seien braun und düster und an den Wänden Fotos schlimmer Verbrecher, die alle wegen Banküberfällen gesucht werden.» Sie betrachtete mit ehrlichem Wohlgefallen seinen Teppich, seine gelben Stühle, seinen Rosenholzschreibtisch. «Dies ist wirklich geschmackvoll. Und die schöne Aussicht über all die kleinen Dächer. Darf ich mich setzen?»

Wexford hielt ihr bereits einen Stuhl hin. Er mußte daran denken, daß Dora von dieser Frau gesagt hatte, sie ‹interessiere sich sehr für Männer›. Und er fügte dieser Feststellung seine eigene hinzu, nämlich, daß sich Männer sehr für sie interessierten. Sie war dunkel, ihr üppiges Haar ein leuchtendes Kastanienbraun – wahrscheinlich gefärbt. Aber ihre Haut hatte einen rosig-bernsteinfarbenen Schimmer bewahrt, eine Pfirsichhaut. Ein zartes Leuchten schien unter der Oberfläche zu glimmen, so wie man es bisweilen auf den Gesichtern junger Mädchen oder auf Kindergesichtern sieht, ein Glanz, der sich jedoch selten bis ins mittlere Alter erhält. Die roten Lippen schienen immer einem Lächeln nahe. Es war, als kenne sie ein köstliches Geheimnis, das sie beinahe, aber nie ganz enthüllen würde. Ihr Kleid war genau so, wie nach Wexfords Meinung ein Frauenkleid sein sollte – weiter Rock, enge Taille, aus altrosa und blau bedruckter Baumwolle, mit tiefem Ausschnitt, in dem großzügig die sanften Ansätze eines vollen, goldenen Busens zu sehen waren. Sie merkte, daß er sie aufmerksam betrachtete, und es war, als genieße sie seinen prüfenden Blick, als schwelge sie insgeheim darin, als wisse sie besser als er selbst, was er bedeutete.

Abrupt wandte er seine Augen ab. «Sie wohnen in dem Haus am Ende der Wool Lane in Richtung Kingsmarkham, nicht wahr?»

«Ja. Es heißt ‹Sunnybank›. Ich finde immer, das klingt nach psychiatrischer Klinik. Aber mein verstorbener Mann hat den Namen ausgesucht, und er wird seine Gründe gehabt haben.»

Wexford machte den entschlossenen und wohl auch erfolgreichen Versuch, ernst auszusehen. «Waren Sie eine Freundin von Angela Hathall?»

«Oh, nein.» Ihm kam der Gedanke, daß sie zu sagen imstande wäre, weibliche Freunde habe sie nicht, was ihm mißfallen hätte, aber das sagte sie nicht. «Nein, ich bin bloß wegen der Mirakel hingegangen.»

«Wegen der... was?»

«Ach Verzeihung, das ist so ein privater Spaß. Ich meinte, wegen der gelben Eierpflaumen.»

«Ah, Mirabellen?» Dies war das zweite verballhornte Fremdwort des Tages, doch diesmal war es Absicht. «Sie sind gestern hingegangen, um Pflaumen zu pflücken?»

«Das mache ich immer. Jedes Jahr. Ich tat das schon, als der alte Mr. Somerset noch dort wohnte, und als dann die Hathalls kamen, da sagten sie auch, ich könnte die Pflaumen haben. Ich mache Marmelade daraus.»

Einen flüchtigen Augenblick lang sah er Nancy Lake im Geiste vor sich, wie sie in der sonnendurchfluteten Küche stand und in einem Topf voller goldener Früchte rührte. Er roch förmlich den Duft, er sah ihr Gesicht, sah, wie sie den Finger hineintauchte und ihn an die vollen, roten Lippen führte. Die Vision drohte sich zu einem Wunschtraum auszuwachsen. Er schüttelte sie ab. «Wann sind Sie dort hingegangen?»

Sein barscher Tonfall ließ ihre Augenbrauen in die Höhe fahren. «Ich rief Angela morgens um neun Uhr an und fragte, ob ich zum Pflücken kommen könne. Ich hatte gesehen, daß sie bereits abfielen. Es schien ihr recht zu sein, sie klang ganz verbindlich – für ihre Verhältnisse. Sie war keine sehr freundliche Person, wie Sie wissen.»

«Nein, das weiß ich nicht. Ich hoffe, Sie erzählen es mir.»

Sie machte eine kleine, hilflose Geste mit den Händen. «Sie sagte, ich solle um halb eins kommen. Ich pflückte die Pflaumen, und sie bot mir eine Tasse Kaffee an. Ich glaube, sie hat mich nur hereingebeten, um mir zu zeigen, wie hübsch das Haus aussah.»

«Warum? Sah es nicht immer hübsch aus?»

«O Gott, nein. Mir ist es zwar egal, das war ja ihre Sache. Ich habe selbst nicht viel für Hausarbeit übrig, aber Angelas Haus war sonst ein ziemlicher Schweinestall. Jedenfalls war es das im letzten März, als ich das letzte Mal dort drin gewesen bin. Sie erzählte mir, sie habe saubergemacht, um Roberts Mutter zu beeindrucken.»

Wexford nickte. Er mußte seine ganze Willenskraft zusammennehmen, um die Vernehmung auf diese unpersönliche Art fortzuführen, denn sie übte einen Zauber aus, eine magische Mischung aus anmutiger Weiblichkeit und starker Sexualität. Aber die Willensanstrengung mußte sein. «Hat sie Ihnen erzählt, ob sie noch anderen Besuch erwartete, Mrs. Lake?»

«Nein, sie erwähnte, sie wolle mit dem Wagen weg, aber wohin, das hat sie nicht gesagt.» Nancy Lake lehnte sich mit ernsthafter Miene vorwärts über den Tisch und brachte ihr Gesicht nahe an seins. Ihr Parfum war fruchtig und sanft. «Sie bat mich zwar herein und gab mir Kaffee, aber kaum hatte ich eine Tasse getrunken, da wollte sie mich anscheinend wieder loswerden. Deswegen meinte ich, sie habe mir bloß zeigen wollen, wie hübsch das Haus aussah.»

«Wann sind Sie fortgegangen?»

«Warten Sie mal. Das wird kurz vor halb zwei gewesen sein. Aber im Haus war ich nur zehn Minuten. Den Rest der Zeit habe ich Mirakel gepflückt.»

Die Versuchung, diesem vitalen, beweglichen und irgendwie verschmitzten Gesicht nahe zu bleiben, war groß, aber man mußte ihr widerstehen. Wexford drehte sich betont lässig in seinem Drehstuhl und wandte Nancy Lake ein ernstes, geschäftsmäßiges Profil zu. «Sie haben nicht gesehen, wie sie Bury Cottage verließ oder wie sie später zurückkam?»

«Nein, ich fuhr nach Myringham. Ich war den ganzen Nachmittag und einen Teil des Abends in Myringham.»

Zum erstenmal lag eine bewußte Reserviertheit in ihrer Antwort, aber er hakte nicht nach: «Erzählen Sie mir von Angela Hathall. Was für ein Mensch war sie?»

«Brüsk, verschlossen, unfreundlich.» Sie zuckte ratlos die Schultern, als lägen derartige Mängel bei einer Frau außerhalb ihres Begriffsvermögens. «Vielleicht ist das der Grund, weshalb sie und Robert so gut miteinander auskamen.»

«Taten Sie das? Sie waren also ein glückliches Paar?»

«O ja, sehr. Sie hatten nur Augen füreinander, wie man so schön sagt.» Nancy Lake lachte ein wenig. «Waren sich gegenseitig ein und alles, wissen Sie. Sie hatten auch keine Freunde, soviel ich weiß.»

«Mir wurde sie als sehr schüchtern und nervös geschildert.»

«Ach ja? Das würde ich nicht sagen. Ich hatte eher den Eindruck, sie hielt sich so ganz für sich, weil's ihr halt gefiel. Allerdings ging es ihnen ja auch sehr schlecht, bevor er seinen neuen Job bekam. Sie hat mir mal erzählt, daß sie nach all seinen Abzügen nur noch 15 Pfund die Woche zum Leben hatten. Er zahlte seiner ersten Frau Alimente oder wie man das nennt.» Sie schwieg eine Weile und lächelte. «Wie Menschen sich ihr Leben verpfuschen, was?»

Ein Anflug von Wehmut schwang in ihrer Stimme, als ob sie sich mit dem Verpfuschen auskenne. Er drehte sich wieder um, denn ihm war ein Gedanke gekommen. «Dürfte ich Ihre rechte Hand sehen, Mrs. Lake?»

Sie gab sie ihm, ohne zu fragen, und sie legte sie nicht auf den Tisch, sondern in seine Hand, mit der Innenfläche nach unten. Es war fast eine Geste wie bei Liebenden, typisch für den Beginn einer Beziehung zwischen Mann und Frau, dieses Umschließen der Hände, eine erste Annäherung, Zeichen des Wohlbefindens und des Vertrauens. Wexford spürte ihre Wärme, bemerkte, wie glatt und gepflegt sie war, sah den sanften Schimmer der Nägel und den Diamantring am Mittelfinger. Verwirrt ließ er sie eine Spur zu lange in der seinen ruhen.

«Wenn mir irgend jemand erzählt hätte», sagte sie mit tanzenden Augen, «daß ich heute morgen mit einem Polizisten Händchen halten würde... ich hätte es nicht geglaubt.»

Wexford sagte steif: «Verzeihen Sie bitte.» Und dann drehte er die Hand um. Keine L-förmige Narbe verunzierte die sanfte Kuppe ihres Zeigefingers, und er ließ die Hand fallen.

«Stellen Sie auf diese Weise Fingerabdrücke fest? Mein Gott, ich dachte immer, das sei eine viel kompliziertere Angelegenheit.»

«Ist es auch.» Weiter erklärte er nichts. «Hatte Angela Hathall eine Frau, die ihr beim Saubermachen half?»

«Soweit ich weiß, nicht. Sie hätten sich das auch nicht leisten können.» Sie tat ihr Bestes, um ihre Belustigung über seine Befangenheit zu verbergen, aber er sah, wie ihre Lippen zuckten, und die Belustigung siegte. «Kann ich sonst noch etwas für Sie tun, Mr. Wexford? Möchten Sie nicht vielleicht Abdrücke meiner Füße nehmen zum Beispiel, oder womöglich eine Blutprobe?»

«Nein danke, das wird nicht nötig sein. Möglich, daß ich mich noch mal mit Ihnen unterhalten möchte, Mrs. Lake.»

«Das hoffe ich doch sehr.» Sie stand graziös auf und trat ein paar Schritte näher ans Fenster. Wexford, der aus Höflichkeit seinerseits aufstehen mußte, als sie es tat, fand sich plötzlich dicht neben ihr. Und genau das hatte sie beabsichtigt, wußte er. Aber er fühlte sich geschmeichelt. Wie viele Jahre war es her, daß eine Frau mit ihm geflirtet hatte, seine Gegenwart gesucht und die Berührung seiner Hand genossen hatte? Dora natürlich, seine Frau, die hatte es getan... Als er sich im Bewußtsein seiner neuen, straffen Figur aufreckte, fiel ihm seine Frau ein. Ihm fiel ein, daß er nicht nur ein Kriminalbeamter, sondern ein Ehemann war, der sein Treuegelöbnis nicht vergessen durfte. Nancy Lake aber hatte ihm ihre Hand leicht auf den Arm gelegt und lenkte seine Aufmerksamkeit auf den Sonnenschein draußen, auf die Autokolonne in der High Street, die sich auf den langen Weg zur Küste machte.

«Genau das richtige Wetter für einen Tag an der See, nicht wahr?» meinte sie. Die Bemerkung klang sehnsüchtig, fast wie eine Einladung. «Was für eine Schande, daß Sie am Samstag arbeiten müssen.» Was für eine Schande, daß Arbeit und Konvention und Vernunft ihn davon abhielten, diese Frau zu seinem Wagen zu führen und mit ihr in irgendein ruhiges Hotel zu fahren. Champagner, Rosen, dachte er, und wieder diese Hand, die sich über den Tisch schöbe und warm in der seinen ruhte... «Und bald wird der Winter dasein», sagte sie.

So konnte sie es doch wohl nicht gemeint haben – doch nicht in diesem Doppelsinn? Daß der Winter bald dasein werde für sie beide, der das Fleisch welken und das Blut erkalten ließe…? «Ich möchte Sie nicht länger aufhalten», sagte er mit eisiger Stimme.

Sie lachte, ganz und gar nicht gekränkt, sondern nahm ihre Hand von seinem Arm und schritt zur Tür. «Sie könnten wenigstens sagen, es war nett von mir, zu kommen.»

«Das war es auch. Sehr im Sinne des Gemeinwohls. Guten Morgen, Mrs. Lake.»

«Guten Morgen, Mr. Wexford. Sie müssen bald zum Tee zu mir kommen, um die Mirakelmarmelade zu probieren.»

Er ließ sie von einem Beamten hinausbegleiten. Anstatt sich wieder an seinen Schreibtisch zu setzen, trat er ans Fenster und blickte hinaus. Und da war sie schon, schritt über den Vorplatz mit der Zuversichtlichkeit der Jugend, so, als gehöre die Welt ihr. Er kam nicht auf die Idee, daß sie sich umdrehen und hinaufschauen könnte, aber sie tat es, ganz plötzlich, als ob ihrer beider Gedanken kommuniziert und diesen schnellen Blick ausgelöst hätten. Sie winkte. Sie streckte den Arm hoch aus und winkte mit der Hand. Als ob sie einander schon ein Leben lang kannten, so herzlich und frei und intim war diese Geste; als ob sie sich soeben nach einer von vielen köstlichen Begegnungen trennten, deren Süße nicht durch ihre Häufigkeit vermindert wurde.

Auch er hob den Arm, und es wurde eine Art Salut daraus. Und dann, als sie in der Menge der samstäglichen Einkaufsbummler verschwunden war, ging er ebenfalls nach unten, um Burden zu suchen und mit ihm zum Mittagessen zu gehen.

Das Café *Carousel* gegenüber dem Polizeipräsidium war am Samstag zur Lunchzeit immer sehr voll, aber wenigstens war die Musikbox still. Der richtige Lärm würde erst losgehen, wenn gegen sechs die Halbwüchsigen kamen. Burden saß an dem Ecktisch, der immer für sie reserviert war, und als Wexford darauf zuging, kam ihm der Inhaber, ein freundlich-bescheidener Italiener, ehrerbietig und unter Respektbezeugungen entgegen.

«Meine Spezialität heute für Sie, Chief Inspector? Die Leber mit Speck kann ich sehr empfehlen.»

«Sehr schön, Antonio, aber keine dieser Fertigkartoffeln, eh? Und kein Natriumglutamat.»

Antonio blickte verständnislos drein. «So etwas habe ich nicht auf der Speisekarte, Mr. Wexford.»

«Nein, aber drin ist es trotzdem, sozusagen als Geheimagent. Ich hoffe, Sie hatten hier keine weiteren ‹speedy Sessions› in letzter Zeit?»

«Nein, Sir, und das haben wir Ihnen zu verdanken.»

Diese Anspielung bezog sich auf einen Schabernack, den sich ein paar Wochen zuvor einer von Antonios jugendlichen Teilzeitangestellten geleistet hatte. Genervt durch die Biederheit der Gäste, hatte dieser Junge einhundert Amphetamintabletten in den Glasbehälter mit dem sprudelnden Orangensaft und den darauf schwimmenden Plastikorangen gekippt, und das Resultat war ein fröhlich ausschweifender Tumult gewesen. Ein bis dato wohlanständiger Geschäftsmann hatte tatsächlich auf dem Tisch getanzt. Wexford, der rein zufällig vorbeigekommen war und sich wegen seiner Diät selbst einen Orangensaft bestellt hatte, lokalisierte die Quelle dieser überschäumenden Heiterkeit und zugleich auch den Spaßvogel. Bei der Erinnerung daran lachte er los.

«Was ist denn so komisch?» erkundigte sich Burden mürrisch. «Oder hat diese Mrs. Lake Sie so aufgeheitert?» Als Wexford zu lachen aufhörte, aber nicht antwortete, berichtete er: «Martin hat im Gemeindehaus Posten bezogen und dort eine Art Vernehmungs- und Informationszentrale eingerichtet. Die Öffentlichkeit ist unterrichtet worden in der Hoffnung, daß jeder, der Angela am Freitag nachmittag gesehen hat, nun kommt und es uns erzählt. Und wenn sie selbst das Haus nicht verlassen hat, dann besteht noch die Möglichkeit, daß ihr Besucher gesehen worden ist.»

«Sie hat das Haus verlassen», sagte Wexford. «Sie hat Mrs. Lake erzählt, sie würde mit dem Wagen wegfahren. Ich frage mich, wer die Dame mit der L-förmigen Narbe ist, Mike. Mrs. Lake ist es nicht, und Mrs. Lake sagt, Angela hätte keine Putzfrau und übrigens auch keine Freundinnen gehabt.»

«Und wer ist der Mann, der die Innenseite der Schranktür angefaßt hat?»

Die Ankunft von Leber und Speck und von Burdens Spaghetti Bolognese ließ sie für ein paar Minuten verstummen. Wexford trank seinen Orangensaft und überlegte wehmütig, welch ein Spaß es doch wäre, wenn auch diese Tankfüllung ein bißchen aufgepeppt wäre und Burden plötzlich enthemmt und ausgelassen würde. Aber der Insepctor, ein wenig naserümpfend ins Essen vertieft, trug die resignierte Miene dessen zur Schau, der sein Wochenende der Pflicht geopfert hat. Die tiefen Furchen, die sich von seinen Nasenflügeln zu den Mundwinkeln herabzogen, verschärften sich noch, als er jetzt sagte:

«Ich wollte mit meinen Kindern an die See fahren.»

Wexford dachte an Nancy Lake, die sicherlich in einem Badeanzug gut aussah. Aber er verscheuchte die Vorstellung, ehe sie sich zu einem farbigen, dreidimensionalen Bild entwickelte. «Mike, in diesem Stadium eines Falles fragen wir uns doch gewöhnlich gegenseitig, ob uns irgendwas Merkwürdiges aufgefallen ist, irgendwelche Diskrepanzen oder offenkundige Unwahrheiten. Haben Sie irgend so was bemerkt?»

«Nein, könnte ich nicht behaupten, abgesehen von dem Mangel an Abdrücken.»

«Sie hatte einen totalen Hausputz veranstaltet, um die alte Frau zu beeindrucken, obwohl ich zugebe, es ist schon komisch, daß sie anscheinend alles noch mal abgewischt hat, ehe sie ihre Autotour unternahm. Mrs. Lake hat ungefähr um eins bei ihr Kaffee getrunken, und Mrs. Lakes Spuren waren nirgends zu finden. Aber es gibt noch etwas, und das kommt mir noch viel merkwürdiger vor, nämlich die Art, wie Hathall sich benahm, als er gestern abend nach Hause kam.»

Burden schob seinen leeren Teller weg, betrachtete die Speisekarte, verwarf aber den Gedanken an etwas Süßes und signalisierte Antonio, daß er Kaffee wolle. «Was war so merkwürdig?» fragte er.

«Hathall und seine Frau waren seit drei Jahren verheiratet. Während dieser Zeit hat die alte Frau ihre Schwiegertochter nur einmal gesehen, und dabei hat es offenbar beträchtliche Meinungsverschiedenheiten zwischen den beiden gegeben. Anscheinend hat das damit zu tun, daß Angela sich in Hathalls erste Ehe gedrängt hat. Wie dem auch sei – darüber werde ich schon noch mehr erfahren –, Angela und ihre Schwiegermutter waren sich spinnefeind. Immerhin muß es doch zu einer Art Waffenruhe gekommen sein, denn die alte Dame ließ sich zu dem Wochenendbesuch überreden, und Angela veranstaltete ihrerseits einen Hausputz, der weit über ihren üblichen Standard hinausging. Nun sollte also Angela sie am Bahnhof abholen, aber sie tauchte nicht auf. Hathall sagt, sie sei schüchtern und nervös, Mrs. Lake sagt, sie sei schroff und unfreundlich gewesen. Was mußte Hathall also vermuten, als seine Frau nicht am Bahnhof war?»

«Daß sie kalte Füße gekriegt hatte. Daß sie Angst hatte, ihrer Schwiegermutter gegenüberzutreten.»

«Genau. Aber was passiert, als er nach Hause kommt? Er kann Angela nicht finden. Er sucht *unten* nach ihr, und ebenso im Garten. Nach oben geht er überhaupt nicht. Dabei muß ihm doch Angelas Nervosität bewußt und ihm klar gewesen sein, daß sich eine nervöse Frau nicht im Garten verkriecht, sondern in ihrem Schlafzimmer. Aber statt oben nach ihr zu suchen, *schickt er seine Mutter hinauf*, genau die Person, vor der Angela sich fürchtete. Ihm muß doch gedämmert haben, daß dieses schüchterne und nervöse Mädchen, dem er angeblich so ergeben war, sich in ihr Schlafzimmer geflüchtet hat. Aber statt raufzugehen, um sie zu beruhigen und sie zu bewegen, mit ihm an der Seite seiner Mutter gegenüberzutreten, geht er nach draußen, in die Garage. Das ist doch wirklich sehr merkwürdig, Mike.»

Burden nickte. «Trinken Sie Ihren Kaffee aus», sagte er. «Hathall kommt doch um drei. Vielleicht gibt der Ihnen eine Antwort darauf.»

5

Obwohl Wexford so tat, als studiere er die Liste der fehlenden Gegenstände – ein Armband, ein paar Ringe und eine goldene Halskette –, die Hathall ihm gebracht hatte, beobachtete er in Wirklichkeit den Mann. Er war mit gesenktem Kopf in sein Büro getreten, und jetzt saß er schweigend da, die Hände im Schoß gefaltet. Aber die Kombination von rötlicher Haut und schwarzem Haar verleiht einem Menschen ein wütendes Aussehen. Hathall wirkte denn auch trotz seines Schmerzes wütend und grimmig. Seine harten, kantigen Züge sahen aus wie aus rotem Granit gehauen, die Hände waren groß und rot, und selbst seine Augen waren – wenn auch nicht gerade blutunterlaufen, so doch rötlich schimmernd. Wexford hätte nie gedacht, daß er auf Frauen anziehend wirkte, und doch war er zweimal verheiratet gewesen. War es vielleicht so, daß bestimmte Frauen, sehr feminine oder nervöse und lebensuntüchtige Frauen ihn als einen Felsen betrachteten, an den sie sich klammern, ein Bollwerk, wo sie Schutz finden konnten? Möglicherweise deuteten seine Farben ebenso auf Leidenschaftlichkeit und Hartnäckigkeit und Kraft hin wie auch auf Jähzorn.

Wexford legte die Liste auf den Schreibtisch und fragte aufblikkend: «Was, glauben Sie, hat sich gestern nachmittag in Ihrem Haus abgespielt, Mr. Hathall?»

«Das fragen Sie *mich*?»

«Vermutlich kannten doch Sie Ihre Frau besser als sonst jemand. Sie könnten doch wissen, wer vielleicht bei ihr vorbeigekommen ist, oder wen sie mit nach Hause genommen haben könnte.»

Wexford runzelte die Stirn, und dieses Stirnrunzeln verfinsterte das ganze Gesicht. «Ich habe Ihnen schon gesagt, da ist ein Mann ins Haus gekommen, um zu stehlen. Er hat die Sachen auf der Liste dort genommen, und als meine Frau ihn überraschte, da... da hat er sie umgebracht. Anders kann es doch gar nicht gewesen sein? Das ist doch völlig klar.»

«Das glaube ich nicht. Derjenige, der in Ihr Haus kam, hat die ganze Wohnung saubergewischt und so eine beträchtliche Anzahl von Fingerabdrücken beseitigt. Ein Dieb hätte das nicht nötig gehabt, der hätte Handschuhe getragen. Und er hätte Ihre Frau vielleicht zusammengeschlagen, erdrosselt hätte er sie nicht. Außerdem ersehe ich aus der Liste, daß Sie den Wert der verschwundenen Sachen insgesamt auf weniger als fünfzig Pfund schätzen. Zugegeben, Menschen haben schon für weniger gemordet, aber ich bezweifle, daß je eine Frau aus diesem Grund erdrosselt worden ist.»

Als Wexford das Wort ‹erdrosselt› wiederholte, senkte Hathall erneut den Kopf. «Welche Erklärung gäbe es denn sonst?» fragte er gepreßt.

«Erzählen Sie mir, wer Sie in Ihrem Haus besucht hat. Was für Freundinnen oder Bekannte kamen zu Ihrer Frau?»

«Wir hatten keine Freunde», sagte Hathall. «Als wir hierherzogen, waren wir arme Schlucker. Man braucht Geld, um an einem Ort wie diesem Freunde zu gewinnen. Wir hatten nicht das Geld, um in Clubs einzutreten oder Dinnerpartys zu geben oder auch nur Leute auf einen Drink einzuladen. Angela hat oft von Sonntag abend bis zum Freitag abend keine Seele gesehen. Und die Freunde, die ich hatte, ehe ich sie heiratete – na ja, da hat meine erste Frau dafür gesorgt, daß ich sie loswurde.» Er hustete ungeduldig und warf seinen Kopf auf dieselbe Art zurück, wie seine Mutter es getan hatte. «Wissen Sie, ich glaube, am besten erzähle ich Ihnen kurz, was Angela und ich durchgemacht haben, dann begreifen Sie vielleicht, daß all dies Gerede von Freunden und Besuchern reiner Unsinn ist.»

«Ja, gut, Mr. Hathall.»

«Es wird die Geschichte meines Lebens sein.» Hathall gab ein humorlos bellendes Lachen von sich. Es war das bittere Lachen des Paranoikers. «Ich fing an als Laufbursche in einer Wirtschaftsprüferpraxis, bei Craig and Butler in der Gray's Inn Road. Später, als ich dort Büroangestellter war, wollte der Seniorpartner, daß ich eine Fachausbildung machte, und überredete mich, meine Zulassungsprüfung abzulegen. In der Zwischenzeit hatte ich geheiratet, und ich kaufte auf Hypotheken ein Haus in Corydon. Das Extrageld kam mir deshalb sehr gelegen.» Wieder blickte er mit wehleidiger Miene auf. «Bis heute hat es nie eine Zeit gegeben, wo ich genug Geld zum Leben hatte, und jetzt, wo ich es habe, nützt es mir nichts.

Meine erste Ehe war nicht glücklich, auch wenn meine Mutter es nicht wahrhaben will. Ich habe vor siebzehn Jahren geheiratet, und nach zwei Jahren wußte ich, daß ich einen Fehler gemacht hatte. Aber inzwischen hatten wir eine Tochter bekommen, also konnte ich gar nichts daran ändern. Wahrscheinlich hätte ich weiter so dahingelebt und das Beste daraus gemacht, wenn ich nicht Angela auf einer Büroparty kennengelernt hätte. Als ich mich in sie verliebte und wußte, daß – nun, daß das, was ich für sie empfand, erwidert wurde, da bat ich meine Frau um die Scheidung. Eileen – das ist meine erste Frau – machte mir furchtbare Szenen. Sie zog meine Mutter mit hinein, und sogar Rosemary, unsere elfjährige Tochter. Ich kann Ihnen gar nicht schildern, wie mein Leben damals war, und ich versuch's auch nicht.»

«Das war vor fünf Jahren?»

«Vor etwa fünf Jahren, ja. Schließlich zog ich zu Hause aus und lebte mit Angela zusammen. Sie hatte ein Zimmer in Earls Court, und sie arbeitete in der Bibliothek der *National Archaeologists' League.*» Obwohl Hathall behauptet hatte, er könne sein damaliges Leben gar nicht schildern, tat er nun genau das. «Eileen setzte eine – eine wahre Verfolgungsjagd in Gang. Sie machte Szenen in meinem Büro und an Angelas Arbeitsstelle. Sie kam sogar nach Earls Court. Ich bettelte sie um die Scheidung an. Angela hatte eine gute Stellung, und ich kam auch zurecht. Ich dachte, ich könnte es schaffen, alle Forderungen von Eileen zu erfüllen. Am Ende stimmte sie zu, aber mittlerweile hatte mich Butler wegen Eileens Szenen gefeuert, einfach gefeuert! Das war eine himmelschreiende Ungerechtigkeit. Und um das Unglück vollzumachen, mußte Angela die Bibliothek verlassen. Sie war am Rande eines Nervenzusammenbruchs.

Ich kriegte einen Teilzeitjob als Buchhalter bei einem Spielzeughersteller, der Firma Kidd and Co. in Toxborough, und Angela und ich fanden ein Zimmer dort in der Nähe. Wir waren völlig am Ende. Angela konnte nicht arbeiten. Der Scheidungsrichter sprach Eileen mein Haus und das Sorgerecht für meine Tochter zu und obendrein einen ungerecht hohen Anteil meines mehr als bescheidenen Einkommens. Dann hatten wir endlich mal ein bißchen Glück. Angela hatte hier unten einen Vetter – Mark Somerset heißt er –, der überließ uns Bury Cottage. Das Haus hatte seinem Vater gehört, aber natürlich war keine Rede davon, daß wir es mietfrei kriegten – so weit trieb er seine Großzügigkeit nicht, obwohl er doch ein Blutsverwandter war. Und ich kann auch nicht behaupten, daß er sonst je etwas für uns tat. Und er hat sich danach auch nicht um Angela gekümmert, dabei hat er doch gewußt, wie einsam sie war.

So ging das ungefähr drei Jahre lang. Wir lebten buchstäblich von etwa fünfzehn Pfund die Woche. Ich zahlte immer noch die Hypothek eines Hauses ab, in das ich seit vier Jahren keinen Fuß mehr gesetzt habe. Meine Mutter und meine erste Frau haben meine Tochter gegen mich aufgehetzt. Was nützt ein Urteil, das dem Vater einen angemessenen Zugang zu seinem Kind zusichert, wenn das Kind einen gar nicht sehen will? Sie wollten doch etwas über mein Privatleben wissen. Bitte schön, so war das. Nichts als Sorgen und Schwierigkeiten. Angela war der einzige Lichtblick bei alledem, und jetzt – jetzt ist sie tot.»

Da Wexford glaubte, daß – mit gewissen Ausnahmen – ein Mensch nur dann ständige und akute Verfolgung erleidet, wenn irgend etwas Masochistisches in seiner psychologischen Struktur diese Verfolgung geradezu herausfordert, schürzte er die Lippen. «Dieser Mann, dieser Somerset, ist der je zu Ihnen nach Bury Cottage gekommen?»

«Nie. Er führte uns herum und zeigte uns alles, als er es uns anbot, aber danach sahen wir ihn nie wieder, außer bei einer zufälligen Begegnung auf der Straße in Myringham. Es war, als hätte er eine völlig unbegründete Abneigung gegen Angela gefaßt.»

So viele Menschen hatten sie nicht gemocht, hatten etwas gegen sie gehabt, dachte Wexford. Sie schien genauso zu Wahnvorstellungen geneigt zu haben wie ihr Mann. Im allgemeinen stoßen nette Leute selten auf Abneigung. Und eine regelrechte allseitige Verschwörung des Hasses, wie Hathall sie andeutete, ist in jedem Fall sehr unwahrscheinlich.

«Sie sagen, das war eine unbegründete Abneigung, Mr. Hathall. Und die Abneigung Ihrer Mutter, war die genauso unbegründet?»

«Meine Mutter hängt an Eileen. Sie ist eben altmodisch und engstirnig, und sie war gegen Angela voreingenommen, weil die, wie sie es nennt, mich Eileen weggenommen hat. Es ist doch kompletter Unsinn, zu behaupten, eine Frau könne einer anderen den Ehemann stehlen, wenn er… na ja, wenn er nicht gestohlen werden will.»

«Die beiden sind sich nur einmal begegnet, glaube ich. Dann war diese Begegnung also kein Erfolg?»

«Ich überredete meine Mutter, nach Earls Court zu kommen und Angela kennenzulernen. Ich hätte es besser wissen sollen, aber ich dachte, wenn sie sie persönlich kennenlernt, dann würde sie vielleicht ihr Gefühl überwinden, Angela sei eine Art Hure. Meine Mutter nahm schon Anstoß an Angelas Kleidung – sie trug diese Jeans und das rote Hemd –, und als sie etwas wenig Schmeichelhaftes über Eileen sagte, da verließ meine Mutter schnurstracks das Haus.»

Hathalls Gesicht war bei der Erinnerung daran noch roter geworden. Wexford frage: «Also haben die beiden praktisch während Ihrer ganzen zweiten Ehe nicht miteinander geredet?»

«Meine Mutter weigerte sich, uns zu besuchen oder uns bei sich einzuladen. Mit mir traf sie sich natürlich. Ich sage Ihnen ganz ehrlich, am liebsten hätte ich mit ihr auch total gebrochen, aber ich fühlte mich meiner Mutter gegenüber verpflichtet.»

Wexford nahm solche tugendhaften Beteuerungen immer mit gewisser Skepsis auf. Und er fragte sich im Stillen, ob die alte Mrs. Hathall, die fast siebzig sein mußte, wohl Ersparnisse zu vererben hatte.

«Wie kam es zu der Idee eines Wiedersehens, wie Sie es für dieses Wochenende geplant hatten?»

«Als ich diesen Job bei Marcus Flower bekam – nebenbei gesagt, mit dem Doppelten dessen, was ich bei Kidds verdiente –, da entschloß ich mich, während der Wochentage bei meiner Mutter zu übernachten. Sie wohnt in Balham, von dort ist es nicht allzu weit bis zur Victoria Station. Angela und ich suchten eine Eigentumswohnung in London, es wäre also nicht mehr lange so weitergegangen. Aber wie immer verfolgte mich das Unglück. Also, wie gesagt, ich verbrachte seit Juli werktags jeden Abend bei meiner Mutter, und da erzählte ich ihr von Angela und davon, wie schön ich es fände, wenn sie sich wieder vertragen würden. Acht Wochen lang habe ich auf sie eingeredet, aber schließlich ging sie darauf ein, uns für ein Wochenende zu besuchen. Angela war sehr nervös bei der ganzen Sache. Natürlich war ihr ebensoviel daran gelegen wie mir, daß meine Mutter sie gern hatte, aber sie war sehr ängstlich. Sie scheuerte das ganze Haus von oben bis unten, damit meine Mutter da nicht herummäkeln könnte. Leider werde ich nie mehr erfahren, ob es sich gelohnt hat.»

«Mr. Hathall, als Sie gestern abend am Bahnhof ankamen und Ihre Frau nicht da war, um Sie wie verabredet abzuholen – wie war da Ihre Reaktion?»

«Was meinen Sie damit?» fragte Hathall schroff.

«Wie war Ihnen da zumute? Besorgt? Verärgert? Oder bloß enttäuscht?»

Hathall zögerte. «Verärgert war ich bestimmt nicht», antwortete er. «Ich dachte eher, das sei ein schlechter Start für das Wochenende. Und ich vermutete, daß Angela wohl zu nervös gewesen war, um zu kommen.»

«Ich verstehe. Und als Sie zu Hause ankamen, was taten Sie dann?»

«Ich weiß zwar nicht, was dies alles soll, aber ich nehme an, es steckt irgendeine Absicht dahinter.» Wieder warf Hathall ungeduldig den Kopf zurück. «Ich rief nach Angela. Als sie nicht antwortete, ging ich auf der Suche nach ihr ins Eßzimmer und in die Küche. Dort war sie nicht, also ging ich raus in den Garten. Dann sagte ich meiner Mutter, sie solle schon mal nach oben gehen, während ich nachsehen wollte, ob der Wagen in der Garage stand.»

«Sie dachten vielleicht, daß Sie sich womöglich verfehlt haben konnten – Sie zu Fuß und Ihre Frau im Auto?»

«Ich weiß nicht, was ich dachte. Ich suchte bloß ganz selbstverständlich überall nach ihr.»

«Aber oben nicht, Mr. Hathall?» fragte Wexford ruhig.

«Nicht als erstes. Das hätte ich schon noch getan.»

«Lag es nicht auf der Hand, daß sich eine nervöse Frau, die sich vor ihrer Schwiegermutter fürchtet, sich wahrscheinlich in ihrem eigenen Schlafzimmer verkriecht? Aber Sie haben sie nicht als erstes dort gesucht, wie man hätte annehmen können. Sie gingen in die Garage und schickten Ihre Mutter hinauf.»

Hathall hätte aufbrausen können, hätte Wexford auffordern können, klar zu sagen, worauf er hinauswolle; statt dessen sagte er in ziemlich steifem Ton: «Wir können nicht immer erklären, warum wir was tun.»

«Da bin ich anderer Meinung. Ich denke, das können wir wohl, wenn wir ehrlich über unsere Motive nachdenken.»

«Nun, ich dachte wahrscheinlich, wenn sie auf mein Rufen nicht geantwortet hat, dann kann sie nicht im Haus sein. Ja, das habe ich gedacht. Ich dachte, sie müßte mit dem Wagen losgefahren sein, und wir hätten uns verpaßt, weil sie vielleicht einen anderen Weg genommen hatte.»

Aber ein anderer Weg, das hätte bedeutet, einen guten Kilometer die Wool Lane hinunterzufahren bis zur Kreuzung von der Pomfret und der Myringham Road, dann diese Straße weiter bis Pomfret oder Stowerton, ehe man wieder einbiegen konnte in Richtung Bahnhof Kingsmarkham, eine Fahrt von mindestens sechs Kilometern anstelle eines guten halben. Aber Wexford äußerte sich dazu nicht weiter. Eine Eigenheit im Verhalten des Mannes war ihm plötzlich aufgefallen, und er wollte allein sein, um darüber nachzudenken, um zu analysieren, ob das etwas Signifikantes war oder lediglich Ausdruck eines verschrobenen Charakters.

Als Hathall aufstand, um zu gehen, meinte er: «Darf ich Sie noch etwas fragen?»

«Selbstverständlich.»

Aber Hathall zögerte, als gelte es, eine brennende Frage noch hinauszuschieben oder sie durch eine weniger brisante zu kaschieren. «Haben Sie schon irgendwas über... ich meine, von der Pathologie gehört?»

«Bis jetzt noch nicht, Mr. Hathall.»

Das rote Gesicht spannte sich. «Und diese Fingerabdrücke, haben die Ihnen schon irgendwelche Hinweise geliefert?»

«Sehr wenige, soweit wir sagen können.»

«Das dauert alles ja sehr lange. Aber ich verstehe ja nichts davon. Bitte, halten Sie mich auf dem laufenden.»

Er sagte das in einem Befehlston wie der Chef einer Firma, der mit einem Untergebenen spricht. «Wenn wir jemanden verhaftet haben», meinte Wexford, «dann werden wir Sie darüber natürlich informieren.»

«Alles schön und gut, aber jeder Zeitungsleser wird dann auch darüber informiert sein. Ich wüßte gern Bescheid über diese...» Er verschluckte den Rest des Satzes, als habe er etwas sagen wollen, das man klugerweise lieber unerwähnt ließ. «Ich möchte Bescheid wissen über den Bericht der Pathologie.»

«Ich werde mich morgen bei Ihnen melden, Mr. Hathall», sagte

Wexford. «In der Zwischenzeit versuchen Sie bitte, ruhig zu bleiben und so viel wie möglich zu schlafen.»

Hathall verließ das Büro und senkte beim Hinausgehen wieder den Kopf. Wexford konnte sich des Gedankens nicht erwehren, daß er ihn nur gesenkt hatte, um den jungen Beamten zu beeindrucken, der ihn hinausbegleitete. Und doch schien der Schmerz des Mannes echt. Aber Schmerz ist, wie Wexford wußte, viel leichter zu simulieren als Glück. Es genügt schon, mit erstickter Stimme zu sprechen, gelegentlich in Wut und dann wieder in Klagen auszubrechen. Besonders ein Mann wie Hathall, der sich ohnehin von der Welt schlecht behandelt fühlte und der außerdem unter Verfolgungswahn litt, würde bestimmt keine Schwierigkeiten haben, sein normales Verhalten ein wenig zu verstärken.

Aber warum hatte es bei ihm keinerlei Anzeichen von Schock gegeben? Warum hatte er nicht mit jenem ungläubigen Entsetzen reagiert, wie es typischerweise jemand tut, dessen Frau oder Mann oder Kind eines gewaltsamen Todes gestorben ist? Wexford dachte an seine drei Unterredungen mit Hathall zurück, aber er konnte sich in keinem Fall an diese charakteristische Verleugnung einer grausamen Realität entsinnen. Und er erinnerte sich an vergleichbare Situationen, an betroffene Ehemänner, die seine Fragen mit Ausrufen unterbrochen hatten, das könne nicht wahr sein, an Witwen, die laut beteuerten, das könne doch *ihnen* nicht passieren, das könne nur ein Traum sein, aus dem sie bald erwachen würden. Eine solche Ungläubigkeit schaltet vorübergehend den Schmerz aus. Manchmal vergehen ganze Tage, bevor die Tatsachen erfaßt, geschweige denn innerlich akzeptiert werden können. Hathall jedoch hatte es sofort erfaßt und akzeptiert. Und irgendwie kam es Wexford vor, während er nachdenklich dasaß und auf den gerichtsmedizinischen Befund wartete, als habe er schon akzeptiert, noch ehe er durch seine eigene Haustür getreten war.

«Sie wurde also mit einer goldenen Halskette erdrosselt», sagte Burden. «Muß ein verdammt reißfestes Exemplar gewesen sein.»

Wexford blickte von dem Bericht auf und meinte: «Vielleicht war es die von Hathalls Liste. Man hat ein paar Partikel der Vergoldung in ihrer Haut eingebettet gefunden. Keine Hautpartikel ihres Mörders unter den Fingernägeln, also hat vermutlich kein Kampf stattgefunden. Todeszeit zwischen ein Uhr dreißig und drei Uhr dreißig.

Gut, wir wissen inzwischen, daß es nicht ein Uhr dreißig war, denn um die Zeit hat Mrs. Lake sie verlassen. Sie scheint eine gesunde Frau gewesen zu sein, sie war nicht schwanger, und es liegen auch keinerlei Anzeichen für eine Vergewaltigung vor.»

Er gab Burden einen gedrängten Bericht dessen, was Robert Hathall gesagt hatte. «Die ganze Sache sieht doch jetzt ziemlich merkwürdig aus, oder?»

«Soll das heißen, Sie glauben, daß Hathall uns etwas verschweigt?»

«Ich weiß, Mike, er hat sie nicht umgebracht. Hätte er gar nicht gekonnt. Als sie starb, war er in seiner Firma, bei diesem Marcus Flower, zusammen mit Linda Soundso und wer weiß wie vielen anderen Leuten. Und ich wüßte auch kein Motiv. Er scheint sie wirklich gerngehabt zu haben, wenn schon sonst niemand das tat. Aber warum ist er gestern abend nicht nach oben gegangen, warum ist er nicht gelähmt vom Schock, und warum ist er so versessen auf Fingerabdrücke?»

«Der Mörder muß nach der Tat noch dageblieben sein, um sämtliche Abdrücke zu beseitigen, wissen Sie. Er muß ja schließlich Gegenstände berührt haben, im Schlafzimmer und auch in anderen Räumen, und dann hat er wohl vergessen, was alles er angefaßt hatte, und so hat er sicherheitshalber einen Großputz veranstaltet. Sonst hätten doch Angelas und Mrs. Lakes Fingerabdrücke im Wohnzimmer sein müssen. Spricht das nicht gegen Vorsätzlichkeit?»

«Wahrscheinlich. Und ich denke, Sie haben recht. Ich kann einfach nicht glauben, daß Angela so eine Sauberkeitsfanatikerin war oder solche Angst vor ihrer Schwiegermutter hatte, daß sie das Wohnzimmer, nachdem Mrs. Lake gegangen war, noch einmal ebenso gründlich gewienert hat wie vor deren Besuch.»

«Trotzdem ist es merkwürdig, daß er sich all die Mühe gemacht und dann doch Fingerspuren auf der Innenseite einer Schranktür zurückgelassen hat, und zwar eines Schrankes in einem Abstellraum, der anscheinend nie benutzt wurde.»

«Wenn er das getan hat, Mike», wandte Wexford ein, «*wenn* er es getan hat. Ich glaube, wir werden feststellen, daß diese Abdrücke zu einem Mr. Mark Somerset gehören, dem Eigentümer von Bury Cottage. Wir wollen mal sehen, wo der in Myringham wohnt, und dann fahren wir besser gleich hin.»

6

Die Universitätsstadt Myringham liegt knappe zwanzig Kilometer von Kingsmarkham entfernt. Es rühmt sich eines Museums, eines Kastells mit überwachsener Außenmauer und der besterhaltenen Überreste einer römischen Villa in Großbritannien. Und wenn auch zwischen den Universitätsgebäuden und dem Bahnhof ein neues Zentrum entstanden ist, ein Bezirk aus Hochhäusern und Einkaufszeilen und vielstöckigen Parkhäusern, so hat man all diesen Beton und roten Backstein doch wohlweislich abgegrenzt von der Altstadt, die unverschandelt an den Ufern des Kingsbrook steht.

Hier gibt es enge Gassen und gewundene Durchgänge, die den Besucher an Gemälde von Jacob Vrel erinnern. Die Häuser sind sehr alt, einige – aus braunem Backstein und wurmstichigem graubraunen Holz – noch vor den Rosenkriegen gebaut oder gar, wie es heißt, noch vor Agincourt. Nicht alle werden von ihren Besitzern oder von Dauermietern bewohnt, manche sind in einen so trostlos unreparablen Zustand, einen so traurigen Verfall geraten, daß ihre Eigentümer es sich nicht leisten können, sie in Ordnung zu bringen. Obdachlose und Hausbesetzer haben sich darin breitgemacht, geschützt vor der Polizei durch ihr altes Gewohnheitsrecht, sicher vor der Vertreibung, weil ihre ‹Vermieter› einerseits durch das Gesetz gehindert werden, ihr Haus abzureißen, andererseits durch Geldmangel, es wieder instand zu setzen.

Aber solche Art Häuser bilden nur einen kleinen Teil der Altstadt. Mark Somerset wohnte im hübscheren Teil, in einem der alten Häuser am Fluß. In den Zeiten, da England noch katholisch gewesen war, war es das Haus eines Priesters gewesen, und in einer der Gartenmauern war noch ein schmales Fenster mit wunderschöner Glasmalerei, denn die Mauer gehörte gleichzeitig zur St.-Lukas-Kirche. Die Katholiken von Myringham besaßen jetzt eine neue Kirche im neueren Teil der Stadt, und das Pfarrhaus war ein modernes Gebäude. Hier aber drängten sich noch die alten braunen Mauern um die Kirche und die Mühle, hier wehte noch der Hauch des 15. Jahrhunderts.

Kein Hauch des 15. Jahrhunderts wehte jedoch um Mark Somerset. Er war ein athletisch wirkender Mann in den Fünfzigern, trug gepflegte, schwarze Jeans und ein T-Shirt, und nur die Linien um seine hellen, blauen Augen und die Venen an seinen starken Händen verrieten Wexford sein Alter. Der Mann hatte einen flachen Bauch, eine muskulöse Brust, und obendrein hatten sich seine Haare noch nicht gelichtet, deren Goldton von einst inzwischen einen Silberschimmer bekommen hatten.

«Ach, die Bullen», sagte er, wobei sein Lächeln und sein angenehmer Ton die Begrüßung nicht ungehörig wirken ließ. «Ich dachte mir schon, daß Sie hier auftauchen würden.»

«Hätten wir lieber nicht auftauchen sollen, Mr. Somerset?»

«Weiß nicht, das müssen Sie entscheiden. Kommen Sie rein, aber bitte seien Sie in der Diele so leise wie möglich, ja? Meine Frau ist heute morgen aus dem Krankenhaus gekommen, und sie ist gerade eben erst eingeschlafen.»

«Doch nichts Ernstes, hoffe ich?» Wexford fand Burdens Frage reichlich einfältig und auch überflüssig.

Somerset lächelte. Es war ein Lächeln, in dem traurige Erfahrungen, geduldiges Ausharren und eine Spur Verächtlichkeit mitschwangen. Fast flüsternd sagte er: «Sie ist seit Jahren ein Pflegefall. Aber Sie sind wohl nicht gekommen, um darüber zu reden. Bitte hier hinein.»

Das Zimmer hatte eine Balkendecke und holzverkleidete Wände. Eine offene, zweiflügelige Glastür – modern, aber gelungen – führte in einen kleinen Garten mit Steinwegen, der rückwärtig durch die Bäume am Flußufer begrenzt wurde, und das Blattwerk dieser Bäume hob sich wie schwarze Spitze gegen den bernsteinfarbenen Schimmer der untergehenden Sonne ab. Neben der Tür stand ein niedriger Tisch, auf dem ein Eisbehälter mit einer Flasche Rheinwein stand.

«Ich bin Sportlehrer an der Universität», sagte Somerset. «Und der Samstagabend ist die einzige Zeit, wo ich mir einen Schluck genehmige. Möchten Sie Wein?»

Wexford und Burden nickten, und Somerset holte drei Gläser aus einer Vitrine. Der Rheinwein war eiskalt, würzig und trocken.

«Wirklich sehr freundlich von Ihnen, Mr. Somerset», sagte Wexford. «Sie entwaffnen mich geradezu. Jetzt traue ich mich kaum noch, Sie zu fragen, ob wir Ihre Fingerabdrücke abnehmen dürfen.»

Somerset lachte. «Aber natürlich. Ich vermute, Sie haben in Bury Cottage die Abdrücke irgendeines großen Unbekannten gefunden, stimmt's? Das sind dann wahrscheinlich meine, obwohl ich schon seit drei Jahren nicht mehr dort gewesen bin. Die von meinem Vater können es nicht sein. Ich habe das ganze Haus renovieren lassen, nachdem er gestorben ist.» Mit herausfordernder Unschuld spreizte er seine kräftigen, von Arbeit breit gewordenen Hände.

«Wie ich gehört habe, kamen Sie mit Ihrer Kusine nicht besonders gut aus?»

«Na ja», meinte Somerset. «Also, ehe Sie mich hier vernehmen und mir eine Menge zeitraubender Fragen stellen, ist es wohl besser, ich erzähle Ihnen, was ich über meine Kusine weiß, und liefere Ihnen eine kurze Geschichte unserer Beziehung, ja? Dann können Sie mir hinterher immer noch Fragen stellen.»

Wexford sagte: «Das ist genau das, was wir wollen.»

«Gut.» Somerset hatte die knappe, bündige Art eines guten Lehrers. «Man soll zwar über Tote nicht schlecht reden, aber ich werde in diesem Punkt nicht zimperlich sein, einverstanden? Nicht, daß ich besonders schlecht über Angela reden wollte. Sie tat mir leid. Ich fand, sie war einfach saft- und kraftlos, und ich habe für solche Menschen nicht viel übrig. Ich traf sie zum erstenmal vor fünf Jahren, als sie von Australien herüberkam, ich hatte sie vorher nie gesehen. Aber sie war natürlich meine Kusine, die Tochter vom verstorbenen Bruder meines Vaters, Sie brauchen also nicht Verdacht zu schöpfen, daß sie womöglich eine Schwindlerin gewesen ist.»

«Sie haben zu viele Kriminalromane gelesen, Mr. Somerset.»

«Möglich.» Somerset grinste und fuhr fort: «Sie suchte mich auf, weil ich und mein Vater die einzigen Verwandten waren, die sie hier hatte, und sie sich in London einsam fühlte. Jedenfalls behauptete sie das. Ich nehme an, sie wollte sehen, ob sie irgendwo was für sich herausschlagen konnte. Sie war ein furchtbar habgieriges Mädchen, die arme Angela. Damals kannte sie Robert noch nicht. Als sie ihn kennenlernte, kam sie nicht mehr hierher, und ich hörte nichts mehr von ihr, bis die beiden heiraten wollten und keine Bleibe fanden. Ich hatte ihr geschrieben und ihr den Tod meines Vaters mitgeteilt – worauf sie, nebenbei bemerkt, nicht antwortete –, und nun wollte sie wissen, ob ich ihr und Robert nicht Bury Cottage überlassen könnte.

Na ja, eigentlich hatte ich es verkaufen wollen, aber ich kriegte nicht den Preis, den ich mir vorgestellt hatte, also willigte ich ein und vermietete es an Angela und Robert für fünf Pfund die Woche.»

«Eine sehr niedrige Miete, Mr. Somerset», unterbrach Wexford ihn, «Sie hätten mindestens doppelt so viel bekommen können.»

Somerset zuckte die Achseln. Ohne zu fragen, füllte er ihre Gläser nach. «Anscheinend waren sie sehr schlecht dran, und schließlich war sie meine Kusine. Ich habe so meine albernen altmodischen Ideen, von wegen daß Blut dicker ist als Wasser, Mr. Wexford, und die kann ich nicht abschütteln. Ich hatte ja nichts dagegen, ihnen das Haus für eine minimale Miete möbliert zu überlassen. Allerdings hatte ich was dagegen, daß Angela mir ihre Stromrechnung zum Bezahlen schickte.»

«Darüber hatten Sie natürlich keine Vereinbarung getroffen?»

«Natürlich nicht. Ich bat sie, herzukommen, um darüber zu reden. Nun ja, sie kam her und leierte mir das alte rührselige Lied vor, das ich von ihr schon kannte, über ihre Armut, ihre schwachen Nerven und ihre unglückliche Jugend mit einer Mutter, die sie nicht auf die Universität gehen lassen wollte. Ich legte ihr nahe, sie solle sich doch einen Job suchen, wenn das Geld bei ihnen so knapp wäre. Sie war schließlich eine ausgebildete Bibliothekarin, und sie hätte leicht eine Stellung in der Bibliothek von Kingsmarkham oder Stowerton finden können. Sie berief sich auf ihren Nervenzusammenbruch, dabei kam sie mir vollkommen gesund vor. Ich glaube, sie war einfach faul. Jedenfalls erklärte sie mir wütend, ich sei ein Geizkragen, und stürmte aus dem Haus. Weder sie noch Robert habe ich bis vor etwa anderthalb Jahren wiedergesehen. Bei dieser Gelegenheit haben sie mich aber nicht bemerkt. Ich war mit einer Bekannten in Pomfret, und ich sah Robert und Angela durch die Fenster eines Restaurants. Es war ein sehr teures Restaurant, und sie schienen sich's wohl sein zu lassen, also schloß ich, daß es ihnen finanziell wohl um einiges besser gehen müßte.

Tatsächlich sind wir uns nur noch *einmal* begegnet. Das war im letzten April. Und zwar liefen wir uns in Myringham in dieser überdimensionalen Scheußlichkeit über den Weg, die die Planer so selbstgefällig Einkaufszentrum nennen. Sie waren über und über mit Zeug beladen, das sie gekauft hatten, aber trotz der Tatsache, daß Robert diesen neuen Job gefunden hatte, schienen sie deprimiert. Vielleicht war es ihnen auch bloß peinlich, mir so plötzlich persönlich gegenüberzustehen. Ich habe Angela dann nie wiedergesehen. Sie schrieb mir vor etwa einem Monat, sie würden das Haus aufgeben, sobald sie eine Wohnung in London gefunden hätten, und das wäre wahrscheinlich Anfang nächsten Jahres.»

«Waren die beiden ein glückliches Paar?» fragte Burden, als Somerset schwieg.

«Sehr, soweit ich das beurteilen konnte.» Somerset stand auf, um die Glastür zu schließen, denn die Dämmerung setzte ein, und ein leichter Wind hatte sich erhoben. «Sie hatten so vieles gemeinsam. Klingt es sehr gehässig, wenn ich sage, das, was sie gemeinsam hatten, waren Verfolgungswahn, Habgier und die fixe Idee, daß die Welt ihnen etwas schuldete? Es tut mir leid, daß sie tot ist, es tut mir immer leid, wenn ich höre, daß jemand auf solche Weise gestorben ist, aber ich kann nicht behaupten, daß ich sie mochte. Männer können von mir aus so linkisch und stur sein, wie sie wollen, aber bei Frauen mag ich doch ein bißchen Charme – Sie nicht auch? Ich will ja nicht übertreiben, aber manchmal dachte ich, Robert und Angela kämen deshalb so gut miteinander aus, weil sie sich in ihrem Mangel an Charme gegen den Rest der Welt verschworen hatten.»

«Sie haben uns sehr geholfen, Mr. Somerset», sagte Wexford, mehr der Form halber als aus Überzeugung. Somerset hatte ihm zwar vieles erzählt, was ihm neu war, aber hatte er ihm irgend etwas Wesentliches erzählt? «Ich bin überzeugt, Sie verstehen es nicht falsch, wenn ich Sie frage, was Sie gestern nachmittag gemacht haben?»

Er hätte schwören können, daß der Mann stutzte. Es war, als hätte er sich bereits zurechtgelegt, was er antworten wolle, müsse sich aber doch aufraffen, diese Antwort zu geben. «Ich war allein hier. Ich habe mir gestern den Nachmittag freigenommen, um alles für die Heimkehr meiner Frau vorzubereiten. Ich war leider ganz allein und habe keinen Besuch gehabt, also kann das auch niemand bezeugen.»

«Na schön», meinte Wexford, «das ist nicht zu ändern. Wissen Sie vielleicht, was für Freundinnen Ihre Kusine hatte?»

«Überhaupt keine. Nach ihrer Darstellung jedenfalls hatte sie keinerlei Freunde. Alle Leute außer Robert, die sie kennengelernt hätte, seien gemein zu ihr gewesen, sagte sie, also bedeuteten neue Freunde nur neue Enttäuschungen.» Somerset trank sein Glas aus. «Noch einen Schluck Wein?»

«Nein, vielen Dank. Wir haben Ihnen schon genug von Ihrer Samstagabendration weggetrunken.»

Somerset reagierte mit seinem angenehmen, freien Lächeln. «Ich bringe Sie zur Tür.»

Als sie in die Diele traten, ertönte von oben eine weinerliche Stimme: «Marky, Marky, wo bist du?»

Somerset zuckte zusammen, vielleicht nur wegen des scheußlichen Diminutivs. Aber Blut ist dicker als Wasser, und Mann und

Frau sind eins. Er trat an den Fuß der Treppe und rief hinauf, er käme gleich, dann öffnete er die Haustür. Wexford und Burden wünschten schnell guten Abend, denn die Stimme von oben war in ein dünnes, ungeduldiges Jammern ausgebrochen.

Am nächsten Morgen fuhr Wexford, wie versprochen, erneut zum Bury Cottage. Er hatte zwar Neuigkeiten für Robert Hathall, von denen er einige selbst gerade erst erfahren hatte, aber er war nicht gewillt, dem Witwer das zu erzählen, was dieser am dringendsten wissen wollte.

Mrs. Hathall ließ ihn ein und sagte, ihr Sohn schlafe noch. Sie führte ihn ins Wohnzimmer und bat ihn, dort zu warten, aber sie bot ihm weder Tee noch Kaffee an. Sie war wohl eine der Frauen, die nie oder nur höchst selten jemandem eine Erfrischung anboten, wenn er nicht zur eigenen Familie gehörte. Sie waren schon eine merkwürdige, verschlossene Sippe, diese Hathalls, deren Distanziertheit anscheinend auch die Leute ansteckte, die sie heirateten, denn als er Mrs. Hathall fragte, ob Angelas Vorgängerin je hier im Haus gewesen sei, antwortete sie: «Dazu hätte sich Eileen nie herabgelassen. Sie bleibt lieber für sich.»

«Und Rosemary, Ihre Enkeltochter?»

«Rosemary war einmal hier; und das eine Mal war genug. Die hat sowieso viel zuviel für ihre Schule zu tun, um sich groß herumtreiben zu können.»

«Würden Sie mir bitte die Adresse von Mrs. Eileen Hathall geben?»

Mrs. Hathalls Gesicht wurde so rot wie das ihres Sohnes, so rot wie die faltige Haut eines Truthahnhalses. «Nein, das werde ich nicht! Sie haben mit Eileen nichts zu schaffen. Finden Sie sie gefälligst selbst raus!» Sie knallte die Tür hinter sich zu, und er war allein.

Es war das erste Mal, daß er hier drinnen allein war, also nutzte er die Wartezeit, sich ein wenig umzusehen. Das Mobiliar, das er für Angelas gehalten und wofür er ihr insgeheim Geschmack bescheinigt hatte, gehörte also in Wirklichkeit Somerset, war vielleicht das Resultat lebenslanger Sammlertätigkeit seines Vaters. Es waren die schönsten spätviktorianischen Stücke, einige davon noch älter, Stühle mit gedrechselten Beinen, ein eleganter, kleiner, ovaler Tisch. Am Fenster eine Öllampe aus rotem und weißem venezianischem

Glas, die nie auf Elektrizität umgerüstet worden war. Ein Bücherschrank mit Glastüren enthielt größtenteils die Art Werke, die ein alter Mann wohl sammelte und liebte: Eine Gesamtausgabe von Kipling, in rotes Leder gebunden, einiges von H. G. Wells, Gosses ‹Vater und Sohn›, ein bißchen Ruskin und eine Menge Trollope. Aber ganz oben, wo sich früher vielleicht ein Ornament befunden hatte, standen Hathalls eigene Bücher. Ein halbes Dutzend Thriller in Taschenbuchausgabe, zwei oder drei Werke über ‹populäre› Archäologie, ein paar Romane, die bei ihrem Erscheinen wegen ihres sexuellen Inhalts heftige Kontroversen ausgelöst hatten, und außerdem noch zwei schön gebundene, imposante Bände.

Wexford nahm den einen davon herunter. Es war ein farbiger Bildband über altägyptischen Schmuck. Er enthielt außer den Bildunterschriften kaum Text und trug im Innendeckel ein Etikett, das ihn als Eigentum der Bibliothek der *National Archaeologist's League* auswies. Gestohlen also, und zwar von Angela. Aber Bücher gehören wie Schirme, Kugelschreiber und Streichholzschachteln zu einer Kategorie von Objekten, deren Diebstahl als läßliche Sünde gilt, und Wexford dachte nicht weiter darüber nach. Er stellte es zurück und griff sich das letzte in der Reihe. Sein Titel lautete «Von Menschen und Engeln – Eine Studie altenglischer Sprachen», und als er es aufschlug, merkte er, daß es ein sehr wissenschaftliches Werk war mit Kapiteln über die Ursprünge des Walisischen, des Ersischen, des schottischen Gälisch sowie des Kornischen und über ihre gemeinsame keltische Abstammung. Der Preis betrug fast sechs Pfund, und er fragte sich, wieso Leute, die so arm waren, wie die Hathalls es von sich behaupteten, so viel Geld ausgaben für etwas, das ihren Verstand gewiß genauso überstieg wie seinen eigenen.

Er hatte das Buch noch in der Hand, als Hathall ins Zimmer trat. Er sah, wie der Mann argwöhnisch den Blick darauf heftete, um ihn dann abrupt abzuwenden.

«Ich wußte gar nicht, daß Sie ein Student der keltischen Sprachen sind, Mr. Hathall», sagte er wohlgelaunt.

«Das war Angela. Ich weiß nicht, woher das stammt, aber sie hatte es schon seit einer Ewigkeit.»

«Merkwürdig, wo es doch erst in diesem Jahr herausgekommen ist. Aber ist ja egal. Ich dachte, es interessiert Sie, daß man Ihren Wagen gefunden hat. Er ist in London abgestellt worden, in einer Seitenstraße in der Nähe der Wood Green Station. Kennen Sie sich aus in diesem Bezirk?»

«Bin nie dort gewesen.» Hathalls Blick kehrte angelegentlich und mit einer Art widerwilliger Faszination oder sogar mit Besorgnis zu dem Buch zurück, das Wexford noch immer in der Hand hielt. Und genau aus diesem Grund beschloß Wexford, es auch weiterhin in der Hand zu behalten und auch nicht den Finger herauszuziehen, den er aufs Geratewohl zwischen die Seiten gelegt hatte, als wolle er eine Stelle markieren. «Wann bekomme ich es wieder?»

«In zwei, drei Tagen. Wenn wir es uns genau angesehen haben.»

«Sie meinen wohl, auf die berühmten Fingerabdrücke hin untersucht haben, auf die Sie immer so scharf sind, was?»

«Bin *ich* das, Mr. Hathall? Schieben Sie mir da nicht Ihre eigenen Gefühle unter?» Wexford blickte ihn ausdruckslos an. O nein, er würde die Neugier dieses Mannes nicht befriedigen, obgleich schwer zu sagen war, worauf Hathall am meisten aus war: auf die Mitteilung, was die Fingerabdrücke ergeben hatten? Oder darauf, daß er dieses Buch gleichgültig weglegte, als sei es ohne Bedeutung? «Sie sollten aufhören, sich um Untersuchungen zu kümmern, die nur wir durchführen können. Vielleicht erleichtert es Sie ein wenig, wenn ich Ihnen berichte, daß Ihre Frau nicht sexuell mißbraucht worden ist.» Er wartete auf ein Anzeichen der Erleichterung, aber er sah nur, wie jene Augen mit dem rötlichen Schimmer erneut einen hastigen Blick auf das Buch warfen. Ebensowenig reagierte Hathall, als Wexford sich zum Gehen anschickte und sagte: «Ihre Frau war sehr schnell tot, in weniger als fünfzehn Sekunden. Es ist möglich, daß sie kaum gemerkt hat, was mit ihr geschah.»

Er stand auf, zog den Finger aus den Seiten des Buches und legte eine Klappe des Schutzumschlages dorthin, wo er gesteckt hatte. «Sie haben doch nichts dagegen, wenn ich mir das hier für ein paar Tage ausleihe, nicht wahr?» sagte er, und Hathall zuckte nur stumm mit den Schultern.

7

Die gerichtliche Untersuchung fand am Dienstag vormittag statt, und die Anklage lautete auf Mord durch einen oder mehrere Unbekannte. Danach, als Wexford den Platz zwischen dem Geschworenengericht und dem Polizeipräsidium überquerte, sah er, wie Nancy Lake auf Robert Hathall und seine Mutter zuging. Sie sprach mit Hathall, kondolierte ihm vielleicht oder bot ihm an, sie in ihrem Wagen nach Hause zu fahren. Aber Hathall antwortete äußerst knapp und scharf, nahm den Arm seiner Mutter, schritt hastig davon und ließ Nancy stehen. Sie legte hilflos eine Hand an die Lippen. Wexford hatte die kleine Pantomime, die sich außer seiner Hörweite abspielte, beobachtet. Er näherte sich eben dem Ausgang des Parkplatzes, da stoppte ein Wagen neben ihm, und eine angenehme, vibrierende Stimme sagte:

«Sind Sie sehr, sehr beschäftigt, Chief Inspector?»

«Warum fragen Sie, Mrs. Lake?»

«Nicht, weil ich Ihnen irgendwelche faszinierenden Anhaltspunkte liefern könnte.» Sie streckte die Hand aus dem Fenster und winkte ihn heran. Es war eine aufreizende und verführerische Geste. Er fand sie unwiderstehlich, trat an den Wagen und beugte sich zu ihr hinunter. «Die Sache ist die», sagte sie, «ich habe im *Peacock* in Pomfret einen Tisch für zwei Personen reservieren lassen, und mein Begleiter hat mich schmählich versetzt. Würden Sie es für sehr verwegen halten, wenn ich statt dessen *Sie* bitte, mit mir zu essen?»

Es verschlug ihm die Sprache. Jetzt gab es keinen Zweifel mehr, diese reiche, hübsche, durch und durch charmante Frau machte ihm Avancen – *ihm*! Ja, allerdings, das war verwegen, es war geradezu beispiellos. Sie blickte ihn ruhig an, lächelte dabei; und ihre Augen leuchteten.

Aber es ging nicht. Auf welche Pfade seine erotische Phantasie ihn auch locken mochte, es ging nicht. Früher einmal, als er jung und ohne Bindung war, als gesellschaftliche Rücksichten und andere Zwänge keine Rolle spielten, ja, da wäre es was anderes gewesen. Damals hätte er solche Einladungen gedankenlos angenommen und ausgesprochen – wenn auch ohne Gespür für ihre Köstlichkeit. Ach, ein *wenig* jünger zu sein und zu wissen, was man jetzt wußte…!

«Aber ich habe auch einen Tisch zum Mittagessen reserviert», sagte er, «im Café *Carousel.*»

«Und Sie wollen den nicht abbestellen und mein Gast sein?»

«Mrs. Lake, ich bin, wie Sie schon sagten, sehr, sehr beschäftigt. Würden Sie *mich* für verwegen halten, wenn ich Ihnen sage, daß Sie mich von meinen beruflichen Pflichten ablenken würden?»

Sie lachte, aber es war kein fröhliches Lachen, und das Leuchten in ihren Augen erlosch. «Das ist doch immerhin etwas – eine Ablenkung zu sein», sagte sie ironisch. «Wenn ich Sie so höre, dann frage ich mich, ob ich überhaupt je etwas anderes gewesen bin als eine Ablenkung. Auf Wiedersehen.»

Er ging rasch weiter und fuhr mit dem Lift in sein Büro hinauf, und er überlegte, ob er ein Narr gewesen war, ob sich ihm eine solche Chance jemals wieder bieten würde. Er maß ihren Worten keine weitere Bedeutung bei, weder grübelte er darüber nach, noch versuchte er, sie zu interpretieren, denn in einem intellektuellen Sinne konnte er nicht an sie denken. Im Geiste verfolgte ihn dieses Gesicht, so verführerisch, so hoffnungsvoll, und dann so niedergeschlagen, weil er ihre Einladung abgelehnt hatte. Er suchte das Bild zu verscheuchen und sich auf das zu konzentrieren, was vor ihm lag, auf den trockenen, technischen Untersuchungsbericht über Robert Hathalls Wagen, aber es tauchte wieder auf, dieses Gesicht, und mit ihm die verwirrende Stimme, gedämpft jetzt zu einem schmeichelnden Flüstern.

Nicht, daß in dem Report etwas sonderlich Aufregendes gestanden hätte. Der Wagen war in einer Straße in der Nähe des Alexandra-Parks abgestellt aufgefunden worden. Ein Streifenpolizist hatte ihn entdeckt. Abgesehen von ein paar Karten und einem Kugelschreiber auf der Ablage war er leer gewesen und sowohl innen wie außen peinlich saubergewischt. Die einzigen Fingerabdrücke, die von Robert Hathall, befanden sich auf den Unterseiten der Motorhaube und der Kofferraumklappe, und die einzigen Haare, zwei von Angelas, befanden sich auf dem Fahrersitz.

Er ließ Sergeant Martin kommen, aber auch von ihm erfuhr er nichts Ermutigendes. Es hatte sich niemand gemeldet, der mit Angela befreundet gewesen wäre, und anscheinend hatte auch niemand sie am Freitag nachmittag wegfahren oder heimkehren sehen. Burden war unterwegs, stellte – schon zum zweiten- oder drittenmal – Befragungen unter den Arbeitern der Wool Farm an, also ging Wexford allein zu einem einsamen Essen ins Café *Carousel.*

Es war noch früh, nicht viel später als zwölf Uhr, und das Café war noch halb leer. Er hatte vielleicht fünf Minuten an seinem Ecktisch gesessen und Antonios Tagesspezialität, den Lammrostbraten, bestellt, als er eine leichte Berührung an der Schulter spürte, die fast ein Streicheln war. Wexford hatte in seinem Leben zu viele Schocks erlebt, um noch zusammenzufahren. Er drehte sich langsam um und sagte mit einer Kühle in der Stimme, die er nicht empfand: «Das ist ja ein unerwartetes Vergnügen.»

Nancy Lake setzte sich ihm gegenüber. Ihre Erscheinung ließ das ganze Restaurant schäbig wirken. Nebem ihrem cremefarbenen Seidenkostüm, dem kastanienbraunen Haar, den Brillanten und ihrem Lächeln nahmen sich Antonios Woolworth-Besteck und der tomatenförmige Saucenbehälter aus Plastik besonders scheußlich aus.

«Der Berg», sagte sie, «wollte nicht zu Mohammed kommen.»

Er grinste. Es war sinnlos, so zu tun, als ob er sich über ihre Erscheinung nicht freute. «Oh, Sie hätten mich vor einem Jahr sehen sollen», erwiderte er. «Da *war* ich ein Berg. Was möchten Sie essen? Der Lammrostbraten ist bestimmt mies, aber immer noch besser als die Pastete.»

«Ich will gar nichts essen. Ich trinke bloß einen Kaffee. Fühlen Sie sich nicht geschmeichelt, daß ich nicht wegen des Essens komme?»

Und ob er das tat. Aber während er den vollgehäuften Teller begutachtete, den Antonio vor ihn hinstellte, meinte er: «Bei dem Essen ist es kein so großes Kompliment. – Für die Dame nur einen Kaffee, bitte.» Wurden ihre Reize durch Antonios unverhohlene Bewunderung noch verstärkt, fragte er sich. Ihr entging nicht das geringste von alledem, das sah er wohl, und in dieser aus Erfahrung gewonnenen Sicherheit, mit der sie sich ihrer Wirkung bewußt war, lag eines der wenigen Anzeichen ihres Alters.

Sie saß eine Weile stumm da, während er aß, und er hatte den Eindruck, daß es ein bekümmertes Schweigen war. Aber plötzlich, als er gerade fragen wollte, warum Robert Hathall sie heute vormittag so kurz abgefertigt hätte, blickte sie auf und sagte:

«Ich bin traurig, Mr. Wexford. Bei mir läuft alles schief.»

Er war sehr überrascht. «Möchten Sie darüber reden?» Wie seltsam, daß ihre Intimität schon so weit gediehen war, daß er sie das fragen konnte...

«Ich weiß nicht recht», erwiderte sie. «Nein, ich glaube nicht. Mit der Zeit wird einem das Versteckspiel zur zweiten Natur, selbst wenn man im Grunde gar keinen Sinn darin sieht.»

«Das ist wahr. Oder kann jedenfalls wahr sein unter bestimmten Umständen.» Den Umständen, die Dora angedeutet hatte?

Und doch, sie war drauf und dran, ihm ihr Herz auszuschütten. Vielleicht war es bloß Antonio mit dem Kaffee und seinem bewundernden Herumscharwenzeln, was sie davon abhielt. Sie hob kaum merklich die Schultern, aber anstelle des Small talks, den er nun erwartete, sagte sie etwas, das ihn baß erstaunte. Es war so verblüffend, und sie fragte es mit solcher Intensität, daß er seinen Teller wegschob und sie anstarrte.

«Glauben Sie, es ist sehr schlimm, wenn man sich wünscht, daß jemand stirbt?»

«Nicht, wenn das lediglich ein Wunsch bleibt», erwiderte er verwirrt. «Die meisten von uns haben wohl schon mal einem anderen den Tod gewünscht, aber glücklicherweise trauen sich die meisten nicht, damit Ernst zu machen. Hat dieser – äh, dieser Feind mit diesem Versteckspiel zu tun?»

Sie nickte. «Aber ich hätte nicht davon anfangen sollen. Das war blöd von mir. Eigentlich geht's mir ja sehr gut, bloß manchmal ist es eben schlimm, dieses Hin und Her – einmal Königin zu sein, und einmal – na ja, eben Ablenkung. Aber ich krieg meine Krone schon wieder. Ich werde nie abdanken. Mein Gott, all diese Geheimniskrämerei! Und Sie sind natürlich viel zu schlau, um nicht längst zu ahnen, worauf ich hinauswill, stimmt's?» Und als er darauf nicht einging, meinte sie: «Also wechseln wir das Thema.»

Sie wechselten das Thema. Hinterher, als sie ihn allein gelassen hatte und er sich in Nachdenken versunken auf der High Street wiederfand, hätte er kaum sagen können, worüber sie gesprochen hatten, bloß, daß es angenehm gewesen war, viel zu angenehm, und daß es bei ihm höchst unangenehme Schuldgefühle ausgelöst hatte. Aber er würde sie ja nicht wiedersehen. Notfalls konnte er in der Polizeikantine essen. Er würde ihr aus dem Weg gehen, er würde nie wieder mit ihr allein zusammensein, nicht einmal in einem Restaurant. Ihm war zumute, als habe er Ehebruch begangen, ihn gebeichtet und die Weisung erhalten, ‹die Gelegenheit zu meiden›. Aber er hatte nichts Unrechtes getan. Er hatte bloß geredet und zugehört.

Und hatte ihm das, was er gehört hatte, geholfen? Vielleicht. All dies Drumherumreden, diese Anspielungen auf einen Feind, auf ein Versteckspiel, das war ein Fingerzeig gewesen. Hathall, das wußte er, würde nicht das geringste preisgeben. Und doch, obwohl er das alles wußte, setzte er sich in Bewegung und ging die High Street hinunter in Richtung Wool Lane. Er hatte nicht die leiseste Ahnung, daß es sein letzter Besuch in Bury Cottage sein sollte und daß er Hathall zwar wiedersehen, daß aber mehr als ein Jahr vergehen würde, ehe sie wieder ein Wort miteinander wechselten.

Wexford hatte das Buch über die keltischen Sprachen ganz und gar vergessen, er hatte sich sogar nicht mal die Mühe gemacht, nochmals einen Blick hineinzuwerfen, aber genau mit der Bitte um sofortige Rückgabe begrüßte ihn Hathall.

«Ich schicke es Ihnen morgen zu», versprach er.

Hathall wirkte erleichtert. «Und dann ist da noch die Sache mit meinem Wagen. Ich brauche meinen Wagen.»

«Auch den können Sie morgen wiederhaben.»

Die mürrische alte Frau war offensichtlich in der Küche, abgeschottet hinter einer geschlossenen Tür. Sie hielt das Haus in demselben makellosen Zustand, in dem ihre tote Schwiegertochter es hinterlassen hatte, und doch war bereits das Wirken einer fremden, geschmacklosen Hand spürbar. Auf dem ovalen Tisch des alten Mr. Somerset stand eine Vase mit Plastikblumen. Welch ein Impuls, festlich oder trauernd, bewog Mrs. Hathall, die Dinger zu kaufen und dort hinzustellen? Plastikblumen, dachte Wexford, und das in einer Zeit üppigster Fruchtbarkeit, wo es in Blumenläden, in Gärten und an Heckenrändern echte Blumen in Hülle und Fülle gab!

Hathall bot ihm keinen Stuhl an, und er selbst setzte sich auch nicht. Er lehnte sich im Stehen mit einem Ellbogen auf den Kaminsims und stemmte die Faust gegen die harte, rote Wange.

«Sie haben also in meinem Wagen nichts Verdächtiges gefunden?»

«Das habe ich nicht gesagt, Mr. Hathall.»

«Also bitte, ja oder nein?»

«Wir haben tatsächlich nichts gefunden, nein. Derjenige, der Ihre Frau umgebracht hat, war sehr gerissen. Ich kann mich nicht erinnern, daß mir schon mal jemand vorgekommen wäre, der in so einer Situation seine Spuren derartig fachgerecht verwischt hätte.» Um es auf die Spitze zu treiben, verlieh er seiner Stimme einen Unterton grimmiger Bewunderung. Hathall hörte zwar anscheinend ungerührt, aber mit einem Ausdruck tiefer Befriedigung zu. Die Faust öffnete und entspannte sich, und er lehnte sich mit einer gewissen Arroganz gegen den Kamin zurück. «Der scheint Handschuhe getragen zu haben, als er Ihren Wagen fuhr», sagte Wexford, «und obendrein muß er ihn auch noch gewaschen haben. Anscheinend hat niemand beobachtet, wie er den Wagen abgestellt hat, und auch am Freitag hat ihn niemand damit fahren sehen. Tja, im Moment haben wir wirklich sehr wenige Spuren, die wir verfolgen können.»

«Und – ich meine, werden Sie denn noch weitere finden?» Er war jetzt lebhaft interessiert, scheute sich aber, sein Interesse offen zu zeigen.

«Es ist noch nicht aller Tage Abend, Mr. Hathall. Wer weiß?» Vielleicht war es grausam, mit dem Mann zu spielen. Rechtfertigte das Ziel jemals die Mittel? Und Wexford wußte ja auch nicht einmal, welches Ziel er eigentlich ansteuerte, oder wohin er bei diesem Versteckspiel im dunklen Raum als nächstes greifen sollte. «Ich kann Ihnen immerhin sagen, daß wir hier im Haus noch Fingerabdrücke eines anderen Mannes – außer Ihren eigenen – gefunden haben.»

«Und? Waren die in Ihrer – wie nennen Sie das doch? – in Ihrer Verbrecherkartei?»

«Sie stellten sich als die von Mr. Mark Somerset heraus.»

«Ach so...» Auf einmal sah Hathall so jovial aus, wie Wexford ihn noch nie gesehen hatte. Womöglich hielt nur die Abneigung gegen körperliche Berührung ihn davon ab, einen Schritt vorzutreten und dem Chief Inspector den Rücken zu tätscheln. «Tut mir leid», sagte er, «ich bin im Moment nicht ganz ich selbst. Ich hätte Sie bitten sollen, Platz zu nehmen. So, so, also die einzigen Spuren, die Sie gefunden haben, waren die von Mr. Somerset, was? Der liebe Vetter Mark, unser knauseriger Hauswirt.»

«Das habe ich nicht gesagt, Mr. Hathall.»

«Na ja, und meine natürlich, und – und Angelas.»

«Natürlich. Aber außer denen haben wir den vollen Handabdruck einer Frau in Ihrem Badezimmer gefunden. Es ist der Abdruck der rechten Hand, und auf der Kuppe des Zeigefingers ist eine L-förmige Narbe.»

Wexford hatte zwar eine Reaktion erwartet, aber er hatte geglaubt, Hathall hätte sich so gut unter Kontrolle, daß er höchstens neuerliche Entrüstung äußern würde, daß er sich vielleicht beschweren würde, weshalb die Polizei diesem Hinweis noch nicht nachgegangen sei, oder daß er mit einem ungeduldigen Achselzukken erklären würde, dies sei der Abdruck einer Freundin seiner Frau, die er in seiner Verwirrung zu erwähnen vergessen habe. Nie und nimmer aber war er darauf gefaßt gewesen, daß er mit seinen Worten, während er doch völlig im dunkeln tappte, einen derartig durchschlagenen Effekt auslösen würde.

Denn Hathall erstarrte zur Salzsäule. Alles Leben schien aus ihm gewichen. Es war, als sei er von einem plötzlichen Schmerz überfallen worden, so stark, daß er förmlich paralysiert war oder aber gezwungen, zum Schutz seines Herzens und seines Nervensystems völlig regungslos zu verharren. Aber gesagt hatte er nichts, hatte keinen Ton von sich gegeben. Seine Selbstkontrolle *war* fabelhaft. Sein Körper jedoch, sein physisches Selbst, triumphierte über den geistigen Prozeß. Es war ein so starkes Beispiel von Überlegenheit der Materie über den Geist, wie Wexford es noch nie erlebt hatte: Jetzt endlich hatte der Schock Hathall ereilt. Jene lähmende Fassungslosigkeit mit ihren Begleitern Ungläubigkeit, Entsetzen und langsamem Dämmern, wie die Zukunft sein wird, die ihn in dem Moment hätte niederschmettern müssen, als er die Leiche seiner Frau erblickte, wirkte sich fünf Tage später aus. Er war wie vom Donner gerührt.

Wexford war erregt, aber er benahm sich betont zwanglos. «Vielleicht können Sie ein wenig Licht in die Sache bringen. Wem könnte dieser Handabdruck gehören?»

Hathall zog scharf die Luft ein. Es war, als litte er unter akuter Atemnot. Langsam schüttelte er den Kopf.

«Keinerlei Idee, Mr. Hathall?»

Das Kopfschütteln ging weiter. Es war roboterhaft, automatisch, wie ausgelöst durch ein furchtbares Uhrwerk im Gehirn. Wexford hatte den Eindruck, daß Hathall seinen Kopf krampfhaft mit beiden Händen hätte packen und festhalten müssen, um diese langsame, mechanische Bewegung zu stoppen.

«Ein ganz klarer Handabdruck an der Seite Ihrer Badewanne. Und eine L-förmige Narbe am Zeigefinger. Wir werden ihn natürlich als Ausgangspunkt für unsere Ermittlungen nehmen.»

Hathalls Kinn fuhr ruckartig in die Höhe. Ein Zittern lief durch seinen Körper. «Auf der Badewanne, sagen Sie?» Er brachte es mühsam mit hoher, gepreßter Stimme zwischen steifen Lippen hervor.

«Auf der Badewanne. Stimmt's, ich habe recht, Sie können sich denken, wessen Abdruck das sein könnte?»

«Ich habe...» sagte Hathall bebend und kraftlos, «nicht die leiseste Ahnung.» Seine Haut hatte eine fahle, fleckige Blässe angenommen, aber jetzt kehrte das Blut zurück und pulsierte in den Venen auf seiner Stirn. Das Schlimmste des Schocks war vorüber. Jetzt folgte – ja was eigentlich? Nicht Zorn, nicht Entrüstung – *Trauer*, dachte Wexford überrascht. Jetzt, in diesem späten Stadium wurde Hathall von echter Trauer gepackt...

Wexford verspürte keine Neigung, nachsichtig zu sein. Unbarmherzig fuhr er fort: «Mir ist aufgefallen, wie begierig Sie während all meiner Verhöre erfahren wollten, welche Schlüsse wir aus Fingerabdrücken gezogen hätten. Ich habe wirklich noch nie erlebt, daß ein Ehemann, der gerade seine Frau verloren hat, derart an forensischen Maßnahmen interessiert war. Ich kann mich deshalb des Gefühls nicht erwehren, als hätten Sie darauf gewartet, daß ein bestimmter Fingerabdruck gefunden würde? *Wenn* das so ist, und *da* wir ihn nun gefunden haben, muß ich Ihnen leider sagen, daß Sie die Aufklärung des Falles behindern, wenn Sie jetzt wesentliche Informationen für sich behalten.»

«Lassen Sie Ihre Drohungen.» Die Worte waren zwar scharf, aber die Stimme, die sie sprach, war schwach und die Schroffheit des Tons kläglich geheuchelt. «Glauben Sie nur nicht, Sie könnten mich in die Enge treiben.»

«Es war ein gutgemeinter Rat, Mr. Hathall. Und wenn Sie klug sind, dann erzählen Sie mir jetzt, was Sie ohne Zweifel wissen.»

Und doch wußte er, während er das sagte und in die trostlosen, schockierten Augen des Mannes blickte, daß eine solche Enthüllung alles andere als klug wäre. Was für ein Alibi dieser Mann auch haben, wieviel Liebe und Ergebenheit für seine Frau er auch bekunden mochte, er *hatte* sie umgebracht. Und als er jetzt aus dem Zimmer ging und das Haus verließ, da sah er im Geiste Robert Hathall förmlich schwer in den Sessel fallen, flach atmend nach seinem rasenden Herzen tasten und mit buchstäblich all seinen Kräften ums Überleben kämpfen.

Das alles war das Ergebnis der Mitteilung, daß man den Handabdruck einer Frau gefunden hatte. Also wußte er, wer diese Frau war. Er war die ganze Zeit über so auf Fingerabdrücke versessen gewesen, weil er fürchtete, sie könnte ein solches Indiz hinterlassen haben. Aber seine Reaktion war nicht die eines Mannes gewesen, der lediglich einen Verdacht hat oder die Bestätigung einer Tatsache fürchtet, die er schon ahnt. Es war die Reaktion eines Menschen gewesen, der um seine eigene Freiheit und seinen eigenen Frieden bangt und zugleich um die Freiheit und den Frieden eines anderen, und darüber hinaus darum, diese Freiheit und diesen Frieden nicht gemeinsam genießen zu können.

8

Seine Entdeckung hatte die Erinnerung an jenes Intermezzo beim Mittagessen völlig verdrängt. Aber als er kurz nach vier Uhr sein eigenes Haus betrat, da tauchte sie wieder auf, verblaßt unter den Schuldgefühlen. Und wenn er nicht jene Stunde in Nancy Lakes Gesellschaft verbracht hätte, oder wenn es weniger erfreulich gewesen wäre, dann hätte er Dora vielleicht jetzt nicht einen so herzhaften Kuß gegeben und sie gefragt, was er jetzt fragte:

«Wie fändest du es, für ein paar Tage nach London zu fahren?»

«Du meinst, *du* mußt hin?»

Wexford nickte.

«Und du kannst es nicht ertragen, von mir getrennt zu sein?»

Wexford spürte, wie er rot wurde. Warum hatte sie bloß diesen Spürsinn? Es war fast, als habe sie seine Gedanken gelesen. Aber wenn sie nicht so feinfühlig gewesen wäre, hätte er sie dann geheiratet? «Und ob ich möchte, Liebling», sagte sie erfreut. «Und wann?»

«Wenn Howard und Denise uns haben wollen, sobald du deinen Koffer gepackt hast.» Er grinste bei dem Gedanken, welche Menge an Kleidern sie mitnehmen würde, selbst für nur zwei gemeinsame Tage mit seiner eleganten Nichte Denise. «Sagen wir – in zehn Minuten?»

«Gib mir eine Stunde», meinte Dora.

«Einverstanden. Ich ruf Denise an.»

Chief Superintendent Howard Fortune, Chef der Kriminalpolizei des Distrikts Kenbourne Vale, war der Sohn von Wexfords verstorbener Schwester. Jahrelang hatte er eine gewisse Scheu vor ihm gehabt, eine Scheu, die mit Neid auf diesen hochgerühmten Neffen gemischt war, dem so viele gute Dinge in den Schoß gefallen waren, anscheinend ohne viel Anstrengung von seiner Seite – ein erstklassiges Abschlußexamen, ein Haus in Chelsea, eine Ehe mit einem bildschönen Fotomodell, rasche Karriere, so daß er seinen Onkel im Rang bald überrundete. In Wexfords Augen hatten die beiden den harten Glanz der Jet-set-Leute angenommen und waren, obwohl er sie kaum kannte, für ihn in jene Kategorie reicher Verwandter aufgerückt, die einen aus der Ferne verachteten und die Nase rümpften, wenn man ihnen zu nahe kam. Mit großen Befürchtungen war er damals ihrer Einladung gefolgt, um sich bei ihnen von einer Krankheit zu erholen, und seine Befürchtungen hatten sich als grundlos erwiesen, als dumme Unterstellungen, aus dem Neid erwachsen.

Denn Howard und Denise waren freundlich und gastfrei und gar nicht anmaßend gewesen, und nachdem er Howard geholfen hatte, in Kenbourne Vale einen Mordfall zu lösen – Howard behauptete sogar, er allein hätte ihn gelöst –, da hatte er sich ebenbürtig gefühlt, und eine echte Freundschaft war entstanden.

Wie fest diese Freundschaft war, hatte sich zum Beispiel durch das Vergnügen der Fortunes an einem Familien-Weihnachtsfest in Wexfords Haus gezeigt, an der Übereinstimmung zwischen Onkel und Neffen, und es zeigte sich auch jetzt wieder an der Begrüßung, die dem Chief Inspector und seiner Frau zuteil wurde, als das Taxi sie zu dem Haus in der Teresa Street brachte. Es war kurz nach sieben, und eins von Denises köstlichen Dinners war nahezu fertig.

«Du bist ja so dünn geworden, Onkel Reg», sagte sie, als sie ihn küßte. «Ich hab hier die Kalorien für dich gezählt, und jetzt scheint es, als hätte ich mir die Mühe sparen können. Du siehst wirklich gut aus.»

«Danke, meine Liebe. Ich muß gestehen, mein erfolgreiches Abnehmen hat meine schlimmste Furcht vor London beseitigt.»

«Und die wäre?»

«Die *war*, daß ich in einer dieser automatischen Fahrkartenschleusen feststecken würde – weißt du, diese Dinger mit den zuschnappenden Eisenbarren – und nicht wieder rauskäme.»

Denise lachte und führte sie ins Eßzimmer. Seit jenem ersten Besuch hatte Wexford auch seine Angst überwunden, Denises Blumenarrangements umzustoßen, und ebenso seine Scheu vor ihren zierlichen, chinesischen Porzellansachen und den pastellfarbenen Satinbezügen der Polstermöbel, bei denen er immer überzeugt gewesen war, er werde sie mit Kaffeeflecken ruinieren. Der Überfluß allenthalben, die unaufdringliche Pracht und das Flair gediegenen Lebens schüchterten ihn nicht mehr ein. Er konnte jetzt gelassen in einer jener kleinen Runden aus Sesseln und einem seidenen Sofa sitzen, die ihn so sehr an Interieurfotografien aus königlichen Schlössern erinnerten. Er konnte über die tropische Hitze der Zentralheizung lachen, oder jetzt, da sie nicht an war, sich über ihr sommerliches Gegenstück, die Air-condition, mokieren.

«Das erinnert mich an Scotts Beschreibung von Lady Rowenas Wohnungen», sagte er. «Da heißt es: ‹Die kostbaren Vorhänge wehten im Nachtwind… Die Flammen der Fackeln flatterten seitwärts in die Luft wie die entrollte Fahne eines Anführers.› Nur sind es in eurem Fall Grünpflanzen, die flattern, und nicht Flammen.»

Sie hatten einen oft wiederholten Witz über ihren Austausch von Zitaten, derer sich Wexford anfangs etwas krampfhaft bedient hatte, um seine intellektuelle Gleichrangigkeit darzutun, und auf die Howard, wie sein Onkel glaubte, entsprechend geantwortet hatte, um unauffällig das Thema ihres gemeinsamen Berufes zu umgehen.

«Literarisches Geplänkel, Reg?» fragte Howard lächelnd.

«Bloß, um das Eis zu brechen – und du wirst noch richtiges Eis auf deine Blumenvasen kriegen, Denise, wenn du die Klimaanlage so weiterlaufen läßt. Nein, ich möchte mit dir besprechen, weshalb ich hergekommen bin, aber das hat Zeit bis nach dem Essen.»

«Und ich dachte, du bist hergekommen, um *mich* zu sehen!» sagte Denise.

«Bin ich auch, meine Liebe, aber eine andere junge Frau interessiert mich im Moment noch erheblich mehr.»

«Was hat sie, was ich nicht habe?»

Wexford nahm ihre Hand, tat, als untersuche er sie genau und meinte dann: «Eine L-förmige Narbe am Zeigefinger.»

Wenn Wexford in London war, hoffte er immer, die Leute würden ihn für einen Londoner halten. Um dieser Illusion Vorschub zu leisten, ergriff er gewisse Maßnahmen, wie etwa, auf seinem Platz sitzenzubleiben, bis die U-Bahn an seinem Zielort tatsächlich zum Stehen gekommen war, statt dreißig Sekunden vorher nervös aufzuspringen, wie es Nichtlondoner gewöhnlich taten. Und er verkniff es sich, andere Passagiere zu fragen, ob der Zug, in dem er sich befand, wirklich zu der Station fuhr, die auf der verwirrenden Anzeigentafel ausgewiesen war. Auf diese Weise hatte er sich einmal in Uxbridge wiedergefunden statt in Harrow-on-the-Hill. Aber es war gar nicht so einfach, mit der U-Bahn von den westlichen Ausläufern Chelseas zum West End zu gelangen, deshalb stieg Wexford in den Bus Nr. 14, einen alten Bekannten.

Marcus Flower stellte sich nicht als eine Person, sondern als zwei heraus, Jason Marcus und Stephen Flower, von denen ersterer aussah wie ein langhaariger und jugendlicher Ronald Colman und letzterer wie ein kurzhaariger, pensionierter Mick Jagger. Wexford lehnte den schwarzen Kaffee dankend ab, den sie – anscheinend als Medizin gegen ihren Kater – tranken, und sagte, er sei im Grunde gekommen, um mit Linda Kipling zu sprechen. Marcus und Flower überschlugen sich daraufhin in sinnigen Anspielungen, nämlich daß es natürlich viel lohnender sei, Miss Kipling zu besuchen als sie beide, und daß ja überhaupt alle Leute bloß wegen der Mädchen kämen, um dann ebenso simultan plötzlich ernst zu werden und nahezu unisono zu beteuern, wie entsetzlich leid es ihnen getan habe, vom Verlust ‹des armen alten Bob› zu hören; das hätte sie absolut ‹umgeschmissen›.

Dann wurde Wexford von Marcus durch eine Reihe von Büros geführt, die merkwürdig nüchtern und üppig zugleich wirkten, Räume, deren Möbel aus Stahl und Leder sich seltsam abhoben gegen extravagante Samtvorhänge und Hochflorteppiche. An den Wänden hingen abstrakte Bilder vom Genre verspritzten Tomatenketchups und kopulierender Spinnen, und auf niedrigen Tischen lagen Magazine vom Genre der Soft-Pornographie. Die Sekretärinnen, drei an der Zahl, befanden sich alle gemeinsam in einem blausamtenen Raum – die, welche ihn empfangen hatte, eine rothaarige und Linda Kipling. Von zwei weiteren, berichtete Linda, war die eine beim Friseur und die andere auf einer Hochzeit. So eine Art Firma war das also.

Sie führte ihn in ein leeres Büro, wo sie sich auf einer Bank aus schwarzem Leder und Metall niederließ, wie man sie in Flughafenlounges findet. Linda sah aus wie eine Schaufensterpuppe in der Auslage eines sehr teuren Modegeschäftes, realistisch, aber nicht real, wie aus hochqualitativem Plastik gefertigt. Sie betrachtete eingehend ihre Fingernägel, die grün waren, während sie ihm erzählte, daß Robert Hathall seine Frau jeden Tag um die Mittagszeit angerufen habe. Entweder habe er selbst angerufen, oder aber er habe sie gebeten, die Verbindung für ihn herzustellen. Das hätte sie ‹ganz süß› gefunden, obwohl jetzt, ja, das sei natürlich ‹entsetzlich tragisch›.

«Sie würden also sagen, er war glücklich verheiratet, Miss Kipling? Hat viel von seiner Frau geredet, hatte ihr Foto auf dem Schreibtisch, so in der Art?»

«Er hatte wirklich ihr Foto da stehen, aber Liz hat gesagt, so was sei total spießig, und da hat er es weggesteckt. Ob er glücklich war, das weiß ich nicht, weil er nie besonders aus sich rausging, wissen Sie, nicht so wie Jason und Steve und ein paar von den anderen Typen.»

«Wie war er denn letzten Freitag?»

«Na, so wie immer. Ganz genau so wie immer. Das hab ich ja schon einem anderen Polizisten erzählt. Ich weiß nicht, was das soll, dieselbe Sache immer und immer noch mal zu sagen. Er war eben einfach so wie gewöhnlich. Er kam kurz vor zehn hier an und war den ganzen Vormittag hier. Er hat die Details von so 'ner Art Plan von 'ner privaten Krankenhausversicherung ausgearbeitet, für die aus der Mannschaft, die so was wollen. Na ja, Versicherung eben.» Auf Lindas Gesicht malte sich ihre Verachtung für Leute, die es sich nicht leisten konnten, ihre Privatbehandlungen selbst zu bezahlen. «Er rief seine Frau kurz vor eins an, und dann ist er mit Jason zum Essen in ein Restaurant gegangen. Sie waren nicht lange weg. Ich weiß, er war gegen halb drei wieder hier. Er hat mir drei Briefe diktiert.» Ihrem Tonfall nach war das eine Zumutung gewesen. «Und weggegangen ist er um halb sechs, um sich mit seiner Mutter zu treffen und mit ihr sonstwohin zu fahren, irgendwo nach Sussex, wo er wohnt.»

«Wurde er hier je von Frauen oder einer bestimmten Frau angerufen?»

«Seine Frau hat *ihn* nie angerufen.» Dann begriff sie langsam, was er meinte, und sie starrte ihn an. Sie gehörte zu den Leuten, die so beschränkt sind, deren Vorstellungsvermögen so begrenzt ist, daß jede Anspielung auf etwas Ungewöhnliches in puncto Sex oder gesellschaftlichem Verhalten bei ihnen nervöses Kichern auslöst. Sie kicherte also. «Eine Freundin, meinen Sie? Nein, so eine hat ihn nicht angerufen. Überhaupt hat nie jemand ihn angerufen.»

«War er von einem der Mädchen hier besonders angezogen?»

Sie blickte verständnislos drein und wich leicht zurück. «Die Mädchen *hier*?»

«Na ja, es sind doch schließlich fünf Mädchen hier, Miss Kipling, und nach den dreien von ihnen zu urteilen, die ich gesehen habe, sind sie ja nicht gerade abstoßend. War Mr. Hathall mit irgendeinem Mädchen hier besonders befreundet?»

Die grünen Fingernägel gerieten in aufgeregte Bewegung. «Sie meinen – ein Verhältnis? Sie meinen, ob er mit einer von uns *geschlafen* hat?»

«Wenn Sie es so ausdrücken wollen. Schließlich war er ein einsamer Mann, immer zeitweise getrennt von seiner Frau. Ich nehme an, Sie waren am Freitag nachmittag alle hier, keine unterwegs zum Friseur oder zu einer Hochzeit?»

«Natürlich waren wir alle hier! Und was das angeht, von wegen Bob Hathall und ein Verhältnis mit einer von uns, so dürfte es Sie interessieren, daß June und Liz verheiratet sind, Clare ist mit Jason verlobt, und Suzanne ist Lord Carthews Tochter.»

«Schließt das aus, daß sie mit einem Mann schläft?»

«Es schließt aus, daß sie mit jemandem von Bob Hathalls – äh, Sorte schläft. Und das gilt für uns alle. Wir sind vielleicht ‹nicht gerade abstoßend›, wie Sie es nennen, aber so tief sind wir noch nicht gesunken!»

Wexford sagte guten Morgen und ging hinaus. Es tat ihm sogar leid, daß er ihr auch nur dieses eine widerwillige Kompliment gemacht hatte. Am Piccadilly betrat er eine Telefonzelle und wählte die Nummer von Craig und Butler, Gray's Inn Road, Wirtschaftsprüfer. Mr. Butler, so wurde ihm gesagt, sei zur Zeit beschäftigt, sei aber gern bereit, ihn am Nachmittag um drei Uhr zu empfangen. Wie sollte er die Zeit bis dahin ausfüllen? Inzwischen hatte er zwar Mrs. Eileen Hathalls Adresse herausgefunden, aber Croydon war zu weit weg, in der Zeit bis drei Uhr einen Besuch dort einzuschieben. Warum nicht noch ein wenig mehr über Angela selbst in Erfahrung bringen, sich ein wenig Hintergrund verschaffen von dieser Ehe, von der alle sagten, sie sei glücklich gewesen, die aber doch mit einem Mord geendet hatte?

Er blätterte das Telefonbuch durch und fand, was er suchte: The National Archaeologist's League Library, 17 Trident Place, Knightsbridge SW 7. Entschlossen ging er zur U-Bahn-Station Piccadilly Circus hinüber.

Trident Place war nicht leicht zu finden. Obgleich er, verborgen in der Telefonzelle, den Stadtplan konsultiert hatte, blieb ihm nichts anderes übrig, als ihn unter den Blicken von weltgewandten Londonern noch einmal aufzuschlagen. Gerade als er sich innerlich einen Idioten schalt, so gehemmt zu sein, wurde er belohnt durch den Anblick der Sloane Street, von der laut Stadtplan Trident Place abzweigte.

Es war eine breite Straße mit vierstöckigen, viktorianischen Häusern, alle sehr hübsch und wohlgepflegt. Nummer sieben hatte eine schwere, zweiflügelige Glastür mit Mahagonirahmen, durch die Wexford in eine Halle trat, in der Schwarzweißfotos von Amphoren und Porträts von finster dreinblickenden Ausgräbern der Vergangenheit hingen, dann gelangte er durch eine weitere Tür in die Bibliothek selbst. Die Atmosphäre hier war die gleiche wie überall an solchen Orten, äußerst still und bildungsträchtig, mit dem Geruch von alten und neuen Büchern.

Es waren nur wenig Leute da. Ein Leser war mit einem der mächtigen, ledergebundenen Kataloge beschäftigt, ein anderer unterschrieb die Zettel für die Bücher, die er ausleihen wollte. Zwei Mädchen und ein junger Mann betätigten sich leise und emsig hinter dem blanken Eichenholztresen. Eins der Mädchen trat auf Wexford zu und geleitete ihn die Treppe hinauf, vorüber an noch mehr Porträts, noch mehr Fotos, vorüber an dem grabesstillen Leseraum ins Büro der Chefbibliothekarin, Miss Marie Marcovitch.

Miss Marcovitch war eine kleine, ältere Frau, offenbar zentraleuropäisch-jüdischer Abstammung. Sie sprach ein flüssiges, akademisches Englisch mit einem leichten Akzent. Ganz anders als Linda Kipling – ein krasserer Unterschied zwischen zwei Frauen ließ sich nicht denken –, bat sie Wexford, Platz zu nehmen, und zeigte keinerlei Erstaunen, daß er gekommen war, um sie über einen Mordfall zu befragen, obwohl sie anfangs das Mädchen, das einmal für sie gearbeitet hatte, gar nicht mit der toten Frau in Verbindung gebracht hatte.

«Sie ist hier zwar schon vor ihrer Eheschließung weggegangen», meinte Wexford, «aber wie würden Sie sie beschreiben – als schroff und unbeholfen oder als nervös und schüchtern?»

«Nun ja, sie war sehr still. Man könnte sagen... Aber nein, das arme Mädchen ist ja tot.» Nach kurzem Zaudern fuhr Miss Marcovitch hastig fort: «Ich weiß wirklich nicht, was ich Ihnen über das Mädchen erzählen soll. Sie war nichts Besonderes.»

«Ich möchte Sie bitten, mir alles zu erzählen, was Sie wissen.»

«Das ist viel verlangt, auch wenn sie nichts Besonderes war. Sie fing vor etwa fünf Jahren hier an. Es ist eigentlich keine gängige Praxis der Bibliothek, Leute ohne Universitätsabschluß zu beschäftigen, aber Angela war ausgebildete Bibliothekarin, und sie besaß ein paar Kenntnisse in Archäologie. Praktische Erfahrung darin hatte sie nicht, aber was das betrifft, die habe ich auch nicht.»

Im Dunstkreis all der Bücher fiel Wexford jenes Buch ein, das er noch immer nicht zurückgegeben hatte. «War sie an keltischen Sprachen interessiert?»

Miss Marcovitch blickte erstaunt drein. «Nicht daß ich wüßte.»

«Macht nichts. Bitte fahren Sie fort.»

«Ich weiß kaum, wie ich fortfahren soll, Chief Inspector. Angela verrichtete ihre Arbeit ganz zufriedenstellend, obwohl sie ziemlich häufig fehlte unter vagen medizinischen Begründungen. Und sie konnte mit Geld nicht umgehen...» Wieder bemerkte Wexford ein Zögern. «Ich meine, sie kam mit ihrem Gehalt nicht zurecht und beklagte sich dauernd, es sei unangemessen. Ich bekam auch mit, daß sie sich kleinere Beträge von anderen Angestellten auslieh, aber das war ja nicht meine Angelegenheit.»

«Ich glaube, sie hatte hier schon ein paar Monate gearbeitet, ehe sie Mr. Hathall kennenlernte?»

«Ich weiß wirklich nicht, wann sie Mr. Hathall kennengelernt hat. Zunächst war sie mit einem Mr. Craig befreundet, der ebenfalls zu unserem Personal gehörte, aber inzwischen gegangen ist. Überhaupt sind alle Mitglieder unseres damaligen Teams mittlerweile weg, außer mir. Ich fürchte, ich bin Mr. Hathall nie begegnet.»

«Aber Sie sind der ersten Mrs. Hathall begegnet?»

Die Bibliothekarin schürzte die Lippen und faltete die kleinen, runzligen Hände im Schoß. «Mir scheint, dies ist nun schon beinahe Klatsch und Tratsch», sagte sie streng.

«So vieles meiner Arbeit ist das, Miss Marcovitch.»

«Also...» Ganz plötzlich und unvermittelt lächelte sie, strahlend und beinahe keck. «Sie meinen, wennschon – dennschon, was? Also ja, ich bin der ersten Mrs. Hathall begegnet. Ich war zufällig gerade unten in der Bibliothek, als sie hereinkam. Sie haben vielleicht bemerkt, daß das ein besonders stiller Ort ist. Keine erhobene Stimme, keine hastige Bewegung, eine Atmosphäre, wie sie sowohl den Lesern als auch dem Personal angenehm ist. Ich muß gestehen, daß ich wirklich sehr wütend war, als diese Frau in die Bibliothek gestürmt kam, hinter den Tresen stürzte, wo Angela stand, und loszeterte. Es war einfach nicht zu überhören, daß sie Angela vorwarf, sie habe ihr, wie sie es nannte, ihren Mann gestohlen. Ich bat Mr. Craig, die Person so ruhig wie möglich loszuwerden, und dann nahm ich Angela hier mit nach oben. Als sie sich beruhigt hatte, erklärte ich ihr, daß mich zwar ihre Privatangelegenheiten nichts angingen, daß aber solch eine Sache nicht wieder passieren dürfe.»

«Und es passierte auch nicht wieder?»

«Nein, aber Angelas Arbeit begann zu leiden. Sie gehörte zu den Menschen, die unter Belastung leicht zusammenbrechen. Sie tat mir zwar leid, aber es tat mir auch wieder nicht leid, als sie erklärte, sie müsse auf ärztlichen Rat ihre Stellung aufgeben.»

Die Bibliothekarin schwieg, als hätte sie alles gesagt, was sie zu sagen hatte, und erhob sich. Aber statt aufzustehen, sagte Wexford: «Wennschon – dennschon, Miss Marcovitch...?»

Sie verfärbte sich und lachte verlegen. «Wie scharfsinnig von Ihnen, Chief Inspector! Ja, da gibt es noch etwas. Ich dachte mir schon, daß Sie mein Zögern bemerkt haben. Ich habe nie jemandem was davon erzählt, aber – nun gut, Ihnen werd ich es erzählen.» Sie setzte sich wieder, und ihre Miene wurde ein wenig pedantisch. «In Anbetracht der Tatsache, daß die eingetragenen Leser der Bibliothek einen hohen Jahresbeitrag zahlen – fünfundzwanzig Pfund – und von Natur aus meist sorgfältig mit Büchern umgehen, erheben wir keine Gebühren, falls sie die Bücher einmal länger als die erlaubte Ausleihzeit von einem Monat behalten. Natürlich machen wir das nicht publik, und viele neu eingetragene Mitglieder sind angenehm überrascht, wenn sie Bücher zurückbringen, die sie womöglich zwei oder drei Monate behalten haben, und wir keine Extragebühr von ihnen verlangen.

Vor ungefähr dreieinhalb Jahren, kurz nachdem Angela uns verlassen hatte, half ich zufällig am Rückgabeschalter aus. Da brachte mir ein Leser drei Bücher zurück, an denen ich sah, daß sie sechs Wochen überfällig waren. Ich hätte kein Wort darüber verloren, aber das Mitglied wollte mir ein Pfund achtzig geben und versicherte mir, das sei die genaue Gebühr für überfällige Bücher, zehn Pence pro Buch wöchentlich. Als ich ihm erklärte, in dieser Bibliothek würden nie Extragebühren erhoben, erzählte er mir, er sei erst seit einem Jahr eingetragener Leser und habe erst einmal Bücher länger als einen Monat behalten. Bei dieser Gelegenheit habe ‹die junge Dame› ihn um ein Pfund zwanzig gebeten, und er hatte nicht protestiert, denn er hielt das für angemessen.

Natürlich habe ich alle Angestellten ausgefragt, und alle schienen vollkommen unschuldig, aber die beiden Mädchen erzählten mir, daß auch andere Leser ihnen kürzlich angeboten hätten, Gebühren für überfällige Bücher zu zahlen, was sie, unter Hinweis auf unsere Gepflogenheiten, abgelehnt hätten.»

«Und Sie glauben, daß Angela Hathall dafür verantwortlich war?» fragte Wexford.

«Wer sonst könnte es gewesen sein? Aber sie war ja ohnehin weg, großer Schaden war nicht entstanden, und so unterließ ich es denn, die Sache bei einer Versammlung des Kuratoriums an die große Glocke zu hängen. Das hätte bloß Unannehmlichkeiten nach sich gezogen, womöglich zu einer Strafverfolgung geführt, wobei man die betreffenden Leser als Zeugen vernommen hätte, und so weiter. Außerdem hatte das Mädchen unter Druck gestanden, und es war ja eine sehr geringfügige Unterschlagung. Ich bezweifle, daß sie mehr als höchstens zehn Pfund zusammengekriegt hat.»

9

Eine sehr geringfügige Unterschlagung... Wexford war auf so etwas nicht gefaßt gewesen, und wahrscheinlich war das auch irrelevant. Aber die verschwommene Person der Angela Hathall nahm jetzt doch, wie eine vom Nebel verhüllte Gestalt, nach und nach deutlichere Konturen an. Eine paranoide Persönlichkeit mit einer Tendenz zur Hypochondrie; intelligent, aber ohne Ausdauer im Beruf; ohne stabiles psychisches Gleichgewicht; in Gelddingen unsolide und Nebenverdiensten durch betrügerische Mittel nicht abgeneigt. Wie war sie dann aber über eine Periode von nahezu drei Jahren für sich und ihren Mann mit fünfzehn Pfund pro Woche zurechtgekommen?

Er verließ die Bibliothek und nahm die U-Bahn zur Chancery Lane. Craig und Butler, Wirtschaftsprüfer, hatten ihre Büros im dritten Stock eines alten Hauses in der Nähe des Royal Free Hospital. Er merkte sich das Gebäude, nahm in einem Café einen Imbiß aus Salat und Orangensaft zu sich, und eine Minute vor drei wurde er in das Büro des Seniorpartners William Butler geführt. Der Raum war genauso altmodisch und fast ebenso still wie die Bibliothek, und Mr. Butler genauso verhutzelt wie Miss Marcovitch. Aber er trug ein joviales Lächeln zur Schau, die Atmosphäre war mehr geschäftsmäßig als gelehrt, und das einzige Porträt war das starkfarbige Ölgemälde eines älteren Herrn im Abendanzug.

«Mein früherer Partner, Mr. Craig», erklärte William Butler.

«Dann war es sein Sohn, nehme ich an, der Robert und Angela Hathall miteinander bekannt machte?»

«Sein Neffe. Paul Craig, sein Sohn, ist mein Partner, seit sein Vater sich zur Ruhe gesetzt hat. Das war Jonathan Craig, der früher bei diesen Archäologen gearbeitet hat.»

«Ich glaube, die Begegnung der beiden hat hier auf einer Büroparty stattgefunden?»

Der alte Mann gab ein scharfes, keckerndes Lachen von sich. «Eine Party *hier*? Wo sollten wir wohl Essen und Trinken hinstellen, ganz zu schweigen vom Platz für die Gäste? Außerdem würden sie hier an ihre Einkommensteuer erinnert und bekämen schlechte Laune und Depressionen. Nein, die Party damals fand in Mr. Craigs Privathaus in Finchley statt, als er nach fünfundvierzig Jahren in den Ruhestand trat.»

«Haben Sie Angela Hathall dort kennengelernt?»

«Es war das einzige Mal, daß ich ihr begegnet bin. Nett aussehende Person, obwohl auch so 'n bißchen mit diesem Shetlandpony-Look, den sie heute alle haben. Trug natürlich auch Hosen. Ich persönlich finde, eine Frau sollte einen Rock anziehen, wenn sie zu einer Party geht. Bob Hathall war sofort hingerissen von ihr, das konnte man deutlich sehen.»

«Das kann aber Mr. Jonathan Craig nicht gefallen haben.»

Wieder gab Mr. Butler sein keckerndes Lachen von sich. «Dem war es doch nicht ernst mit ihr. Ist übrigens inzwischen verheiratet. Seine Frau ist keine Augenweide, aber betucht ist sie, mein lieber Mann, und wie! Diese Angela wäre bei seiner Familie sowieso niemals angekommen, die sind nicht so leger wie ich. Meine Güte, selbst mir verschlug es ein bißchen die Sprache, als sie auf Paul zutrat und meinte, er hätte aber mal einen feinen Job, genau das Richtige, um zu wissen, wie man die Steuererklärung frisiert. Das zu einem Wirtschaftsprüfer zu sagen, ist wie einem Arzt zu erklären, er sei fein raus, weil er an Heroin herankäme.» Mr. Butler schmunzelte vergnügt in sich hinein. «Ich habe auch die erste Mrs. Hathall kennengelernt, wissen Sie», fuhr er fort. «Das war eine temperamentvolle Person. Wir hatten hier eine Mordsszene, sie donnerte gegen die Türen und versuchte, zu Bob zu kommen; der hatte sich nämlich in seinem Büro eingeschlossen. Eine Stimme hat die, wenn sie loslegt! Ein andermal hat sie den ganzen Tag auf der Treppe gesessen und gewartet, daß er rauskäme. Er schloß sich wieder ein und blieb die ganze Nacht über hier. Weiß Gott, wann sie nach Hause gegangen ist. Am nächsten Tag tauchte sie prompt wieder auf und brüllte mich an, ich solle dafür sorgen, daß er zu ihr und seiner Tochter zurückkäme. Ein Mordsspektakel war das, das vergesse ich nie.»

«Und deswegen haben Sie ihn entlassen», setzte Wexford hinzu.

«Das hab ich nicht! Behauptet er das?»

Wexford nickte.

«Verdammt noch mal! Bob Hathall war immer ein Lügner. Ich sag Ihnen, was passiert ist, und Sie können es glauben oder nicht, wie's Ihnen beliebt. Ich holte ihn nach dem ganzen Theater hier rein zu mir und sagte ihm, er solle mal seine Privatangelegenheiten ein bißchen besser unter Kontrolle bringen. Wir hatten eine kleine Auseinandersetzung, und schließlich kriegte er einen Wutanfall und schrie, er würde kündigen. Ich versuchte, ihn zu besänftigen. Er war als Laufbursche zu uns gekommen und hat seine ganze Ausbildung hier bei uns gemacht. Ich sagte ihm, wenn er sich scheiden ließe, dann werde er jeden Penny brauchen, und auch, daß er im nächsten Jahr eine Gehaltserhöhung bekommen würde. Aber er hörte nicht zu und sagte bloß immer wieder, alle seien gegen ihn und diese Angela. So ging er wirklich und kriegte irgend so einen lumpigen Teilzeitjob. Tja, geschah ihm recht.»

Wexford dachte an Angelas Unterschlagung und an ihre Bemerkungen gegenüber Paul Craig, und eingedenk des Sprichwortes ‹Gleich und gleich gesellt sich gern› fragte er Mr. Butler, ob Robert Hathall je irgend etwas getan hätte, das auch nur entfernt nicht ganz einwandfrei gewesen wäre? Mr. Butler blickte schockiert drein.

«Ganz bestimmt nicht. Ich habe zwar gesagt, er blieb nicht immer ganz bei der Wahrheit, aber sonst war er ehrlich.»

«Hatte er eine Schwäche für Frauen?»

Wieder lachte William Butler keckernd und schüttelte heftig den Kopf. «Er war fünfzehn, als er hier anfing, und schon damals lief er mit seiner späteren ersten Frau herum. Die beiden waren weiß Gott wie viele Jahre verlobt. Ich sage Ihnen, Bob war so borniert, so durch und durch verklemmt, der wußte nicht mal, daß es auf Erden noch andere Frauen gab. Wir hatten hier eine sehr hübsche Schreibkraft, aber gemessen an der Notiz, die er von ihr nahm, hätte sie eine Schreib*maschine* sein können. Nein, und das war auch der Grund, weshalb er so verrückt war nach dieser Angela. Völlig verdreht war er, wie ein dummer, romantischer Schuljunge. Eines Tages wachte er auf, und die Schuppen fielen ihm von den Augen. Ist ja oft so. Und diese Spätentwickler sind die schlimmsten.»

«Dann hat er sich vielleicht, nachdem er aufgewacht war, auch noch ein bißchen weiter umgesehen?»

«Vielleicht hat er, aber da kann ich Ihnen nicht weiterhelfen. Sie meinen, er könnte diese Angela um die Ecke gebracht haben?»

«Darauf möchte ich mich lieber nicht festlegen, Mr. Butler», sagte Wexford und verabschiedete sich.

Howard Fortune war ein großer, hagerer Mann, knochendürr trotz seines enormen Appetits. Er hatte das aschblonde Haar der Wexfords, eine Farbe wie verblichenes, braunes Papier, und ihre hellen, graublauen Augen, klein und scharf. Trotz ihres unterschiedlichen Körperbaus hatte er seinem Onkel schon immer ähnlich gesehen, und jetzt, da Wexford so viel Gewicht verloren hatte, war die Ähnlichkeit noch größer geworden. Wie sie sich so gegenübersaßen in

Howards Arbeitszimmer, hätten sie Vater und Sohn sein können, zumal – abgesehen von der Ähnlichkeit – Wexford es jetzt fertigbrachte, mit seinem Neffen genauso familiär zu reden wie etwa mit Burden, und Howard seinerseits ihm jetzt ohne jene frühere Rücksichtnahme und taktvolle Vorsicht Rede und Antwort stand.

Ihre Frauen waren unterwegs. Nachdem sie den Tag mit Einkäufen verbracht hatten, waren sie jetzt ins Theater gegangen, und Onkel und Neffe hatten allein zu Abend gegessen. Und nun, während Howard seinen Cognac trank und er sich mit einem Glas Weißwein begnügte, verbreitete sich Wexford über die Theorie, die er am Abend zuvor zur Debatte gestellt hatte.

«Soweit ich es sehe», sagte er, «besteht die einzige Möglichkeit, Hathalls Entsetzen zu erklären – und es war Entsetzen, Howard –, darin, daß er den Mord an Angela mit Hilfe einer Komplizin arrangiert hat.»

«Mit der er auch eine Liebesaffäre hatte?»

«Vermutlich. Das war wohl das Motiv.»

«Ein reichlich dünnes Motiv heutzutage, oder? Scheidung ist ziemlich einfach, und Kinder waren ja auch keine da.»

«Du übersiehst den Kern der Sache.» Wexford sagte es mit einer Schärfe, die früher unmöglich gewesen wäre. «Selbst bei diesem neuen Job hätte er sich zwei abgeschobene Ehefrauen nicht leisten können. Und er ist außerdem genau der Mensch, der einen Mord praktisch für gerechtfertigt hält, wenn dieser Mord ihm weitere Belastungen vom Hals schafft.»

«Dann wäre also seine Freundin nachmittags ins Haus gekommen...»

«Oder sie wurde von Angela abgeholt.»

«Das kann ich mir nicht denken, Reg.»

«Eine Nachbarin, eine Frau namens Lake, sagt, Angela habe ihr erzählt, sie wolle wegfahren.» Wexford nippte an seinem Glas, um die leichte Verwirrung zu kaschieren, die ihn allein schon bei der Erwähnung von Nancy Lakes Namen befiel. «Das darf man dabei nicht vergessen.»

«Na gut, vielleicht. Das Mädchen tötete also Angela, indem sie sie mit einer goldenen Halskette erdrosselte, die bisher nicht gefunden wurde. Dann säuberte sie das ganze Haus von ihren Fingerspuren, ließ aber einen Abdruck seitlich an der Badewanne zurück. Ist das deine Theorie?»

«Das ist meine Theorie. Dann fuhr sie Robert Hathalls Wagen

nach London und ließ ihn in Wood Green stehen. Vielleicht fahre ich morgen mal dorthin, aber viel Hoffnung habe ich nicht. Es ist doch sehr wahrscheinlich, daß sie so weit wie möglich von Wood Green entfernt wohnt.»

«Und dann willst du doch noch zu diesem Spielzeugfabrikanten in – wie heißt das doch gleich? – Toxborough? Ich verstehe gar nicht, weshalb du dir das bis zuletzt aufhebst. Er hat doch immerhin seit seiner Heirat bis zum letzten Juli dort gearbeitet.»

«Und genau das ist der Grund dafür», sagte Wexford. «Es ist möglich, daß er diese Frau schon kannte, *bevor* er Angela begegnete, oder aber er hat sie kennengelernt, als seine Ehe etwa drei Jahre alt war. Es besteht doch kein Zweifel, daß er in Angela sehr verliebt war – jeder bezeugt das –, ist es also wahrscheinlich, daß er während des Anfangsstadiums seiner Ehe ein neues Verhältnis angefangen hat?»

«Nein, das sehe ich ein. Muß es denn jemand sein, den er bei der Arbeit kennengelernt hat? Warum nicht jemand aus seinem Bekanntenkreis oder auch die Frau eines Freundes?»

«Weil es so aussieht, als ob er überhaupt keine Freunde hatte, und das ist ja auch ganz erklärlich. Während seiner ersten Ehe hatten er und seine Frau – wie ich es mir vorstelle – Kontakt mit anderen Ehepaaren. Aber du weißt ja, wie es so geht, Howard. In diesen Fällen sind doch die Freunde eines Ehepaares die Nachbarn oder ihre Freundinnen mit ihren Männern. Ist nicht anzunehmen, daß nach der Scheidung all diese Leute zu Eileen Hathall hielten? Mit anderen Worten, sie blieben ihre Freunde und ließen ihn im Stich.»

«Diese unbekannte Frau könnte aber auch eine sein, die er auf der Straße aufgegabelt oder mit der er sich zufällig in einem Pub unterhalten hat. Hast du daran gedacht?»

«Natürlich. Wenn das der Fall ist, dann sind meine Chancen, sie zu finden, sehr gering.»

«Alsdann – morgen auf nach Wood Green! Ich selbst nehme mir morgen den Tag frei. Ich muß abends bei einem Essen in Brighton sprechen, und ich hatte mir gedacht, ich fahre ganz gemütlich dort runter, aber vielleicht komme ich erst mal mit dir in die Höhle des Löwen.»

Das Schrillen des Telefons unterbrach Wexfords Dank für dieses Angebot. Howard griff nach dem Hörer, und schon seine ersten Worte, sehr freundlich, aber ohne sonderliche Vertrautheit gesprochen, zeigten seinem Onkel, daß der Anrufer jemand war, den er zwar flüchtig, aber nicht sehr gut kannte. Dann reichte er Wexford den Hörer, und er hörte Burdens Stimme.

«Die gute Nachricht zuerst», sagte der Inspector, «wenn man es denn eine gute Nachricht nennen kann.» Und er berichtete, es habe sich doch noch jemand gemeldet und gesagt, er habe gesehen, wie Hathalls Wagen am vergangenen Freitag nachmittag um fünf nach drei in die Einfahrt von Bury Cottage eingebogen sei. Aber er hatte nur die Fahrerin gesehen, die er als eine dunkelhaarige junge Frau beschrieb, und sie habe so was wie eine rotkarierte Bluse oder ein rotkariertes Hemd getragen. Sie habe noch jemanden bei sich gehabt, da sei er sicher, und mit ziemlicher Sicherheit sei das eine Frau gewesen, aber genauere Details konnte er nicht liefern. Er sei auf dem Fahrrad die Wool Lane in Richtung Wool Farm entlanggefahren, habe sich deshalb auf der linken Straßenseite befunden, der Seite also, von der aus er den Fahrer im Blickfeld hatte, nicht unbedingt aber auch den Beifahrer. Der Wagen habe gestoppt, denn er hätte Vorfahrt gehabt, und weil der rechte Blinker geleuchtet habe, sei er sicher gewesen, daß er in die Hauseinfahrt einbiegen wollte.

«Warum hat sich dieser Radfahrer denn bloß nicht früher gemeldet?»

«Er war hier unten auf Urlaub, er und sein Fahrrad», sagte Burden, «und er sagt, er habe bis heute keine Zeitung zu Gesicht gekriegt.»

«Manche Leute», brummte Wexford, «leben wie die Schmetterlingslarven. Wenn das die gute Nachricht war, welches ist dann die schlechte?»

«Möglich, daß sie gar nicht schlecht ist, ich weiß es nicht. Aber der Chief Constable ist hier gewesen und hat nach Ihnen gefragt. Er möchte Sie morgen nachmittag Punkt drei sprechen.»

«Das kommt uns ziemlich in die Quere mit unserem Besuch in Wood Green», sagte Wexford nachdenklich zu seinem Neffen, und er erzählte ihm, was Burden gesagt hatte. «Ich muß also zurück, und ich kann nur versuchen, entweder Croydon oder Toxborough auf dem Weg zu erledigen. Für beides werde ich keine Zeit haben.»

«Hör mal, Reg, warum soll ich dich nicht nach Croydon fahren und dann via Toxborough nach Kingsmarkham? Dann hätte ich immer noch drei oder vier Stunden, ehe ich in Brighton sein muß.»

«Das wäre aber ganz schön lästig für dich, was?»

«Im Gegenteil. Ich muß dir ganz ehrlich sagen, ich bin richtig scharf darauf, diese Xanthippe zu Gesicht zu kriegen, diese erste Mrs. Hathall. Du kommst dann mit mir zurück, und Dora kann gleich hierbleiben. Ich weiß, Denise will sie unbedingt am Freitag dabeihaben, wegen irgendeiner Party, auf die sie geht.»

Und Dora, die zehn Minuten später hereinkam, ließ sich nicht lange bitten, bis Sonntag in London zu bleiben.

«Aber du – kommst du allein zurecht?»

«Ich komm schon zurecht. Ich hoffe, du auch. Ich persönlich fürchte bloß, du wirst hier zugrunde gehen in der Kälte dieser entsetzlichen Klimaanlage.»

«Ich habe mein Fettgewebe, Liebling, das hält mich warm.»

«Im Gegensatz zu dir, Onkel Reg», sagte Denise, die beim Eintreten den letzen Satz mitgehört hatte. «Deins ist ganz wunderbar geschmolzen. Ich nehme doch an, das kommt wirklich bloß von der Diät? Ich habe nämlich neulich in einem Buch gelesen, daß Männer, die andauernd Liebesaffären haben, ihre Figur halten, weil ein Mann jedesmal unbewußt die Bauchmuskeln einzieht, wenn er einer neuen Frau den Hof macht.»

«Jetzt wissen wir also, woran wir sind», meinte Dora.

Aber Wexford, der in diesem Moment die seinen bewußt eingezogen hatte, reagierte nicht mit Erröten, wie er es noch am Tag zuvor getan hätte. Er überlegte angestrengt, was von dieser Vorladung beim Chief Constable zu halten war, und seine Vermutung war nicht angenehm.

10

Das Haus, das Robert Hathall zur Zeit seiner ersten Ehe gekauft hatte, war eine jener Doppelhaushälften, die während der dreißiger Jahre zu Tausenden, vielmehr zu Zehntausenden aus dem Boden geschossen waren. Es hatte ein Erkerfenster am vorderen Wohnzimmer, einen Giebel über dem vorderen Schlafzimmer, und über der Haustür saß ein dekoratives, hölzernes Vordach, wie man es manchmal als Wetterschutz über den Perrons ländlicher Bahnhöfe sieht. Es standen an die vierhundert völlig gleicher Häuser in der Straße, einer breiten Verkehrsader, auf der der Verkehr nach Süden strömte.

«Dieses Haus», schätzte Howard, «ist für ungefähr sechshundert

Pfund erbaut worden. Hathall wird an die viertausend dafür gezahlt haben, denke ich. Wann hat er geheiratet?»

«Vor siebzehn Jahren.»

«Dann kommt es hin mit viertausend. Und jetzt würde es achtzehn bringen.»

«Bloß, er kann es nicht verkaufen», meinte Wexford. «Ich bin überzeugt, er könnte achtzehntausend Pfund gut gebrauchen.» Sie stiegen aus dem Wagen und gingen zur Haustür.

Äußerlich hatte sie keinerlei Anzeichen einer Xanthippe. Sie war um die Vierzig, klein und von lebhaften Farben, denn ihre untersetzte, pummelige Figur war in ein enges, grünes Kleid gezwängt. Sie war eine der Frauen, die sich aus Rosen in Kohl verwandeln. Versteckte Spuren der Rose geisterten noch in den hübschen, verfetteten Zügen, auf der noch immer schönen Haut und auf dem rötlichen Haar, das einmal blond gewesen war. Sie führte sie in das Zimmer mit dem Erkerfenster. Der Einrichtung hier fehlte der Charme des Mobiliars von Bury Cottage, aber es war ebenso peinlich sauber. Es lag etwas Bedrückendes in dieser Untadeligkeit, in dem Fehlen jeglicher auch nur andeutungsweise unkonventionellen Zutat. Wexford hielt vergebens Ausschau nach irgendeinem Gegenstand, einem handgestickten Kissen vielleicht, einer Originalzeichnung oder einer Grünpflanze, in dem sich die Persönlichkeit der Frau und des Mädchens ausdrückte, die hier wohnten. Aber es gab rein gar nichts, kein Buch, nicht einmal eine Illustrierte, keinerlei Anzeichen eines persönlichen Hobbys. Es sah aus wie die Schaufensterausstellung eines Möbelhauses, bevor der Dekorateur jenen Touch hinzufügt, der dem Ganzen eine wohnliche Atmosphäre verleiht. Außer einem gerahmten Foto war das einzige Bild jene Reproduktion einer spanischen Zigeunerin mit schwarzem Hut auf den Locken und einer Rose zwischen den Zähnen, die Wexford schon hundertmal an der Wand eines Pubs gesehen hatte. Und selbst noch dieses stereotype Bild hatte mehr Leben in sich als der ganze Rest des Zimmers, und der Mund der Zigeunerin schien ein wenig abschätzig verzogen, während sie auf die sterile Umgebung herabblickte, in die das Schicksal sie verbannt hatte.

Obwohl es schon fortgeschrittener Vormittag und Eileen Hathall auf ihr Kommen vorbereitet war, bot sie ihnen nichts zu trinken an. Entweder hatte die Art ihrer Schwiegermutter auf sie abgefärbt, oder aber ihre von Natur aus fehlende Gastlichkeit war just eine der Eigenschaften, die sie der alten Frau so lieb gemacht hatten. Aber daß Mrs. Hathall senior sich in anderer Hinsicht in ihrer Schwiegertochter geirrt hatte, sollte sich bald zeigen. Weit entfernt nämlich, sich ‹für sich zu halten›, war Eileen durchaus bereit, sich in aller Bitterkeit über ihr Privatleben zu verbreiten.

Anfangs war sie noch reserviert. Wexford fragte sie als erstes, wie sie den vergangenen Freitag verbracht hätte, und sie antwortete in ruhigem, vernünftigem Tonfall, sie sei bei ihrem Vater in Balham gewesen und bis zum Abend dort geblieben, denn ihre Tochter hätte an einem von ihrer Schule finanzierten Tagesausflug nach Frankreich teilgenommen, von dem sie erst so gegen Mitternacht zurückgekommen sei. Sie nannte Wexford die Adresse ihres verwitweten Vaters, und Howard, der London gut kannte, meinte, das sei ja nur eine Straße von der Wohnung der alten Mrs. Hathall entfernt. Und da ging es los: Eileens Gesicht rötete sich, und in ihren Augen glomm der Haß auf, der jetzt vielleicht zum Hauptantrieb ihres Lebens geworden war.

«Wir sind doch zusammen aufgewachsen, Bob und ich. Wir gingen in dieselbe Schule, und es gab keinen Tag, an dem wir uns nicht gesehen haben. Und nachdem wir geheiratet hatten, waren wir nie auch nur eine einzige Nacht getrennt, bis dieses Weibsbild kam und ihn mir gestohlen hat.»

Wexford, der der Meinung war, daß es für einen Außenseiter unmöglich sei, in eine gute und glückliche Ehe einzubrechen, gab keinen Kommentar. Er hatte sich schon oft genug über eine Geisteshaltung gewundert, die Menschen als Gegenstände betrachtete und Ehepartner als Objekte, die gestohlen werden konnten wie Fernseher oder Perlenketten.

«Wann haben Sie Ihren früheren Mann das letzte Mal gesehen?»

«Ich habe ihn seit dreieinhalb Jahren nicht mehr gesehen.»

«Aber ich nehme doch an, obwohl Sie das Sorgerecht haben, besucht er sie regelmäßig?»

Ihr Gesicht war bitter geworden, ein Wurm nagte an der verblühten Rose. «Er hatte das Recht, sie jeden zweiten Sonntag zu sehen. Ich schickte sie dann immer zu seiner Mutter, und er holte sie dort ab und verbrachte den Tag mit ihr.»

«Aber Sie selbst sahen ihn bei diesen Gelegenheiten nicht?»

Sie blickte zu Boden, vielleicht, um ihre Kränkung zu verbergen. «Er hat gesagt, er würde nicht kommen, wenn ich dort wäre.»

«Sie sagten, ‹ich schickte sie immer›, Mrs. Hathall. Heißt das, diese Begegnungen zwischen Vater und Tochter haben aufgehört?»

«Na ja, sie ist schließlich fast erwachsen, nicht wahr? Sie ist alt genug, eine eigene Meinung zu haben. Ich und Bobs Mutter, wir sind immer gut miteinander ausgekommen, sie ist immer wie eine zweite Mutter für mich gewesen. Rosemary merkte ja, wie wir darüber dachten – ich meine, sie war alt genug, um zu verstehen, was mir ihr Vater angetan hat, und es ist doch nur natürlich, daß sie wütend auf ihn war.» Das zänkische Weib kam zum Vorschein, und mit ihm jene Stimme, von der Mr. Butler gesagt hatte, er werde sie immer im Gedächtnis behalten. «Jawohl, sie stellte sich gegen ihn. Sie fand gemein, was er getan hatte!»

«Sie traf sich also nicht mehr mit ihm?»

«Sie *wollte* ihn nicht mehr sehen. Sie sagte, sie hätte an ihren Sonntagen etwas Besseres zu tun, und ihre Omi und ich, wir fanden, da hätte sie ganz recht. Bloß einmal war sie da draußen in diesem Haus, und als sie wiederkam, war sie in einem entsetzlichen Zustand – Tränen und Schluchzen und was sonst noch alles. Und das wundert mich auch nicht. Können Sie sich einen Vater vorstellen, der allen Ernstes seine kleine Tochter zusehen läßt, wie er eine andere Frau küßt? Das ist tatsächlich passiert. Als es Zeit wurde, Rosemary nach Hause zu bringen, da sah sie, wie er die Arme um diese Frau legte und sie küßte. Und das war nicht etwa so ein gewöhnlicher Kuß. Nein, so, wie man es im Fernsehen sieht, hat Rosemary gesagt. Aber ich will nicht ins Detail gehen, obwohl ich außer mir war, das kann ich Ihnen sagen. Das Ende vom Lied war, daß Rosemary ihren Vater nicht mehr ausstehen konnte, und ich nahm ihr das nicht übel. Ich hoffe bloß, sie hat keinen seelischen Knacks gekriegt, so wie es diese Leute, diese Psychologen, immer behaupten.»

Ihre Haut hatte sich dunkelrot verfärbt, und ihre Augen flammten. Und jetzt, wie sie so mit wogendem Busen den Kopf zurückwarf, hatte sie etwas mit der Zigeunerin an der Wand gemein.

«*Ihm* gefiel das natürlich nicht. Er bettelte, sie solle sich doch mit ihm treffen, schrieb ihr Briefe und Gott weiß was alles. Schickte ihr Geschenke und wollte mit ihr in den Urlaub fahren. Ausgerechnet er, wo er doch immer behauptet hat, er hätte keinen Pfennig übrig. Mit Händen und Füßen hat er sich dagegen gewehrt, daß ich dieses Haus kriegte und ein bißchen von seinem Geld zum Leben. Oh, der hat genug Geld, wenn er welches ausgeben *will*, für alle anderen natürlich, bloß nicht für mich.»

Howard hatte das gerahmte Foto betrachtet, und nun fragte er, ob es Rosemary darstellte.

«Ja, das ist meine Rosemary.» Eileen war noch ganz außer Atem von ihrer Schmährede und japste nach Luft. «Das ist vor sechs Monaten aufgenommen worden.»

Wexford und Howard betrachteten das Porträt eines ziemlich nichtssagenden Mädchens mit groben Gesichtszügen, das ein kleines goldenes Kreuz um den Hals trug, dem das glatte, dunkle Haar bis auf die Schultern fiel und das eine bemerkenswerte Ähnlichkeit mit seiner Großmutter väterlicherseits besaß. Wexford, der es nicht schaffte, rundheraus zu lügen und zu sagen, das Mädchen sei hübsch, fragte, was sie denn wohl machen werde, wenn sie die Schule hinter sich hätte? Das war ein geschickter Schachzug, denn es hatte eine beruhigende Wirkung auf Eileen, deren Zorn, wenn auch nur vorübergehend, vom Stolz abgelöst wurde.

«Die geht aufs College. All ihre Lehrer sagen, sie hat das Zeug dazu, und ich will ihr da nicht im Weg stehen. Sie muß ja auch nicht mit dem Lernen aufhören, um Geld zu verdienen. Bob hat *jetzt* ja 'ne Menge übrig. Ich hab ihr schon gesagt, ich habe nichts dagegen, wenn sie mit ihrer Ausbildung weitermacht, bis sie fünfundzwanzig ist. Ich krieg Bobs Mutter auch soweit, daß sie ihm sagt, er soll Rosemary zum achtzehnten Geburtstag ein Auto schenken. Schließlich ist das heutzutage ja so, als wenn man einundzwanzig wird, oder? Mein Bruder hat ihr schon das Fahren beigebracht, und sowie sie siebzehn ist, macht sie ihre Fahrprüfung. Es ist seine Pflicht, ihr einen Wagen zu schenken. Wenn er schon *mein* Leben ruiniert hat, so ist das noch lange kein Grund, auch *ihrs* zu ruinieren, oder?»

Wexford hielt ihr die Hand hin, als sie sich verabschiedeten. Sie gab ihm ihre sehr zögernd, aber dieses Zögern war vielleicht nur ein wesentlicher Bestandteil eben jener Unbeholfenheit, die der gesamten Sippe der Hathalls anzuhaften schien. Er hielt ihre Hand gerade lange genug, um festzustellen, daß auf der relevanten Fingerkuppe keine Narbe war.

«Seien wir dankbar für unsere Frauen», meinte Howard inbrünstig, als sie wieder im Wagen saßen und südwärts fuhren. «Jedenfalls hat er Angela nicht umgebracht, um zu *der* zurückzukehren.»

«Ist dir aufgefallen, daß sie Angelas Tod mit keinem Wort erwähnt hat? Nicht mal, um zu sagen, es täte ihr *nicht* leid, daß sie tot ist? Mir ist wirklich noch nie eine Familie begegnet, die derartig von Haß zerfressen ist.» Wexford mußte plötzlich an seine eigenen zwei Töchter denken, die ihn liebten und für deren Ausbildung er gern und bereitwillig Geld ausgegeben hatte, weil sie ihn liebten und weil er sie liebte. «Es muß verdammt scheußlich sein, jemanden unterhalten zu müssen, den man haßt, und Geschenke für jemanden kaufen zu müssen, dem beigebracht worden ist, einen zu hassen», sagte er.

«Allerdings. Und woher stammt das Geld für diese Geschenke und für die angebotene Urlaubsreise, Reg? Doch nicht von den fünfzehn Pfund wöchentlich.»

Gegen Viertel vor zwölf waren sie in Toxborough. Wexford war für halb eins in Kidds Fabrik verabredet, also nahmen sie in einem kleinen Restaurant am Stadtrand ein schnelles Mittagessen zu sich, ehe sie sich auf die Suche nach dem Industrieviertel machten. Die Fabrik, ein großer, weißer Betonklotz, war die Quelle jenes Kinderspielzeuges, das er oft in den Werbespots des Fernsehens gesehen hatte und das unter dem Slogan ‹Kidds Kits for Kids› angepriesen wurde. Der Manager, ein Mr. Aveney, berichtete ihm, sie hätten dreihundert Arbeiter auf der Gehaltsliste, die meisten davon Frauen in Teilzeitarbeit. Das Betriebsleitungsteam sei klein, bestehe nur aus ihm selbst, dem Personalchef, dem Teilzeit-Buchhalter, Hathalls Nachfolger, seiner eigenen Sekretärin, zwei Schreibkräften und einem Mädchen in der Telefonzentrale.

«Sie wollen wissen, was für weibliche Büroangestellte wir hier hatten, während Mr. Hathall bei uns war? So habe ich Sie am Telefon jedenfalls verstanden, und ich habe mein Bestes getan, Ihnen eine Liste mit Namen und Adressen aufzustellen. Aber dieses ewige Kommen und Gehen bei denen ist schon beinahe lächerlich, Chief Inspector. Die Mädchen sind heutzutage geradezu versessen darauf, alle paar Monate ihre Stellung zu wechseln. Von den Büroangestellten, die während Mr. Hathalls Zeit hier waren, ist jetzt niemand mehr da, und dabei ist er doch erst seit zehn Wochen weg. Jedenfalls, was die Mädchen betrifft. Der Personalchef ist ja schon seit fünf Jahren bei uns, aber sein Büro ist unten im Werk, und ich glaube, die beiden sind sich nie begegnet.»

«Können Sie sich erinnern, ob er mit irgendeinem der Mädchen besonders befreundet war?»

«Ich kann mich sehr wohl erinnern, daß er das nicht war», sagte Mr. Aveney. «Er war bloß verrückt nach seiner eigenen Frau, der, die jetzt ums Leben gekommen ist. Ich habe noch nie einen Mann erlebt, der so ein Affentheater um eine Frau machte wie er. Für ihn war sie Marilyn Monroe, Kaiserin von Persien und die Jungfrau Maria in einer Person.»

«Und woher stammt das Geld für diese Geschenke …

... doch nicht von den fünfzehn Pfund wöchentlich», gibt Howard zu bedenken.

So mancher gibt seinen Mitmenschen Rätsel auf, was die Herkunft seiner finanziellen Mittel anbelangt. Und dabei kann die Lösung doch so einfach sein: Der Mann hat früh damit begonnen, zinsgünstig zu sparen!

Aber Wexford war es leid, von Robert Hathalls Gattenliebe zu hören. Er überflog die Liste. Sie war erschreckend lang, Namen über Namen, alle von der Art, wie sie sie heute anscheinend samt und sonders hatten, Junes und Janes und Susans und Lindas und Julies. Alle hatten sie in oder um Toxborough herum gewohnt, und nicht eine von ihnen war länger als ein halbes Jahr bei Kidds geblieben. Die dumpfe Vorahnung wochenlanger Kleinarbeit befiel ihn. Entsetzlicher Gedanke, daß ein halbes Dutzend Männer die umliegenden Grafschaften nach dieser oder jener Jane oder Julie oder Susan durchfilzen müßte... Er steckte die Liste in seine Aktentasche.

«Ihr Freund hat gesagt, er wolle sich gern einmal das Werk ansehen. Wenn Sie nichts dagegen haben, gehen wir doch hinunter und suchen ihn.»

Sie fanden Howard in der Obhut einer Julie, die ihn zwischen Werkbänken hindurchführte, an denen Frauen in Overalls und mit Tüchern um den Kopf die Gußformen von Plastikpuppen ablösten. Die Fabrik war luftig und angenehm, abgesehen von dem Geruch nach Zellulose, und aus verschiedenen Lautsprechern tönte die verführerische Stimme von Engelbert Humperdinck, der seine Zuhörerinnen beschwor, ihn freizugeben und aufs neue lieben zu lassen.

«Ziemlich überflüssige Aktion, das», meinte Wexford, als sie Mr. Aveney auf Wiedersehen gesagt hatten. «Das hatte ich mir gleich gedacht. Immerhin, du kommst jedenfalls zeitig zu deiner Dinnerverabredung. Es ist bloß ungefähr eine halbe Stunde von hier bis Kingsmarkham. Und ich bin zeitig zur Stelle, um mir glühende Kohlen aufs Haupt laden zu lassen. Soll ich dich mal über Schleichwege hintenrum lotsen? Dann umgehen wir den Verkehr, und ich kann dir ein oder zwei interessante Punkte zeigen.»

Howard war einverstanden, und sein Onkel dirigierte ihn zur Myringham Road. Sie fuhren durch das Zentrum der Stadt und vorbei an jenem Einkaufszentrum, dessen Häßlichkeit Mark Somerset so beleidigte und wo er die Hathalls bei ihrem Einkaufsbummel getroffen hatte.

«Orientiere dich jetzt mal lieber an den Schildern nach Pomfret als an denen nach Kingsmarkham, ich lotse dich dann durch die Wool Lane nach Kingsmarkham hinein.»

Gehorsam folgte Howard den Hinweisschildern, und bereits nach zehn Minuten fuhren sie über schmale Landstraßen. Hier war noch unverschandelte Landschaft, das liebliche Sussex mit seinen welligen, von Baumgruppen gekrönten Hügeln, mit seinen ausgedehnten Nadelwäldern und den kleinen Bauerngehöften unter braunen Dächern, die sich in waldige Mulden schmiegten. Die Ernte war eingebracht, und wo der Weizen gemäht war, leuchteten die Felder blaßblond, schimmerten in der Sonne wie silbriges Blattgold.

«Wenn ich hier draußen bin», meinte Howard, «dann empfinde ich immer, wie recht Orwell hat, wenn er sagt, jeder Mensch wisse im Grunde seines Herzens, daß es das Zauberhafteste auf der Welt ist, einen schönen Tag auf dem Lande zu verbringen. Wenn ich dagegen in London bin, dann gebe ich wieder Charles Lamb recht.»

«Du meinst, daß es erfreulicher sei, eine Menschenmenge vor dem Theater zu sehen als all die Herden blöder Schafe auf den Epson Downs?»

Howard lachte und nickte. «Ich nehme an, in diese Abzweigung da mit dem Hinweisschild Sewingbury soll ich nicht einbiegen?»

«Wir nehmen nach Kingsmarkham eine Abzweigung nach rechts, die nach einem guten Kilometer kommt. Das ist eine kleine Seitenstraße, die nach einer Weile in die Wool Lane mündet. Ich glaube, Angela muß letzten Freitag mit ihrem Passagier im Wagen dort entlang gefahren sein. Aber *woher* kam sie?»

Howard nahm die Abzweigung. Sie fuhren an der Wool Farm vorüber und sahen das Schild *Wool Lane* an der Stelle, wo sich die Straße zu einem schmalen Tunnel verengte. Wären sie einem anderen Wagen begegnet, so hätte dessen Fahrer oder Howard seitlich auf die ansteigende Böschung ausweichen müssen, um den anderen vorbeifahren zu lassen, aber sie begegneten keinem anderen Wagen. Die Autofahrer mieden den schmalen, gefährlichen Weg, und Fremde hielten ihn meistens gar nicht für eine Durchfahrt.

«Bury Cottage», erklärte Wexford.

Howard fuhr ein wenig langsamer. Gerade in diesem Augenblick kam Robert Hathall, eine Gartenschere in der Hand, seitlich um das Haus herum. Er blickte nicht auf, sondern begann die Heidekraut-Astern zu beschneiden. Wexford fragte sich, ob seine nörgelnde Mutter ihn wohl zu dieser ungewohnten Arbeit getrieben hatte.

«Das ist er», sagte er. «Hast du ihn gesehen?»

«Gut genug, um ihn wiederzuerkennen», meinte Howard, «obwohl das wohl nie notwendig sein wird.»

Sie trennten sich am Polizeipräsidium. Der Rover des Chief Constable stand bereits auf dem Vorplatz. Er war zu ihrer Unterredung zeitig gekommen, aber Wexford ebenfalls. So brauchte er wenigstens nicht atemlos und zerknirscht hinaufzuhasten, er konnte sich Zeit lassen und geradezu gemächlich dorthin spazieren, wo der ausgerollte Teppich und die glühenden Kohlen seiner harrten.

«Ich kann mir schon denken, worum es geht, Sir. Hathall hat sich beschwert.»

«Wenn Sie es sich schon denken können», sagte Charles Griswold, «um so schlimmer.» Er runzelte die Stirn und reckte sich zu seiner vollen Größe auf, die Wexfords eigenen eins fünfundneunzig noch um einiges überstieg. Der Chief Constable hatte verblüffende Ähnlichkeit mit dem verstorbenen General de Gaulle – mit dem er ja auch die Initialen gemein hatte –, und er mußte sich dessen bewußt sein. Für die körperliche Ähnlichkeit mit einem berühmten Mann kann eine Laune der Natur verantwortlich sein, nur das Bewußtsein solcher Ähnlichkeit jedoch und ihre häufige Erwähnung durch Freunde und Feinde kann zur Angleichung der Persönlichkeit an die des anderen führen. Griswold jedenfalls hatte die Gewohnheit, von Mid-Sussex, seinem Gebiet, in fast dem gleichen Ton zu sprechen, wie der tote Staatsmann von «La France» gesprochen hatte. «Er hat mir einen sehr scharf formulierten Beschwerdebrief geschrieben. Er schreibt, Sie hätten versucht, ihm Fallen zu stellen unter Anwendung höchst unorthodoxer Methoden. Sie hätten ihm irgendwas über einen Fingerabdruck an den Kopf geworfen und wären dann aus dem Haus gegangen, ohne seine Antwort abzuwarten. Haben Sie irgendwelche Gründe zu der Annahme, daß er seine Frau umgebracht hat?»

«Nicht mit den eigenen Händen, Sir. Er war zu der Zeit in London in seinem Büro.»

«Und worauf, verdammt noch mal, wollen Sie dann hinaus? Ich bin stolz auf Mid-Sussex. Ich habe Mid-Sussex meine Lebensarbeit gewidmet. Ich war immer stolz auf die Rechtschaffenheit meiner Beamten in Mid-Sussex, überzeugt, daß ihr Verhalten nicht nur über jeden Tadel erhaben wäre, sondern auch deutlich *sichtbar* über jeden Tadel erhaben.» Griswold seufzte schwer. Als nächstes, dachte Wexford, würde er sagen: «*L'état, c'est moi.*» «Warum belästigen Sie diesen Mann? Er selbst spricht sogar von Verfolgung.»

«Verfolgung nennt er es immer», wandte Wexford ein.

«Was soll das heißen?»

«Daß er paranoid ist, Sir.»

«Kommen Sie mir nicht mit diesem Klapsdoktorjargon, Reg. Haben Sie ein einziges konkretes Beweismittel gegen diesen Burschen in der Hand?»

«Nein. Bloß mein felsenfestes, persönliches Gefühl, daß er seine Frau umgebracht hat.»

«Gefühl? Gefühl? Von Gefühlen ist heutzutage wirklich mehr als zuviel die Rede, und Sie in Ihrem Alter sollten es verdammt noch mal besser wissen. Was glauben Sie denn? Daß er einen Komplizen hatte? Und haben Sie vielleicht auch ein *Gefühl*, wer dieser Komplize sein könnte? Haben Sie über *den* Beweismaterial?»

Was konnte er anderes sagen als: «Nein, Sir, das habe ich nicht.» Sehr viel bestimmter fügte er hinzu: «Kann ich den Brief mal sehen?»

«Nein, das können Sie nicht», fauchte Griswold. «Ich habe Ihnen ja gesagt, was drinsteht. Seien Sie froh, daß ich Ihnen seine wenig schmeichelhaften Bemerkungen über Ihr Auftreten und Ihre Taktik vorenthalte. Er schreibt übrigens, Sie hätten ihm ein Buch gestohlen.»

«Um Himmels willen ... das glauben Sie doch nicht?»

«Also – nein, Reg, das glaube ich nicht. Aber schicken Sie es ihm zurück, und zwar schnell. Und lassen Sie die Finger von ihm, ist das klar?»

«Die Finger von ihm lassen?» fragte Wexford entgeistert. «Ich muß mit ihm sprechen. Es gibt sonst keine Ermittlungsspur, die man verfolgen könnte.»

«Ich sagte Finger weg! Das ist ein Befehl. Ich will nichts mehr davon hören. Ich opfere doch nicht den guten Ruf von Mid-Sussex Ihren *Gefühlen*.»

II

Dies setzte den Schlußpunkt hinter Wexfords offizielle Ermittlungen im Mordfall Angela Hathall.

Später wurde ihm rückblickend klar, daß am Donnerstag, dem zweiten Oktober um drei Uhr einundzwanzig der Moment gekommen war, wo alle Hoffnung auf eine offene und zügige Aufklärung des Mordes starb. Aber in dem Augenblick selbst hatte er das nicht gewußt. Er war nur gekränkt und wütend gewesen und hatte resigniert bei dem Gedanken an die Verzögerungen und Irritationen, die es geben mußte, wenn Hathall nicht länger direkt befragt werden durfte. Aber er glaubte doch, es stünden ihm noch andere Wege offen, die Identität der Frau festzustellen, ohne erneute Empörung bei Hathall auszulösen. Er konnte delegieren. Burden und Martin konnten die Ermittlungen zurückhaltender weiterführen. Man konnte Leute auf die Spur der Mädchen von Aveneys Liste ansetzen. Auf Umwegen würde man zum Ziel kommen. Hathall hatte sich selbst verraten, Hathall war schuldig – also würde man Hathall letzten Endes das Verbrechen auch nachweisen können.

Aber er war doch entmutigt. Auf dem Weg zurück nach Kingsmarkham hatte er erwogen, Nancy Lake anzurufen, um – ja, um, ohne Umschweife gesagt – Doras Abwesenheit auszunutzen. Aber selbst der Gedanke an ein harmloses Dinner mit ihr verlor, wenn er es jetzt genau überlegte, den Reiz, den er beim Ausmalen gehabt hatte. Er meldete sich nicht bei ihr. Er rief auch Howard nicht an. Er verbrachte ein einsames Wochenende als grüner Witwer und kochte innerlich vor Wut über Hathalls unverschämtes Glück und über seine eigene Dummheit und Fahrlässigkeit im Umgang mit einer so krankhaft empfindlichen, heiklen Persönlichkeit.

«Von Menschen und Engeln» wurde mit einer Visitenkarte zurückgeschickt, auf der er mit ein paar höflichen handschriftlichen Zeilen bedauerte, es so lange behalten zu haben. Keine Antwort natürlich von Hathall, der sich, wie der Chief Inspector vermutete, bestimmt hämisch die Hände rieb.

Am Montag morgen fuhr er wieder nach Toxborough zu Kidds Spielzeugfabrik.

Mr. Aveney schien erfreut, ihn zu sehen – Leute, die nicht persönlich betroffen sind, begrüßen es gewöhnlich aufs lebhafteste, in polizeiliche Ermittlungen einbezogen zu werden –, aber viel helfen konnte er nicht. «Andere Frauen, denen Mr. Hathall hier begegnet sein könnte?» fragte er.

«Ich dachte zum Beispiel an Vertreterinnen. Schließlich stellen Sie doch Kinderspielzeug her.»

«Die Vertreter arbeiten alle von unserem Londoner Büro aus. Und es ist nur eine Frau dabei, und der ist er nie begegnet. Was ist denn mit den Namen der Mädchen, die ich Ihnen gegeben habe? Kein Glück?»

Wexford schüttelte den Kopf. «Bisher nicht.»

«Werden Sie auch nicht haben. Da steckt nichts drin. Blieben höchstens noch die Putzfrauen. Wir haben hier eine Putzfrau, die ist schon seit Anfang an bei uns, aber sie ist zweiundsechzig. Natürlich hat sie ein paar Mädchen, die mit ihr zusammenarbeiten, aber die wechseln auch dauernd, genau wie der Rest unserer Belegschaft. Natürlich *könnte* ich Ihnen also noch eine weitere Namensliste geben. Ich sehe die Frauen ja nie, und Mr. Hathall wird sie ebenfalls nie gesehen haben. Die sind ja immer schon fertig, ehe wir kommen. Ich kann mich aus dem Stegreif nur an eine einzige erinnern, und das nur deshalb, weil sie so ehrlich war. Die blieb eines Morgens da, um mir eine Pfundnote auszuhändigen, die sie unter einem Schreibtisch gefunden hatte.»

«Machen Sie sich gar nicht erst die Mühe mit der Liste, Mr. Aveney», meinte Wexford. «Da ist offensichtlich wirklich nichts drin.»

«Sie haben die Hathall-itis», sagte Burden, als sich die zweite Woche nach Angelas Tod dem Ende zuneigte.

«Klingt nach schlechtem Atem.»

«Ich hab Sie noch nie so – also fast hätte ich gesagt, so ‹verbiestert› erlebt. Sie haben doch nicht die Spur eines Beweises, daß Hathall auch nur mit einer anderen Frau ausgegangen wäre, geschweige denn, daß er mit ihr einen Mord geplant hätte.»

«Der Handabdruck», erwiderte Wexford hartnäckig, «und die langen, dunklen Haare, und die Frau, die mit Angela im Wagen gesehen worden ist.»

«Er *glaubte*, es sei eine Frau gewesen. Wie oft haben Sie und ich jemanden auf der anderen Straßenseite gesehen, ohne uns entscheiden zu können, ob das nun ein Junge oder ein Mädchen war? Sie sagen doch selbst immer, der Adamsapfel ist noch das einzige sichere Erkennungszeichen. Und bemerkt ein Radfahrer, der flüchtig in ein Auto schaut, ob der Mitfahrer einen Adamsapfel hat oder nicht? Wir haben sämtliche Mädchen auf der Liste überprüft, bis auf die, die jetzt in den Vereinigten Staaten ist und die, die am neunzehnten im Krankenhaus lag. Die meisten von ihnen konnten sich kaum erinnern, wer Hathall war.»

«Und was ist *Ihre* Vorstellung? Wie erklären Sie sich diesen Abdruck an der Badewanne?»

«Das kann ich Ihnen sagen. Es war ein Kerl, der Angela umgebracht hat. Sie war einsam und hat ihn sich aufgegabelt, wie Sie ja selbst anfangs gesagt haben. Er hat sie stranguliert – womöglich aus Versehen –, während er versuchte, ihr die Halskette abzunehmen.

Warum sollte er Abdrücke hinterlassen haben? Warum soll er irgend etwas im Haus angefaßt haben – außer Angela? Und wenn doch, dann waren es bestimmt nicht viele Spuren, und die kann er abgewischt haben. Die Frau, die diesen Handabdruck hinterlassen hat, die ist überhaupt nicht beteiligt. Die kann zufällig vorbeigekommen sein, eine Autofahrerin etwa, die reinkam und bat, das Telefon benutzen zu dürfen...»

«Und das Klo?»

«Warum nicht? Solche Sachen passieren. So was Ähnliches ist erst gestern bei uns zu Hause passiert. Meine Tochter war ganz allein zu Hause, und ein junger Mann, der von Stowerton aus zu Fuß gelaufen war, weil's mit dem Autostop nicht geklappt hatte, klingelte und bat um einen Schluck Wasser. Sie ließ ihn rein – wozu ich einiges zu sagen hatte, wie Sie sich vorstellen können –, und sie ließ ihn auch das Bad benutzen. Glücklicherweise war der in Ordnung, und es ist nichts passiert. Aber weshalb sollte nicht so was Ähnliches auch in Bury Cottage abgelaufen sein? Die Frau hat sich nicht gemeldet, weil sie nicht mal den Namen des Hauses weiß, wo sie klingelte, oder den Namen der Frau, die sie einließ. Ihre Abdrücke sind nicht am Telefon, weil Angela noch beim Saubermachen war, als sie reinkam. Ist das nicht plausibler als die Konspirationstheorie, für die es rein gar keine Grundlage gibt?»

Griswold war von dieser Version sehr angetan, und Wexford sah sich gezwungen, eine Ermittlungskampagne zu leiten, welche auf Mutmaßungen basierte, an die er nicht einen Augenblick glauben konnte. Er war gezwungen, eine landesweite, steckbriefliche Fahndung zu befürworten, die zum Ziel hatte, eine von Amnesie befallene Autofahrerin ausfindig zu machen sowie einen Dieb, der wegen einer wertlosen Halskette versehentlich gemordet hatte. Keiner von beiden wurde gefunden, keiner von beiden nahm deutlichere Gestalt an als die vagen Umrisse, die Burden für sie erfunden hatte, aber Griswold und Burden und auch die Zeitungen sprachen von ihnen, als ob sie existierten. Und Robert Hathall, so hörte Wexford hintenherum, hatte diverse hilfreiche Hinweise gegeben, die nacheinander zu immer neuen Spuren führten. Der Chief Constable könne gar nicht begreifen, so hieß es, was zu der Auffassung geführt hatte, dieser Mann litte an Verfolgungswahn oder sei jähzornig. Sein Verhalten konnte doch gar nicht kooperativer sein, seit Wexford in keinem direkten Kontakt mehr mit ihm stand.

Wexford nahm an, daß er bald die ganze Sache gründlich satt

haben würde. Die Wochen schleppten sich dahin, und es gab keine neuen Entwicklungen. Zuerst ist es natürlich zum Verrücktwerden, wenn das eigene unerschütterliche Wissen geringgeachtet und bespöttelt wird. Dann aber, wenn neue Interessen und neue Aufgaben auf einen zukommen, wird es allmählich bloß noch lästig, und am Ende ist es nichts als langweilig. Wexford wäre heilfroh gewesen, hätte er Hathall bloß noch als langweilig betrachten können. Schließlich löst kein Mensch jeden einzelnen Mordfall. Zu Dutzenden bleiben sie unaufgeklärt und werden es auch in Zukunft bleiben. Natürlich mußten Recht und Gerechtigkeit hochgehalten werden, aber manchmal machte das menschliche Element das unmöglich. Einige kamen eben ungeschoren davon, und anscheinend gehörte Hathall zu denen. Eigentlich hätte er ihn also jetzt unter der Rubrik ‹langweilig› ablegen müssen, denn er war ja kein interessanter Mensch, sondern im wesentlichen ein enervierend humorloser Langweiler. Und doch konnte ihn Wexford nicht so sehen. Als Person mochte er langweilig sein, aber was er getan hatte, war es nicht. Wexford wollte wissen, warum er es getan hatte, mit wessen Hilfe und mit welchen Mitteln. Und vor allem war er rundweg empört, daß ein Mann seine Frau umbringt, dann seine Mutter holt, um sie die Leiche finden zu lassen und nichtsdestoweniger von der zuständigen Behörde als «kooperativ» bezeichnet wurde.

Er durfte diese Angelegenheit nicht zur Obsession werden lassen. Er mußte sich energisch sagen, daß er schließlich ein vernünftiger, klardenkender Mann war, ein Polizist, dem eine Aufgabe gestellt war, und kein Menschenjäger aus politischer Mission oder um einer heiligen Sache willen. Vielleicht hatte ihn die monatelange Abmagerungskur um seine Nüchternheit und seine Ausgeglichenheit gebracht. Aber nur ein Narr würde sich um den Preis geistiger Unausgeglichenheit eine gute Figur zulegen. An diese ausgezeichnete Maxime hielt er sich und blieb völlig kühl, als Burden ihm erzählte, Hathall habe vor, Bury Cottage nicht länger zu mieten. Und er antwortete mehr sarkastisch als explosiv.

«Da ich denn wenigstens erfahren, wo er hinzieht?»

Da Griswold von Burdens diplomatischem Geschick eine hohe Meinung hatte, war dieser den ganzen Herbst hindurch Verbindungsmann zu Hathall gewesen. Den Botschafter von Mid-Sussex nannte Wexford ihn und setzte hinzu, er nehme an, daß «unser Mann in Wool Lane» doch wohl im Besitz eines solchen Staatsgeheimnisses sei?

«Er bleibt zunächst einmal bei seiner Mutter in Balham, und er spricht davon, sich eine Wohnung in Hampstead zu kaufen.»

«Der Verkäufer wird ihn übers Ohr hauen», meinte Wexford ironisch, «die Zugverbindungen werden unmöglich sein. Er wird eine exorbitante Extramiete für seine Garage zahlen müssen, und irgend jemand wird ein Hochhaus so bauen, daß seine Aussicht über die Heath ruiniert ist. Alles in allem – er wird sehr glücklich sein.»

«Ich weiß wirklich nicht, weshalb Sie ihn für einen solchen Masochisten halten.»

«Ich halte ihn für einen Mörder.»

«Hathall hat seine Frau nicht ermordet», sagte Burden. «Er hat einfach bloß so eine unglückliche Art, die Ihnen gegen den Strich geht.»

«Unglückliche Art! Warum nennen wir die Dinge nicht beim Namen und sagen, er hat Anfälle? Er ist allergisch gegen Fingerabdrücke. Erwähnt man, daß man einen an seiner Badewanne gefunden hat, dann kriegt er nahezu einen epileptischen Anfall.»

«Aber das können Sie doch wohl kaum als Indiz werten, nicht wahr?» fragte Burden ziemlich kühl, und er setzte seine Brille auf, aus keinem anderen Grund, fand Wexford, als seinen Chef durch sie hindurch zurechtweisend anzublicken.

Aber der Gedanke, daß Hathall sich aus dem Staub machte und jenes neue Leben begann, das er für sich geplant und durch den Mord möglich gemacht hatte, war sehr beunruhigend. Daß es überhaupt soweit hatte kommen können, lag größtenteils an seiner eigenen falschen Führung der Ermittlung. Er hatte alles verdorben, indem er hart und aggressiv mit einem Mann umgesprungen war, der auf solche Behandlung nicht ansprach. Und jetzt gab es nichts mehr, was sich dagegen tun ließ, weil Hathalls Person sakrosankt war und jeglicher Hinweis auf die Identität der unbekannten Frau in seinem sakrosankten Gehirn versiegelt war. Hatte es überhaupt noch Sinn, Hathalls neue Adresse in Erfahrung zu bringen? Wenn es ihm nicht erlaubt war, in Kingsmarkham mit ihm zu sprechen, welche Hoffnung konnte er dann haben, seine Privatsphäre in London zu durchbrechen? Lange Zeit hinderte ihn sein persönlicher Stolz daran, Burden nach Neuigkeiten über Hathall auszufragen, und Burden erzählte ihm auch nichts, bis sie eines Tages im Frühjahr gemeinsam im *Carousel* beim Mittagessen saßen. Der Inspector ließ Hathalls neue Adresse ganz beiläufig in die Unterhaltung einfließen, leitete seine Erwähnung mit einem ‹Nebenbei gesagt› ein, als spräche er von einem gemeinsamen flüchtigen Bekannten, einem Mann, an dem keiner von ihnen mehr als ein vorübergehendes Interesse gehabt haben konnte.

«Daß er mir das tatsächlich erzählt...» sagte Wexford zu der tomatenförmigen Ketchupflasche.

«Ich wüßte keinen Grund, weshalb Sie es nicht wissen sollten.»

«Haben sich's wohl vom Innenministerium absegnen lassen, was?»

Aber daß er die Adresse nun hatte, half in der Sache wenig, und die Straße selbst sagte Wexford nichts. Er war bereit, das Thema sofort wieder fallenzulassen, weil er wußte, daß eine Diskussion über Hathall sowohl für Burden als für ihn bloß zu Peinlichkeiten führen mußte. Merkwürdigerweise war es Burden, der darauf beharrte. Möglich, daß ihm die spitze Bemerkung über das Innenministerium nicht geschmeckt hatte, möglich aber auch, daß er fürchtete, jener Seitenhieb würde unnötig bedeutungsschwer, wenn er ihn frei im Raum schweben ließe.

«Ich habe immer gefunden», meinte er, «obwohl ich es noch nie ausgesprochen habe, daß es in Ihrer Theorie einen gravierenden Schwachpunkt gibt. *Wenn* Hathall eine Komplizin mit einer solchen Narbe am Finger gehabt hätte, dann hätte er doch darauf bestanden, daß sie Handschuhe trägt. Denn wenn sie auch nur einen einzigen Abdruck hinterlassen hätte, wäre es für ihn doch unmöglich geworden, mit ihr zusammenzuleben oder sie zu heiraten, oder sie auch nur wiederzusehen. Und Sie behaupten, er habe Angela umgebracht, um genau das zu tun. Das kann also nicht seine Absicht gewesen sein. Ist doch eigentlich ganz einfach, wenn man darüber nachdenkt.»

Wexford erwiderte nichts darauf. Er ließ sich keinerlei Aufregung anmerken. Aber als er abends nach Hause kam, studierte er seinen Stadtplan von London, führte ein Telefongespräch und verbrachte einige Zeit grübelnd über seinem letzten Bankauszug.

Die Fortunes waren auf einen Wochenendbesuch gekommen. Onkel und Neffe spazierten die Wool Lane entlang und blieben vor Bury Cottage stehen, das noch nicht wieder vermietet worden war. Der «Mirakel»-Baum war mit Blüten übersät, und hinter dem Haus am Hügel, der von einer Baumgruppe gekrönt war, weideten junge Lämmer.

«Hathall hält eben auch nichts von Herden blöder Schafe», meinte Wexford, dem eine Unterhaltung einfiel, die sie einmal hier ganz in der Nähe geführt hatten. «Er hat sich so weit wie nur irgend möglich von den Epsom Downs entfernt niedergelassen, dabei ist er doch ein gebürtiger Südlondoner. Er wohnt jetzt in West Hampstead. Dartmeet Avenue. Kennst du die?»

«Ich weiß, wo sie liegt. Zwischen Finchley Road und West End Lane. Warum hat er sich wohl gerade Hampstead ausgesucht?»

«Weil es am weitesten von Südlondon weg ist, wo seine Mutter und seine Exfrau und seine Tochter leben.» Wexford zog einen Pflaumenblütenzweig herunter an sein Gesicht und roch den zarten Honigduft. «Jedenfalls vermute ich das.» Der Zweig schnellte zurück und ließ Blütenblätter ins Gras rieseln. Nachdenklich fuhr er fort: «Er scheint ein zölibatäres Leben zu führen. Die einzige Frau, mit der er gesehen worden ist, ist seine Mutter.»

Howard war verblüfft. «Willst du damit sagen, du läßt ihn – durch jemanden observieren?»

«Ein richtiger Spion ist dieser Jemand gerade nicht», räumte Wexford ein, «aber er war das Beste und Sicherste, was ich finden konnte. Genauer gesagt, es ist der Bruder eines meiner alten Stammkunden, eines Burschen namens Monkey Matthews. Der Bruder heißt Ginge, wegen seiner rötlich-gelben Haare. Er wohnt in Kilburn.»

Howard lachte, aber wohlwollend. «Und was macht dieser Ginge? Ihn verfolgen?»

«Nicht direkt. Er behält ihn ein bißchen im Auge. Ich zahle ihm ein kleines Entgelt. Natürlich aus meiner eigenen Tasche.»

«Ich wußte gar nicht, daß dir die Sache so ernst ist.»

«Ich weiß nicht, wann in meiner ganzen Karriere mir eine Sache so ernst gewesen ist wie diese.»

Sie kehrten um. Ein leichter Wind hatte sich erhoben, und es begann kühl zu werden. Howard warf einen Blick zurück auf den Heckentunnel, der bereits grün und dicht wurde, und fragte ruhig: «Was erhoffst du dir davon, Reg?»

Sein Onkel antwortete nicht gleich. Er sprach erst wieder, als sie an der alleinstehenden Villa vorüber waren, in deren Garageneinfahrt Nancy Lakes Wagen stand. Er war so tief in Gedanken versunken gewesen, so still und geistesabwesend, daß Howard vielleicht geglaubt hatte, er habe die Frage vergessen oder wisse keine Antwort darauf. Aber jetzt, als sie die Stowerton Road erreichten, sagte er: «Lange Zeit habe ich überlegt, warum Hathall derartig entsetzt war – und das ist noch eine Untertreibung –, als ich ihm von dem Abdruck berichtete. Natürlich, er wollte nicht, daß die Frau entdeckt wird. Aber es war nicht nur Angst, die man ihm ansah. Das war noch mehr, es war so was wie eine furchtbare Trauer, die aus ihm sprach – nachdem er sich etwas gefangen hatte, jedenfalls. Und da kam ich zu dem Schluß, daß seine Reaktion völlig unmißverständlich war: Er hatte Angela eigens dazu umgebracht, um mit dieser anderen Frau leben zu können. Und nun plötzlich begriff er, daß er nicht einmal wagen konnte, sie je wiederzusehen.

Und dann hat er überlegt. Also schrieb er diesen Beschwerdebrief an Griswold, um mich aus dem Feld zu räumen, denn er wußte, daß ich wußte... Immer noch bestand ja für ihn die Möglichkeit, davonzukommen und zu erreichen, was er wollte, nämlich ein gemeinsames Leben mit dieser Frau. Nicht, wie er es anfangs geplant hatte; nicht einfach ein Umzug nach London, und dann nach ein paar Wochen eine Freundschaft mit einem Mädchen – der einsame Witwer, der bei einer neuen Freundin Trost sucht, und die er, wenn genug Zeit verstrichen ist, heiraten kann. Das nicht – jedenfalls jetzt nicht mehr. Auch wenn er Griswold an der Nase herumgeführt hat, das konnte er sich jetzt nicht mehr trauen. Der Handabdruck war nun mal gefunden worden, und so sehr es auch den Anschein hatte, als ignorierten wir ihn, er konnte doch nicht hoffen, daß das glattginge – eine Werbung in aller Öffentlichkeit und dann eine Heirat mit einer Frau, deren Hand sie verraten konnte; und zwar jedem verraten konnte, nicht bloß einem Experten.»

«Was kann er also tun?»

«Er hat zwei Möglichkeiten», sagte Wexford. «Entweder er und die Frau sind übereingekommen, sich zu trennen. Vermutlich ist die Freiheit, selbst wenn man sehr verliebt ist, den Freuden der Liebe vorzuziehen. Ja, sie könnten sich getrennt haben.»

«‹So laß uns scheiden denn für immer,
gelöst sei alles, was wir uns gelobt...›»

«Die nächsten Zeilen passen sogar noch besser:
‹Und wenn wir je einander wiedersehen,
darf uns'rer heißen Liebe Schimmer
kein Aug auf uns'rer Stirn erspäh'n.›

Oder aber», fuhr Wexford fort, «sie haben sich für Zusammenkünfte im geheimen entschieden; sagen wir pathetisch, ihre Leidenschaft hat für sie entschieden, denn die Liebe war stärker als sie:

Nicht zusammen zu leben, sich nie in der Öffentlichkeit zu treffen, sondern sich so zu verhalten, als hätte jeder von ihnen einen eifersüchtigen Ehepartner.»

«Was, und das für immer und ewig?»

«Vielleicht. Bis es von selbst zu Ende geht, oder aber bis sie eine andere Lösung finden. Und genau das, denke ich, tun sie, Howard. Wenn es nicht so wäre, warum hat er sich dann eine Wohnung im Nordwesten von London ausgesucht, wo ihn niemand kennt? Warum nicht südlich des Flusses, wo seine Mutter lebt und seine Tochter? Oder irgendwas in der Nähe seiner Arbeitsstelle? Er verdient jetzt ein sehr ordentliches Gehalt. Er hätte sich genausogut eine Wohnung in Central London nehmen können. Er hat sich dort oben versteckt, damit er sich abends wegschleichen und mit ihr zusammensein kann.

Ich werde sie aufspüren», schloß Wexford nachdenklich. «Es wird mich 'ne Stange Geld kosten und meine Freizeit obendrein, aber versuchen muß ich es einfach.»

12

Mit der Beschreibung ‹nicht gerade ein richtiger Spion› hatte Wexford Ginge Matthews ein wenig unterbewertet. Die kläglichen Möglichkeiten, die ihm zur Verfügung standen, verbitterten ihn. Besonders ärgerte ihn, daß Ginge sich weigerte, das Telefon zu benutzen. Ginge war sehr stolz auf seine gewählte Ausdrucksweise, die er aus Zeugenstandsauftritten einfältiger, meist sehr junger Constables gewonnen hatte, deren wortreichen Erläuterungen er von der Anklagebank aus zuhörte. In Ginges Berichten ging der Beobachtete nie irgendwohin, sondern er ‹begab sich›; seine Wohnung war sein ‹Domizil›, und statt nach Hause zu gehen, ‹retirierte› er oder ‹zog sich dorthin zurück›. Aber um Ginge gerecht zu werden, mußte Wexford fairerweise zugeben, daß er zwar während dieser vergangenen Monate nichts über die geheimnisvolle Frau erfahren hatte, wohl aber eine Menge über Hathalls Lebensweise.

Nach Ginges Beschreibung war das Haus, in dem er seine Wohnung hatte, ein großes, dreistöckiges Gebäude und stammte – wie zwischen den Zeilen zu ersehen war – aus der Zeit Edwards VII. Hathall hatte keine Garage, sondern ließ seinen Wagen auf der

Straße stehen. Aus Knauserigkeit oder wegen der Schwierigkeit, eine Mietgarage zu finden? Wexford wußte es nicht, und Ginge konnte es ihm auch nicht sagen. Hathall ging morgens um neun zur Arbeit, lief entweder zu Fuß oder stieg in einen Bus von West End Green zur U-Bahn-Station West Hampstead, wo er die Linie Bakerloo (vermutlich) Richtung Piccadilly nahm. Wieder nach Hause kam er kurz nach sechs, und verschiedene Male hatte Ginge, der in einer Telefonzelle gegenüber von Dartmeet Avenue 62 lauerte, ihn danach wieder mit dem Wagen wegfahren sehen. Ginge wußte immer, wann er abends zu Hause war, weil dann im Erkerfenster des zweiten Stockes Licht brannte. Er hatte ihn nie in anderer Begleitung als der seiner Mutter gesehen – nach der Beschreibung konnte es nur die alte Mrs. Hathall sein –, die er an einem Samstag nachmittag im Wagen mit zu sich nach Hause gebracht hatte. Mutter und Sohn hatten schon auf dem Bürgersteig, noch ehe sie die Haustür erreichten, einen Wortwechsel gehabt, einen verbissenen, mit gedämpften Stimmen ausgefochtenen Streit.

Ginge besaß kein Auto. Er hatte auch keinen Job, aber für die bescheidene Summe, die Wexford sich leisten konnte, schien es ihm dennoch nicht lohnend, mehr als einen Abend und vielleicht noch einen Samstag- oder Sonntagnachmittag pro Woche mit der Beobachtung von Robert Hathall zu verbringen. Es war also leicht möglich, daß Hathall sein Mädchen an ein oder zwei der übrigen sechs Abende mit nach Hause brachte. Und dennoch gab Wexford die Hoffnung nicht auf. Eines Tages, irgendwann... Er träumte nachts von Hathall, nicht sehr oft, etwa einmal in vierzehn Tagen, und in diesen Träumen sah er ihn zusammen mit dem dunkelhaarigen Mädchen mit der Narbe am Finger, oder auch allein, so wie er ihn gesehen hatte, als er in Bury Cottage am Kamin stand, paralysiert vor Angst, jähem Begreifen und – ja, und vor tiefem Schmerz.

«Am Nachmittag von Samstag, dem fünfzehnten des laufenden Monats, um fünfzehn Uhr fünf wurde der Kontrahent beobachtet, wie er sich von seinem Domizil in der Dartmeet Avenue 62 zur West End Lane begab, wo er in einem Supermarkt Einkäufe tätigte...» Wexford fluchte. Es war fast immer dasselbe. Und welchen Beweis hatte er eigentlich, daß Ginge wirklich dort gewesen war, «am Nachmittag von Samstag, dem fünfzehnten des laufenden Monats»? Natürlich würde Ginge sagen, er sei dagewesen, wenn pro Beobachtungswache ein Pfund für ihn heraussprang. Der Juli kam, der August, und Hathall führte, wenn man Ginge trauen konnte, ein einfaches, geregeltes Leben, ging zur Arbeit, kam nach Hause, kaufte am Samstag ein, unternahm gelegentlich abends Ausfahrten. Wenn man Ginge trauen konnte...

Daß man es – bis zu einem gewissen Grade – konnte, erwies sich im September kurz vor Angelas erstem Todestag. «Es besteht Grund zu der Annahme», schrieb Ginge, «daß der Kontrahent sein Kraftfahrzeug aufgegeben hat, da es von seinen üblichen Parkplätzen verschwunden ist. Am Abend von Donnerstag, dem 10. September, begab er sich, nachdem er um achtzehn Uhr zehn von seiner Arbeitsstelle nach Hause gekommen war, um achtzehn Uhr fünfzig aus seinem Domizil und bestieg bei West End Green, NW 6, den Bus Nummer achtundzwanzig.»

Steckte da etwas dahinter? Wexford glaubte es nicht. Bei seinem Gehalt konnte Hathall es sich sehr wohl leisten, einen Wagen zu fahren, aber vielleicht hatte er ihn bloß wegen der auf der Straße immer schlechter werdenden Parkmöglichkeiten abgeschafft. Immerhin, von seinem Standpunkt aus war das eine gute Sache. Denn jetzt konnte man ihn verfolgen.

Wexford schrieb nie an Ginge. Das war zu riskant. Der kleine Bursche war womöglich nicht völlig immun gegen Erpressung, und wenn irgendwelche Briefe Griswold in die Hände fielen... Sein Entgelt schickte er in Banknoten in einem neutralen Briefumschlag, und wenn er mit ihm sprechen mußte, was wegen der dürftigen Neuigkeiten selten war, dann konnte er ihn immer zwischen zwölf und eins in einem Pub in Kilburn erreichen, der sich *Countess of Castlemaine* nannte.

«Ihn verfolgen?» fragte Ginge nervös. «Wie, in dem Scheißbus, dem Achtundzwanziger?»

«Warum denn nicht. Er hat Sie doch nie gesehen, oder?»

«Vielleicht doch. Wie kann ich das wissen? Es ist verdammt nicht einfach, einen Typen in so 'nem Scheißbus zu verfolgen.» Ginges Redeweise unterschied sich markant von seinem schriftlichen Stil, besonders im Gebrauch von Kraftausdrücken. «Wenn er nun nach oben geht, und ich gehe nach drinnen, oder andersrum...»

«Was heißt hier andersrum?» meinte Wexford. «Sie setzen sich auf den Sitz hinter ihm und bleiben ihm auf den Fersen. Klar?»

Für Ginge schien das durchaus nicht so klar zu sein, aber er willigte doch widerstrebend ein, es zu versuchen. Ob er es nun versucht hatte oder nicht, erfuhr Wexford nicht, denn in Ginges nächstem Bericht stand von Bussen nichts. Und doch, je genauer er diesen

Bericht mit seinen Amtsgerichtsfloskeln studierte, desto mehr interessierte er ihn. «Da ich mich am sechsundzwanzigsten des laufenden Monats gegen fünfzehn Uhr in der Umgebung der Dartmeet Avenue, NW6, aufhielt, nahm ich es auf mich, Nachforschungen bezüglich des Domizils des Kontrahenten anzustellen. Während eines Gesprächs mit dem Hauswirt, bei dem ich mich als Beamter der örtlichen Steuerbehörde ausgab, erfragte ich die Anzahl der Wohnungen und wurde informiert, daß in diesem Gebäude lediglich einzelne Zimmer zu mieten sind...»

Ziemlich verwegen von Ginge, war Wexfords erster Gedanke, obwohl er sich diese Rolle wahrscheinlich nur zugelegt hatte, um seinen Arbeitgeber zu beeindrucken, und in der Hoffnung, der würde darüber den weit gefährlicheren Auftrag, Hathall im Bus zu verfolgen, vergessen. Aber das war unwichtig. Was Wexford verblüffte, war, daß Hathall nicht Wohnungseigentümer, sondern Mieter war, und noch dazu nur eines Zimmers statt einer Wohnung. Merkwürdig, sehr merkwürdig. Er hätte es sich leisten können, eine Wohnung auf Hypothekenbasis zu kaufen. Warum hatte er das nicht getan? Weil er nicht beabsichtigte, auf Dauer ein Domizil (wie Ginge es ausdrücken würde) in London zu haben? Oder weil er sein Geld anderweitig verwendete? Beides war möglich. Aber Wexford hielt dies doch für den bemerkenswertesten Umstand, den er bisher in Hathalls derzeitigem Leben entdeckt hatte. Selbst bei den Londoner Mieten, ungeheuerlich, wie sie waren, konnte er für ein Zimmer nicht mehr als allerhöchstens fünfzehn Pfund wöchentlich zahlen, dabei mußte er nach allen Abzügen an die sechzig verdienen. Wexford hatte außer Howard keinen Vertrauten, also sprach er mit ihm am Telefon darüber.

«Du meinst, er könnte jemand anderen unterstützen?»

«Genau das», erwiderte Wexford.

«Nehmen wir also an, fünfzehn die Woche für ihn und fünfzehn für sie als Miete...? Und wenn sie nicht arbeitet, dann muß er sie auch noch unterhalten.»

«Mann, du weißt gar nicht, wie gut es mir tut, wenn ich höre, daß jemand von ihr wie von einer realen Person, einfach von ‹ihr› spricht. Du glaubst doch, daß sie existiert, oder?»

«Es war schließlich kein Geist, der den Abdruck hinterlassen hat, Reg, die existiert wirklich.»

In Kingsmarkham hatten sie aufgegeben. Sie hatten die Nachforschungen abgebrochen. Griswold hatte zwar den Zeitungen irgendwelchen Mist erzählt – so nannte es Wexford –, von wegen der Fall sei nicht abgeschlossen, aber genaugenommen *war* er abgeschlossen. Er äußerte das nur, um sein Gesicht zu wahren. Somerset hatte Bury Cottage an ein junges, amerikanisches Paar vermietet, beide Volkswirtschaftler an der Universität. Der Vorgarten war in Ordnung gebracht worden, und sie sprachen davon, den hinteren Garten auf eigene Kosten neu anlegen zu lassen. An einem Tag hingen die Pflaumen schwer am Baum, am nächsten war er leergepflückt. Wexford erfuhr nie, ob Nancy Lake sie bekommen und ‹Mirakelmarmelade› daraus gekocht hatte, denn seit dem Tag, an dem ihm befohlen worden war, die Finger von Hathall zu lassen, hatte er Nancy nicht wiedergesehen.

Vierzehn Tage nichts von Ginge. Schließlich rief Wexford ihn im *Countess of Castlemaine* an, nur um von ihm zu erfahren, daß Hathall an den ‹überwachten› Abenden zu Hause geblieben sei. Er werde aber heute abend und auch am Samstag nachmittag wieder Posten beziehen. Am Montag kam sein Bericht. Hathall hatte am Samstag seine üblichen Einkäufe erledigt, aber am Abend vorher sei er um sieben Uhr zur Bushaltestelle West End Green hinuntergegangen. Ginge war ihm gefolgt, hatte sich aber einschüchtern lassen (‹war vorsichtig geworden›, lautete sein Ausdruck), weil Hathall sich argwöhnisch umgeblickt hätte. Aus diesem Grund sei er ihm nicht bis in den Achtundzwanziger gefolgt, in den der Kontrahent zehn nach sieben eingestiegen sei. Wexford schleuderte den Briefbogen in den Papierkorb. Das war genau, was ihm noch fehlte: daß Hathall auf Ginge aufmerksam wurde!

Wieder verstrich eine Woche. Wexford war schon soweit, Ginges nächsten Bericht ungeöffnet wegzuwerfen. Er hatte das Gefühl, noch einen Bericht über Hathalls samstägliche Einkaufsaktivitäten nicht verkraften zu können. Aber er öffnete den Brief doch. Und natürlich stand darin der übliche Quatsch über den Besuch im Supermarkt. Es stand aber auch, gleichsam beiläufig angefügt, als ob es nicht weiter wichtig, sondern lediglich ein zeilenfüllendes Anhängsel sei, daß Hathall nach seinen Einkäufen in ein Reisebüro gegangen sei.

«Der Laden, in dem er war, nennt sich SÜDAMERIKA-TOURS, Howard. Ginge hat sich nicht getraut, ihm zu folgen, dieser feige Hund.»

Howards Stimme klang dünn und trocken. «Und jetzt denkst du, was ich auch denke.»

«Natürlich. Irgendein Ort, wo wir keine Zugriffsmöglichkeit haben. Der hat bestimmt über Eisenbahnräuber gelesen, und dabei ist er auf die Idee gekommen. Die verdammten Zeitungen stiften wirklich mehr Schaden als Nutzen.»

«Aber mein Gott, Reg, der muß ja eine Todesangst haben, wenn er es auf sich nimmt, seinen Job an den Nagel zu hängen und nach Brasilien oder sonstwohin abzuhauen. Was will er dort machen? Wovon will er leben?»

«Wie die Vögelein unter dem Himmel, mein lieber Neffe. Ja, weiß Gott. Hör mal, Howard, könntest du wohl was für mich tun? Könntest du dich bei Marcus Flower erkundigen, ob die ihn womöglich nach Übersee schicken? Ich trau mich nicht.»

«Na gut, *ich* traue mich», meinte Howard. «Bloß, in dem Fall würden sie doch auch die ganze Sache arrangieren und bezahlen?»

«Aber sie würden es nicht für das Mädchen arrangieren und bezahlen, stimmt's?»

«Also, ich tue, was ich kann, und ruf dich heute abend an.»

War das der Grund, weshalb Hathall so sparsam gelebt hatte? Um die Reisekosten für seine Komplizin zusammenzusparen? Er mußte entweder bereits drüben einen Job haben, oder aber er mußte verzweifelt darauf aus sein, sich in Sicherheit zu bringen. In dem Fall wollte das Geld für zwei Flugtickets erst einmal zusammengebracht sein. Ihm fiel ein, daß er im *Kingsmarkham Courier*, der ihm am Morgen auf den Schreibtisch gelegt worden war, eine Werbeanzeige für Reisen nach Rio de Janeiro gesehen hatte. Er fischte die Zeitung unter einem Papierstapel hervor und betrachtete die Rückseite. Da war sie: Hin- und Rückreise angeboten für wenig mehr als dreihundertfünfzig Pfund. Rechnete man für zwei Einzelflüge ein wenig mehr, dann wurden Hathalls Sparmaßnahmen durchaus plausibel...

Er wollte die Zeitung eben wegwerfen, da fiel sein Blick auf einen Namen in den Todesanzeigen. Somerset. «Am 15. Oktober verstarb in Church House, Old Myringham, meine geliebte Frau Gwendolen Mary Somerset. Mark Somerset. Trauerfeier am 22. Oktober in der St.-Lukas-Kirche. Bitte keine Blumen, sondern Spenden an das Heim für unheilbar Kranke in Stowerton.» So war also jene arme, ewig klagende Frau schließlich gestorben. Die ‹geliebte› Frau? Vielleicht war sie es gewesen, vielleicht war es aber auch nur die übliche Heuchelei, eine so schale, allgemeine und automatische Formel, daß sie schon kaum noch eine Heuchelei war. Wexford lächelte flüchtig und vergaß es dann. Er ging früh nach Hause – die Stadt war ruhig und ohne Kriminalität – und wartete auf Howards Anruf.

Das Telefon klingelte um sieben, aber es war Sheila, seine jüngere Tochter. Sie und ihre Mutter plauderten etwa zwanzig Minuten lang, und danach klingelte das Telefon nicht wieder. Wexford wartete bis halb elf, dann wählte er selbst Howards Nummer.

«Verdammt noch mal, er ist ausgegangen», sagte er verstimmt zu seiner Frau, «das ist doch wirklich die Höhe.»

«Warum soll er abends nicht ausgehen? Ich meine, er arbeitet doch hart genug.»

«Arbeite ich vielleicht nicht? Ich treib mich aber abends nicht rum, wenn ich Leuten versprochen habe, sie anzurufen.»

«Nein, aber wenn du es tätest, dann würde dein Blutdruck vielleicht nicht in die Höhe gehen wie jetzt», sagte Dora.

Um elf versuchte er noch einmal, Howard zu erreichen, aber wieder meldete sich niemand, und er ging übelgelaunt zu Bett. Kein Wunder, daß er wieder einen seiner obsessiven Hathall-Träume hatte. Er war auf einem Flugplatz. Die große Düsenmaschine war startbereit, und die Türen waren schon geschlossen. Aber sie gingen noch einmal auf, und am Kopf der Treppe erschienen, huldvoll der jubelnden Menge zuwinkend wie ein königliches Paar, Hathall und eine Frau. Die Frau erhob die rechte Hand zu einer Abschiedsgeste, und er sah die L-förmige Narbe rot aufflammen, ein zorniges Wundmal – L für Liebe, für Leiden, für Lebewohl. Aber noch ehe er die Treppe hinaufrennen konnte, die er schon erreicht hatte, schmolzen die Stufen vor ihm dahin, das Paar zog sich zurück, und das Flugzeug stieg auf in den eisblauen Himmel.

Woran liegt es bloß, daß man, wenn man älter wird, um fünf Uhr aufwacht und nicht wieder einschlafen kann? Hat das mit dem Blutzuckerspiegel zu tun, der zu niedrig ist? Oder übt das Herannahen der Dämmerung einen atavistischen Einfluß aus? Wexford wußte, daß er auf weiteren Schlaf nicht hoffen konnte, also stand er um halb sieben auf und machte sich selber Frühstück. Der Gedanke, Howard vor acht Uhr anzurufen, behagte ihm nicht, aber gegen Viertel vor war er derartig nervös und kribbelig, daß er Dora eine Tasse Tee brachte und sich auf den Weg ins Büro machte. Jetzt würde Howard natürlich auch schon nach Kenbourne Vale unterwegs sein. Er war mittlerweile bitter gekränkt, und die alten Gefühle, die er früher Howard gegenüber gehegt hatte, stellten sich wieder ein. Gewiß, er hatte sich das Gefasel seines Onkels über den Fall geduldig angehört, aber was dachte er wirklich? Daß das Ganze eine Altmännerphantasie war? Die Hirngespinste eines Hinterwäldlers? Es war sehr wahrscheinlich, daß er bloß dem Onkel zuliebe mitgespielt, den Anruf bei Marcus jedoch hinausgeschoben hatte, bis er zwischen den weit wichtigeren Erfordernissen der Metropole Zeit dafür erübrigen konnte. Wahrscheinlich war er noch nicht dazu gekommen. Aber egal, es hatte keinen Sinn, darüber ähnlich paranoid zu werden wie Hathall. Er mußte in den sauren Apfel beißen, Kenbourne Vale anrufen und nochmals nachfragen.

Das tat er um halb zehn. Howard war noch gar nicht aufgetaucht, statt dessen fand er sich in eine Plauderei mit Sergeant Clements verwickelt, einem alten Freund aus den Tagen, als sie in dem Mordfall von Kenbourne Vale zusammengearbeitet hatten. Wexford war ein zu freundlicher Mensch, um den Sergeant kurzerhand abzufertigen, nachdem er erfahren hatte, daß Howard durch eine Konferenz auf höchster Ebene aufgehalten wurde, also hörte er sich geduldig alles mögliche über Clements adoptierten Sohn, über eine demnächst zu adoptierende Tochter und eine neue Maisonettewohnung an. Er könne dem Chief Superintendent ja eine Nachricht hinterlassen, meinte Clements zum Schluß, aber vor zwölf werde er nicht erwartet.

Der Anruf kam endlich um zehn Minuten nach zwölf.

«Ich habe versucht, dich zu Hause zu erreichen, bevor ich wegfuhr», sagte Howard, «aber Dora sagte, du seist schon fort. Seitdem hab ich keine Minute Zeit gehabt, Reg.»

Aus der Stimme seines Neffen klang mühsam unterdrückte Erregung. Vielleicht war er wieder befördert worden, dachte Wexford, und ohne sonderliche Wärme sagte er: «Du hast gesagt, du wolltest mich gestern abend anrufen.»

«Hab ich auch. Um sieben. Aber eure Leitung war besetzt. Später konnte ich dann nicht mehr. Denise und ich waren im Kino.»

Es war dieser amüsierte Unterton – nein, fast schon ein Feixen, das ihm über die Hutschnur ging. Rangunterschiede hin oder her, Wexford explodierte. «Reizend», knurrte er. «Ich hoffe bloß, die Leute in der Reihe hinter dir haben die ganze Zeit gequatscht, die Leute vor dir haben in ihren Sitzen gebumst und die in der Loge haben dir Orangenschalen auf den Kopf fallen lassen. Und was ist mit meinem Mann? Was ist mit meiner Südamerikasache, he?»

«Ach, das», meinte Howard, und Wexford hätte schwören können, er habe ein Gähnen gehört. «Der verläßt Marcus Flower. Hat gekündigt. Mehr konnte ich nicht rauskriegen.»

«Besten Dank. Und das ist alles?»

Jetzt lachte Howard los. «O Reg», sagte er, «es ist gemein, dich auf die Folter zu spannen, aber du warst wirklich reif dafür. Du bist so ein jähzorniger alter Teufel, da konnte ich einfach nicht widerstehen.» Er bezwang sein Lachen, und seine Stimme wurde plötzlich ernst und gemessen. «Das ist durchaus nicht alles», sagte er. «Ich bin ihm begegnet.»

«Du bist – *was*? Du meinst, du hast mit Hathall gesprochen?»

«Nein, ich hab ihn *gesehen*. Und nicht alleine. Mit einer Frau. Ich hab ihn mit einer Frau gesehen, Reg.»

«O mein Gott», sagte Wexford sanft, «der Herrgott hat ihn in meine Hände gegeben.»

13

«Da wäre ich nicht so sicher», meinte Howard. «Jedenfalls noch nicht. Aber ich erzähl dir mal, wie es war. Ist doch komisch, was, wie ich damals gesagt hab, ich würde ihn wohl nie wiedererkennen müssen? Aber ich *habe* ihn wiedererkannt gestern abend. Also hör zu.»

Am vorangegangenen Abend hatte Howard um sieben Uhr versucht, seinen Onkel anzurufen, aber der Anschluß war besetzt gewesen. Da er ohnehin nur negative Nachrichten für ihn hatte, beschloß er, es am nächsten Morgen noch einmal zu versuchen, zumal er es eilig hatte. Denise und er wollten im West-End zu Abend essen und dann die Neun-Uhr-Vorstellung eines Films im Curzon Cinema besuchen. Howard hatte seinen Wagen nahe der Kreuzung Curzon Street und Half Moon Street geparkt. Da sie noch ein paar Minuten Zeit hatten, wollte er sich aus Neugier das Äußere der Werbeagentur ansehen, mit der er am Tag telefoniert hatte, und so gingen er und Denise zu dem Marcus-Flower-Gebäude hinüber. Da sah er einen Mann und eine Frau von der entgegengesetzten Seite her daraufzusteuern. Der Mann war Robert Hathall.

An dem riesigen Fenster blieben sie stehen und blickten hinein, betrachteten Samtvorhänge und Wilton-Spannteppich und Marmortreppen. Anscheinend wies Hathall seine Gefährtin auf die pompöse Großartigkeit des Hauses hin, in dem er arbeitete. Die Frau war mittelgroß, gutaussehend zwar, aber doch nicht auffallend schön, mit sehr kurzem, blonden Haar. Howard schätzte, daß sie Ende Zwanzig oder Anfang Dreißig war.

«Könnte das Haar eine Perücke gewesen sein?» wollte Wexford wissen.

«Nein, aber es kann gefärbt gewesen sein. Natürlich hab ich ihre Hand nicht gesehen. Die beiden redeten sehr liebevoll und vertraut miteinander, so schien es mir jedenfalls, und nach einer Weile gingen sie weiter, runter in Richtung Piccadilly. Übrigens, ich hatte gar keinen Spaß an dem Film. Ich konnte mich nämlich nicht mehr konzentrieren.»

«Es kann also nicht stimmen, Howard, mit dem: ‹So laß uns scheiden denn für immer, gelöst sei alles, was wir uns gelobt›; sondern es ist genauso, wie ich gedacht habe, und jetzt ist es nur noch eine Frage der Zeit, daß wir sie finden.»

Den nächsten Tag hatte er dienstfrei, es war sein normaler freier Tag in der Woche. Mit dem Zug zehn Uhr dreißig erreichte er Victoria Station kurz vor halb zwölf, und gegen zwölf war er in Kilburn. Durch welche Laune romantischer Phantasie dieser verwahrloste, viktorianische Pub ausgerechnet den Namen der Lieblingsmätresse Charles des Zweiten bekommen hatte, konnte Wexford sich beim besten Willen nicht erklären. Der Pub stand an einer Querstraße der Edgware Road und machte den Eindruck eines völlig heruntergekommenen Vergnügungslokals aus dem neunzehnten Jahrhundert. Ginge Matthews saß auf einem Hocker an der Bar und war in ein ernstes und anscheinend trübsinniges Gespräch mit dem irischen Barkeeper vertieft. Als er Wexford sah, weiteten sich seine Augen – oder vielmehr, *ein* Auge weitete sich. Das andere war halb geschlossen und in einer blauroten Schwellung versunken.

«Nehmen Sie Ihren Drink mit da rüber in die Ecke», sagte Wexford. «Ich komme gleich nach. Kann ich bitte ein Glas trockenen Weißwein haben?»

Ginge sah nicht aus wie sein Bruder, redete auch nicht wie der, und ganz gewiß rauchte er nicht so wie er, aber dennoch hatten die beiden etwas gemeinsam – abgesehen von ihrer Neigung zur Kleinkriminalität. Vielleicht war ein Elternteil eine dynamische Persönlichkeit gewesen, oder es konnte sonst etwas ungewöhnlich Vitales in ihren Genen gesteckt haben. Was es auch war, es nötigte Wexford zu dem Urteil, die Matthew-Brüder seien genauso wie andere Leute, bloß noch ein bißchen mehr. Beide trieben leicht Dinge bis zum Exzeß. Monkey rauchte sechzig lange Zigaretten pro Tag. Ginge rauchte überhaupt nicht, aber er trank, wenn er es sich leisten konnte, eine Mixtur aus Pernod und Guiness.

Ginge hatte mit Monkey seit fünfzehn Jahren nicht mehr gesprochen, und Monkey nicht mit ihm. Sie hatten sich nach dem Desaster zerstritten, zu dem ihr stümperhafter Einbruch in ein Kingsmarkhamer Pelzgeschäft geführt hatte. Ginge war ins Kittchen gewandert und Monkey nicht – eine große Ungerechtigkeit, wie Ginge verständlicherweise fand –, und als er wieder rauskam, setzte er sich nach London ab, wo er eine Witwe heiratete, die ein eigenes Haus und ein bißchen Geld besaß. Ginge hatte das Geld bald durchgebracht, und sie beschenkte ihn – vielleicht aus Rache – mit fünf Kindern. Daher fragte er auch jetzt nicht nach seinem Bruder, dem er die Hauptschuld an seinem Unglück gab, sondern sagte nur grimmig zu Wexford, als der sich zu ihm an den Ecktisch setzte:

«Sehen Sie mein Auge?»

«Natürlich sehe ich es. Was, zum Teufel, haben Sie denn angestellt? Kleine Meinungsverschiedenheit mit Ihrer Frau?»

«Sehr komisch. Ich kann Ihnen sagen, wer das gemacht hat. Dieser Scheiß-Hathall. Gestern abend, als ich ihm nachgegangen bin zur Bushaltestelle vom Achtundzwanziger.»

«Um Himmels willen!» sagte Wexford entsetzt. «Weiß der jetzt über Sie Bescheid?»

«Besten Dank für Ihr Mitgefühl!» Ginges kleines, rundes Gesicht wurde fast so rot wie sein Haar. «War ja klar, daß ich dem früher oder später auffallen mußte, bloß wegen meinem Scheißhaar. Sonst hätte der doch keinen Grund gehabt, sich einfach umzudrehen und mir mein Scheißauge blauzuhauen, oder?»

«Das hat er gemacht?»

«Sag ich Ihnen ja. Knallte mir glatt eine. Meine Alte sagt, ich sehe aus wie Henry Cooper. War 'n Scheißspiel, das kann ich Ihnen sagen.»

Angewidert seufzte Wexford: «Können Sie die Scheiße nicht mal vergessen?»

«Sie meinen den Scheißbluterguß? Wo der noch nicht mal abgeheilt ist? Da, sehen Sie mal...»

«O Mann! Ich meine, Sie sollen aufhören, bei jedem zweiten Wort ‹Scheiße› zu sagen. Das verdirbt einem ja den Geschmack am Wein.

Hören Sie mal zu, Ginge, es tut mir wirklich leid mit Ihrem Auge, aber es ist ja zum Glück nicht allzu schlimm. Auf jeden Fall müssen Sie jetzt natürlich vorsichtiger sein. Sie könnten zum Beispiel einen Hut tragen...»

«Ich mach das nicht mehr weiter mit, Mr. Wexford.»

«Immer mit der Ruhe. Ich besorg Ihnen erst mal noch einen... Wie nennen Sie das Zeug?»

«Bestellen Sie einfach ein halbes Guiness mit 'nem doppelten Pernod drin.» Stolz und schon wieder ein bißchen vergnügter setzte er hinzu: «Wie *man* das Zeug nennt, weiß ich nicht, aber *ich* nenn es ‹Demon King›.»

Das Zeug roch schauderhaft. Wexford holte sich noch ein Glas Weißwein, und Ginge meinte: «Na, davon werden Sie aber nicht fett.»

«Das ist auch der Sinn der Übung. Jetzt erzählen Sie mir mal, wo der Achtundzwanziger überall hinfährt.»

Ginge nahm einen Schluck seines Demon King und ratterte in äußerster Geschwindigkeit herunter: «Golders Green, Child's Hill, Fortune Green, West End Lane, West Hampstead Station, Quex Road, Kilburn High Road...»

«Um Himmels willen! Ich kenne doch keine von diesen Straßen, die Namen sagen mir überhaupt nichts. Wo ist die Endstation?»

«Wandsworth Bridge.»

Wexford war zwar enttäuscht von dieser Mitteilung, aber es befriedigte ihn doch, so viel unschlagbarer Ortskenntnis letzten Endes dennoch überlegen zu sein, denn er sagte: «Der Kerl fährt nur nach Balham, um seine Mutter zu besuchen. Das ist doch in der Nähe von Balham.»

«Nicht, wo *der* Bus hinfährt, nee. Sehen Sie mal, Mr. Wexford», erklärte Ginge mit geduldiger Herablassung. «Sie kennen doch London nicht, das haben Sie selbst gesagt. Ich wohne hier schon seit fünfzehn Jahren, und ich sage Ihnen, kein Mensch, der alle Tassen im Schrank hat, wird auf *die* Weise nach Balham fahren. Der geht vielmehr zur U-Bahn West Hampstead und steigt bei Waterloo oder Elephant in die Northern Line um. So und nicht anders.»

«Dann muß er irgendwo unterwegs aussteigen. Ginge, würden Sie noch *eine* Sache für mich machen? Gibt es einen Pub in der Nähe dieser Bushaltestelle, wo er in den Achtundzwanziger einsteigt?»

«Na ja, gegenüber», erwiderte Ginge mißtrauisch.

«Wir wollen ihm eine Woche Zeit lassen. Wenn er sich während der nächsten Woche nicht über Sie beschwert – ja, schon gut, Sie finden, wenn sich hier einer zu beschweren hat, dann Sie –, also wenn er das nicht tut, dann wissen wir, daß er Sie entweder für einen potentiellen Straßenräuber gehalten hat...»

«Vielen Dank!»

«...und Sie nicht mit mir in Verbindung bringt», redete Wexford weiter, ohne sich um den Einwurf zu kümmern, «oder aber er hat in diesem Stadium zu viel Angst, um Aufmerksamkeit auf sich zu lenken. Aber von nächsten Montag an möchte ich, daß Sie sich eine Woche lang jeden Abend gegen halb sieben in dieser Kneipe aufhalten. Sie brauchen sich nur zu merken, wie oft er den Bus nimmt. Wollen Sie das tun? Ich verlange ja gar nicht, daß Sie ihm folgen, Sie gehen also gar kein Risiko ein.»

«Das sagt ihr Bullen immer», maulte Ginge. «Ich darf Sie wohl daran erinnern, daß der Scheißkerl schon eine arme Seele auf dem Gewissen hat. Wer wird sich um meine Alte und um meine Kinder kümmern, wenn er mir mit seiner beschissenen Goldkette die Luft abdreht?»

«Diejenigen, die es jetzt auch schon tun», meinte Wexford sanft, «die Sozialfürsorge.»

«Eine verdammt böse Zunge haben Sie.» Auf einmal klang Ginge genau wie sein Bruder, und einen Augenblick lang sah er auch so aus, als nämlich in seinem gesunden Auge tückische Habgier aufblitzte. «Was ist denn drin für mich, wenn ich's mache?»

«Ein Pfund pro Tag», sagte Wexford, «und so viel von diesem Scheißzeug – äh, diesen Demon Kings, wie Sie runterkriegen können.»

Wexford wartete beklommen auf eine neuerliche Vorladung zum Chief Constable, aber es kam keine, und gegen Ende der Woche wußte er, daß Hathall sich nicht beschweren würde. Das bedeutete, wie er schon Ginge erklärt hatte, nichts weiter, als daß Hathall glaubte, der Mann, der ihm gefolgt war, hätte ihn überfallen, wenn er ihm nicht zuvorgekommen wäre. Fest stand aber – ganz gleich, was bei Ginges Pub-Spionage herauskam –, daß er den kleinen rothaarigen Kerl nicht weiter verwenden konnte. Und es nützte ihm wenig zu wissen, wie oft Hathall diesen Bus nahm, wenn er niemanden einsetzen konnte, der mit ihm zusammen einstieg.

In Kingsmarkham war es sehr ruhig. Niemand würde etwas dagegen haben, wenn er den vierzehntägigen Urlaub nähme, der ihm noch zustand. Leute, die ihren Sommerurlaub im November nehmen, sind bei den Kollegen immer sehr beliebt. Es hing alles von Ginge ab. Wenn sich herausstellte, daß Hathall den Bus regelmäßig benutzte, warum sollte er dann nicht seinen Urlaub nehmen und versuchen, jenem Bus mit dem Wagen zu folgen? Im Londoner Verkehr, der ihn immer sehr einschüchterte, würde das zwar schwierig sein, aber außerhalb der Stoßzeiten doch nicht allzu schwer. Und es stand zehn zu eins, ach, hundert zu eins, daß Hathall ihn nicht bemerken würde. Niemand, der im Bus fährt, sieht sich die Leute in den Autos an. Niemand im Bus kann überhaupt den Fahrer eines nachfolgenden Wagens *sehen*. Wenn er bloß wüßte, wann Hathall bei Marcus Flower aufhörte und wann er beabsichtigte, das Land zu verlassen...

Aber alles das wurde durch ein unvorhergesehenes Ereignis in den Hintergrund gedrängt. Er war überzeugt gewesen, die Mordwaffe würde nie gefunden werden, sondern läge auf dem Grund der Themse oder sei irgendwo auf einer städtischen Mülldeponie gelandet. Als die junge Dozentin für Volkswirtschaft ihn anrief und sagte, Arbeiter, die den Garten von Bury Cottage aufgruben, hätten eine Halskette gefunden und ihr Hauswirt, Mr. Somerset, hätte ihr geraten, die Polizei zu informieren, da war sein erster Gedanke, daß er damit Griswolds Bedenken überwinden, daß er jetzt Hathall damit konfrontieren könnte! Er fuhr persönlich zur Wool Lane hinunter – bemerkte im Vorbeifahren draußen vor Nancy Lakes Haus ein Schild ZU VERKAUFEN –, und dann betrat er die zerklüftete Wüstenei, das aufgerissene Bergwerksareal, das einmal Hathalls Garten gewesen war. Eine Ladung Natursteinplatten türmte sich in einer Ecke wie ein Gebirgszug, und bei der Garage stand ein kleiner Schaufelbagger. Konnte Griswold ihm vorwerfen, er hätte diesen Garten damals umgraben lassen sollen? Aber wenn man nach einer Waffe sucht, dann gräbt man nicht einen Garten um, der wie ein unberührtes Feld aussieht, in dem es auch nicht die kleinste unebene, frisch aufgegrabene Stelle gibt. Es hatte hier im September vor einem Jahr in dem langen Gras auch nicht die geringfügigste Trittspur gegeben. Sie hatten jeden Zentimeter durchgeharkt. Wie also hatte Hathall oder seine Komplizin es fertiggebracht, die Kette zu vergraben und Erde und Gras so wieder herzurichten, daß es unentdeckt geblieben war?

Die Dozentin, Mrs. Snyder, erklärte es ihm.

«Hier unten drin befand sich eine Art Schacht. Eine Senkgrube, glaube ich, nennt man das? Mir war so, als sagte Mr. Somerset was von ‹Grube›.»

«Senk- oder Sickergrube», erklärte ihr Wexford. «An die städtische Kanalisation ist dieser Teil von Kingsmarkham nämlich erst vor etwa zwanzig Jahren angeschlossen worden, und davor hat es hier eben eine Sickergrube gegeben.»

«Um Himmels willen! Warum hat man sie danach nicht herausnehmen lassen?» fragte Mrs. Snyder mit der Verwunderung des Bewohners eines reicheren und hygienebewußteren Landes. «Egal, die Halskette war jedenfalls da drin, wie immer die Grube nun heißt. Das Ding da...» sie deutete auf den Bagger, «...ist beim Graben darauf gestoßen und hat sie kaputtgeschlagen. So ungefähr erzählten es jedenfalls die Arbeiter. Ich hab es nicht persönlich gesehen. Ich möchte ja nicht Ihr Land kritisieren, Captain, aber eine *Sickergrube*! Nein, so was!»

Höchlich amüsiert über seinen neuen Titel, bei dem er sich vorkam wie ein Marineoffizier, erwiderte Wexford, er verstünde durchaus, daß es wenig erfreulich sei, Betrachtungen über primitive Kloakensysteme anzustellen, und wo, bitte schön, sei nun die Kette?

«Ich habe sie gewaschen und in den Küchenschrank gelegt. Ich habe sie mit Desinfektionsmittel behandelt.»

Das spielte nun keine Rolle mehr. Sie würde, nachdem sie so lange versenkt gewesen war, ohnehin keine Spuren mehr aufweisen, wenn überhaupt welche darauf gewesen waren. Aber das Aussehen der Kette verblüffte ihn. Sie war nicht, wie man gedacht hatte, aus Gliedern zusammengesetzt, sondern war ein solider Strang aus grauem Metall, von dem nahezu die gesamte Vergoldung verschwunden war, und sie hatte die Gestalt einer ringförmig gebogenen Schlange. Beim Schließen wurde der Schlangenkopf durch eine Öse am Schwanz hindurchgesteckt. Jetzt hatte er auch die Antwort auf das, was ihn immer so irritiert hatte. Dies war eben keine Kette, die unter starker Spannung reißen konnte, sondern ein perfektes Strangulierwerkzeug. Alles, was Hathalls Komplizin hatte tun müssen, war, sich hinter ihr Opfer zu stellen, den Schlangenkopf zu packen und zu ziehen...

Aber wie konnte sie in die unbenutzte Sickergrube geraten sein? Deren Metalldeckel, der früher jeweils geöffnet wurde, wenn die Grube entleert werden mußte, war unter einer Schicht Erde versteckt und so von Gras überwachsen gewesen, daß Wexfords Leute nicht einmal auf den Gedanken gekommen waren, sie könne sich dort befinden.

Er rief Mark Somerset an.

«Ich glaube, ich kann Ihnen erklären, wie sie da reingekommen ist», sagte Somerset. «Als hier die öffentliche Kanalisation angelegt wurde, da ließ mein Vater aus Sparsamkeitsgründen nur das sogenannte ‹schwarze› Wasser, das Kloakenabwasser, anschließen. Das ‹graue› Wasser – das ist das Abwasser von Bad, Handwaschbecken und Küchenausguß – lief weiterhin in die Senkgrube. Bury Cottage liegt ja an einem Abhang, er wußte also, es konnte nicht überlaufen, sondern würde einfach versickern.»

«Wollen Sie damit sagen, jemand konnte das Ding einfach in den Abfluß eines Waschbeckens werfen?»

«Ganz genau. Wenn der ‹Jemand› die Wasserhähne kräftig aufgedreht hat, ist sie bestimmt runtergespült worden.»

«Vielen Dank, Mr. Somerset. Das ist sehr aufschlußreich. Übrigens, ich möchte – äh, ich möchte Ihnen gern mein Beileid ausdrükken zum Tod Ihrer Frau.»

War es Einbildung, oder klang Somerset zum erstenmal unsicher? «Ach so, ja, danke», stammelte er und hängte abrupt auf.

Nachdem er die Halskette von den Laborexperten hatte untersuchen lassen, bat er um eine Unterredung mit dem Chief Constable. Sie wurde auf den kommenden Freitag nachmittag anberaumt, und gegen zwei Uhr an jenem Tag fand er sich in Griswolds Privathaus ein, einem aufgemotzten, unbäuerlichen Bauernhaus in einem Dorf namens Millerton, zwischen Myringham und Sewingbury gelegen. Das Anwesen nannte sich Hightrees Farm, aber privatim nannte Wexford es Millerton-Les-Deux-Eglises.

«Wie kommen Sie auf den Gedanken, dies sei das Mordinstrument?» waren Griswolds ersten Worte.

«Ich habe das Gefühl, dies ist die einzige Art Halskette, die benutzt worden sein kann. Eine Gliederkette wäre gerissen. Die Laborleute sagen, das Gold, das noch daran haftet, ähnelt in der Beschaffenheit den Goldpartikeln, die man an Angelas Hals gefunden hat. Aber natürlich können sie das nicht genau sagen.»

«Aber ich nehme an, Sie haben so ein ‹Gefühl›? Haben Sie irgendeinen Grund zu glauben, daß die Kette nicht schon seit zwanzig Jahren dort dringelegen hat?»

Wexford hütete sich, wieder sein Gefühl zu erwähnen. «Nein,

aber ich hätte den Grund vielleicht, wenn ich mit Hathall sprechen könnte.»

«Er war nicht dort, als sie umgebracht wurde», sagte Griswold. Dabei zogen sich seine Mundwinkel nach unten, und seine Augen wurden hart.

«Aber seine Freundin war es.»

«Wo? Wann? Bis jetzt bin *ich* immer noch Chief Constable von Mid-Sussex, wo dieser Mord begangen wurde. Warum wird es mir nicht mitgeteilt, wenn die Identität eines weiblichen Komplizen aufgedeckt wird?»

«Ich habe sie noch nicht direkt...»

«Reg», sagte Griswold mit einer Stimme, die vor Zorn bebte, «haben Sie heute, was Robert Hathalls Komplizenschaft betrifft, auch nur ein Quentchen Beweismaterial mehr als vor vierzehn Monaten? Haben Sie auch nur *ein* knallhartes Indiz? Ich habe Sie das schon mal gefragt, und ich frage Sie noch einmal: Haben Sie das?»

Wexford zögerte. Er konnte nicht aufdecken, daß er Hathall hatte observieren lassen, und noch viel weniger, daß Chief Superintendent Howard Fortune, sein eigener Neffe, ihn mit einer Frau gesehen hatte. Und welche Beweiskraft hatte schon Hathalls Sparsamkeit oder der Verkauf seines Wagens im Zusammenhang mit dem Mord? Welche Schuld ließ sich daraus ableiten, daß der Mann im Nordwesten Londons wohnte oder daß man ihn gesehen hatte, wie er einen Londoner Bus bestieg? Da war natürlich noch die Sache mit Südamerika... Zähneknirschend wurde Wexford sich auf einmal klar, wohin das alles führte. Zu nichts und wieder nichts. Was konnte er denn beweisen? Daß Hathall ein Job in Südamerika angeboten worden war? Oder auch nur, daß er eine Broschüre über Südamerika gekauft hatte, geschweige denn ein Flugticket? Er war lediglich gesehen worden, wie er in ein Reisebüro ging, und zwar von einem Mann mit Vorstrafenregister.

«Nein, Sir.»

«Also ist die Situation unverändert. Völlig unverändert. Bitte halten Sie sich daran.»

14

Ginge hatte getan, was man ihm gesagt hatte, und am Freitag, dem achten November, kam ein Bericht von ihm, in dem es hieß, er sei jeden Abend auf seinem Beobachtungsposten im Pub gewesen, und an zwei dieser Abende, am Montag und am Mittwoch, sei Hathall kurz vor sieben am West End Green erschienen und dann mit der Buslinie achtundzwanzig gefahren. Das war doch wenigstens etwas. Ein nächster Bericht hätte am Montag kommen müssen. Statt dessen geschah das Unglaubliche: Ginge telefonierte! Er rief von einer Telefonzelle aus an. Wie er Wexford sofort versicherte, hätte er reichlich Zwei- und Zehnpencestücke bei sich, und er wisse ja, daß ein Gentleman wie der Chief Inspector sie ihm zurückerstatten werde.

«Geben Sie mir die Nummer, dann ruf ich zurück.» Um Gottes willen, wieviel sollte er denn eigentlich noch aus seiner eigenen Tasche bezahlen? Sollten die Steuerzahler doch berappen. Ginge nahm den Hörer ab, bevor es zum zweitenmal geläutet hatte. «Muß ja was Schönes los sein, Ginge, wenn man Sie ans Telefon kriegt.»

«Und ob's was Schönes ist», meinte Ginge selbstgefällig. «Ich hab den Scheißkerl gesehen, mit 'ner Mieze.»

Nie stellt sich ein himmelhohes Triumphgefühl zweimal ein. Wexford hatte diese Worte – oder doch Worte mit derselben Bedeutung – schon einmal gehört, und diesmal verfiel er nicht in Frohlokken, von wegen, der Herrgott habe Hathall in seine Hände gegeben. Statt dessen fragte er einfach nur, wann und wo.

«Also, das mit meinem Beobachtungsposten im Pub wegen dem Scheißbus, das wissen Sie ja. Na ja, da dachte ich so bei mir, kann ja nichts schaden, wenn du's auch am Sonntag machst.» In der Absicht, sich für sieben Tage die Knete und die Demon Kings spendieren zu lassen, dachte Wexford. «Also war ich auch am Sonntag um die Essenszeit wieder da – ich meine gestern, ja? –, und da hab ich ihn gesehen. Es hat geregnet wie Pisse, und er hatte 'nen Regenmantel an und den Schirm aufgespannt. Er wartete auch nicht auf den Bus, sondern ging einfach weiter, die West End Lane runter. Hab natürlich mit keinem Gedanken dran gedacht, ihm zu folgen. Ich hatte ihn vorbeigehen sehen, und damit hatte sich's. Aber ich dachte, ich geh mal lieber selbst zum Essen – weil nämlich, meine Frau, die hat es immer Punkt halb zwei auf dem Tisch –, also ich runter zur Station.»

«Welcher Station?»

«Na, Wess Haamsteht Station», sang Ginge im verblüffend echt imitierten Akzent eines Busschaffners von den West Indies. Er lachte meckernd über seinen eigenen Witz. «Ich komm da also an und steck einen Fünfer in den Automaten, weil's ja bloß eine Haltestelle ist bis Kilburn, da seh ich doch unsern Kontrahenten an der Scheißbarriere stehen. Er hatte mir den Rücken zugekehrt, Gott sei Dank. Ich verzieh mich also rüber zum Zeitungsstand und guck mir die Hefte mit den saftigen Mädchen an, von denen die wirklich 'ne tolle Kollektion haben. Na ja, eingedenk meiner Verpflichtung Ihnen gegenüber, Mr. Wexford, seh ich zwar meinen Zug kommen, aber ich renne nicht die beschissene Treppe runter, um ihn zu kriegen. Nein, ich warte. Und die Treppe rauf kommen etwa zwanzig Leute. Ich hatte mich nicht getraut, mich umzugucken, wollte ja schließlich nicht auch noch mein anderes Auge blaugehauen kriegen, aber als ich dann dachte, die Luft ist rein, und ich linse mal rum, da ist der doch weg!

Ich also wie der Blitz zurück in den West End Lane, und es gießt in Strippen. Aber ganz vorn, auf dem Weg nach Hause, da seh ich doch den beschissenen Hathall mit seiner Mieze! Gingen eng bei eng unter seinem Scheißregenschirm, und die Mieze hat so 'nen durchsichtigen Plastikmantel an, und die Kapuze hoch, so daß ich weiter nichts von ihr sehen kann, bloß, daß sie einen langen Rock trug, der durch die Scheißpfützen schleifte. Tja, und dann bin ich abgehauen, nach Hause, wo ich von meiner Alten gewaltig was zu hören gekriegt hab, von wegen zu spät zum Essen und so.»

«Tugend fragt nicht nach Belohnung, Ginge.»

«Na, das weiß ich nicht so recht», verwahrte sich Ginge, «Sie wollen doch bestimmt wissen, wie hoch sich meine Bezahlung und die Demon Kings belaufen? Also, die Rechnung beläuft sich auf fünfzehn Pfund dreiundsechzig. Furchtbar, was das Scheißleben so kostet, nicht?»

Nun brauchte er wohl nicht mehr, entschied Wexford, als er den Hörer auflegte, über weitere Mittel und Wege nachzudenken, wie man den Mann im Bus verfolgte. Denn dieser Mann hatte den Bus immer nur bis zur U-Bahn-Station West Hampstead genommen, und diesen Sonntag war er zu Fuß gegangen, weil er einen Schirm bei sich hatte, und Schirme sind immer ein Problem im Bus. Jetzt mußte es möglich sein, Hathall zusammen mit seiner Freundin abzupassen und ihnen zur Dartmeet Avenue zu folgen.

«Ich habe noch vierzehn Tage Urlaub, die mir zustehen», sagte er zu seiner Frau.

«Dir stehen noch ungefähr drei Monate zu, wenn man alles zusammenrechnet, was sich so über die Jahre angesammelt hat.»

«Ein bißchen davon werd ich jetzt nehmen. Sagen wir, nächste Woche.»

«Was, jetzt, im November? Dann müssen wir irgendwo in die Wärme fahren. Es heißt, Malta sei sehr schön im November.»

«Chelsea ist auch sehr schön im November, und dahin fahren wir.»

Als erstes machte er sich an seinem ersten sogenannten Urlaubstag mit einem bis dahin unbekannten Teil der Geographie Londons vertraut. Freitag, der 22. November, war ein schöner, sonniger Tag, dem Aussehen nach wie Juni, der Temperatur nach wie Januar. Was war also schöner, als mit dem Achtundzwanziger-Bus nach West Hampstead hinauszufahren? Howard hatte ihm gesagt, der kreuze auf seiner Route nach Wandsworth Bridge die King's Road, es war also kein langer Fußmarsch von der Teresa Street zur nahegelegensten Haltestelle. Der Bus fuhr durch Fulham nach West Kensington hinein, einem Bezirk, an den er sich noch aus der Zeit erinnerte, als er Howard bei dem damaligen Fall geholfen hatte, und er erkannte zu seiner Befriedigung auch diverse vertraute Landmarken wieder. Bald jedoch war er auf unbekanntem Terrain, und es war ein sehr wechselndes und riesiges Terrain. Die gewaltigen Ausmaße Londons verblüfften ihn immer wieder. Er hatte ja keine Ahnung gehabt, als er Ginge beim Herunterleiern der Haltestellen auf dieser Route unterbrochen hatte, wie lang die Liste insgesamt gewesen wäre. In seiner Naivität hatte er angenommen, Ginge hätte vielleicht noch ein oder zwei weitere Namen vor der Endstation genannt, in Wirklichkeit aber wären es noch ein Dutzend gewesen. Während der Schaffner in seinem singenden Tonfall ‹Church Street›, ‹Notting Hill Gate›, ‹Pembridge Road› ausrief, war Wexford doch zunehmend erleichtert, daß Hathall den Bus nur bis West Hampstead genommen hatte.

Diese Station erreichten sie endlich nach einer dreiviertel Stunde. Der Bus fuhr weiter über eine Brücke, unter der Eisenbahnschienen hindurchführten, und dann an zwei weiteren Stationen auf der gegenüberliegenden Seite vorbei, von denen die eine West End Lane hieß und die andere ebenfalls West Hampstead, die aber zu einer Vorortlinie gehörte. Die ganze Zeit, seit sie Kilburn verlassen hatten, war es leicht bergan gegangen, und es ging auch weiter bergauf, als sie die enge, gewundene West End Lane entlangfuhren, bis sie West End Green erreichten. Wexford stieg aus. Die Luft war frisch hier, nicht bloß frisch im Vergleich zu der in Chelsea, sondern fast ebenso dieselfrei wie in Kingsmarkham. Etliche Male konsultierte er seinen Stadtplan. Die Dartmeet Avenue lag kaum dreihundert Meter weiter östlich, und das machte ihn etwas stutzig. Bestimmt konnte nämlich Hathall, wenn er hintenherum ging, die Station West Hampstead in fünf Minuten zu Fuß erreichen. Warum dann den Bus nehmen? Einerlei, Ginge hatte gesehen, daß er es tat. Vielleicht mochte er bloß nicht laufen.

Wexford fand die Dartmeet Avenue ohne Schwierigkeiten. Es war eine hügelige Straße wie die meisten hier in der Gegend. Sie war gesäumt von hübschen, hohen Häusern, meist aus rotem Backstein gebaut. Ein paar von ihnen waren jedoch modernisiert und verputzt worden, die Schiebefenster hatte man durch große, einteilige Glasfenster ersetzt. Hohe Bäume, inzwischen beinahe kahl, überragten die Dächer und die spitzen Giebel, und ausgewachsene, ungekappte Bäume wuchsen mitten aus dem Straßenpflaster. Nummer 62 hatte einen Vordergarten, der nur Gebüsch und Unkraut aufwies. Drei schwarze Plastikmülltonnen, auf deren Seiten mit weißer Tünche eine 62 gemalt war, standen im Seiteneingang. Wexford sah die Telefonzelle, wo Ginge Wache gehalten hatte, und er rechnete sich aus, welches der Erkerfenster Hathalls sein mußte. Konnte er irgendwas gewinnen, wenn er den Hauswirt ansprach? Nein. Der Mann würde bloß Hathall erzählen, daß jemand nach ihm gefragt habe, und ihm diesen Mann beschreiben, und schon wäre die Hölle los. Er kehrte um und ging langsam nach West End Green zurück, und dabei hielt er Ausschau nach allen möglichen Nischen, Schlupfwinkeln oder kräftigen Bäumen, die als Versteck in Frage kämen, falls er es doch wagte, Hathall persönlich zu verfolgen. Die Nacht brach jetzt schon früh herein, die Abende waren lang und dunkel, und in einem Wagen...

Als er die Haltestelle erreichte, kam eben der Achtundzwanziger die Fortune Green Road heruntergesegelt. Guter Service mit kurzen Abständen. Wexford setzte sich hinter den Fahrer und hätte gern gewußt, ob Robert Hathall wohl schon einmal auf eben diesem Platz gesessen und durch dieses Fenster auf die drei Stationen und die blinkenden Eisenbahnschienen geblickt hatte. Aber solche Grübeleien grenzten wirklich schon an Besessenheit, und das mußte er eindämmen. Trotzdem fragte er sich von neuem, warum Hathall den Bus genommen hatte, bloß um zu diesem Punkt zu gelangen. Die Frau benutzte die U-Bahn, wenn sie zu Hathall kam. Vielleicht mochte Hathall die U-Bahn einfach nicht, vielleicht reichte es ihm, daß er damit jeden Tag zur Arbeit fuhr, so daß er für eine erholsame Fahrt zu ihrer Wohnung lieber den Bus nahm?

Es waren ungefähr zehn Minuten bis Kilburn. So selbstverständlich, wie die Sonne bei Tagesbeginn aufging oder wie der Donner dem Blitz folgte, so selbstverständlich war Ginge um die Mittagszeit in der *Countess of Castlemaine* anzutreffen, wo er sich auch jetzt auf einem Barhocker lümmelte. Er hatte einen Bierseidel mit Bitter vor sich, aber als er seinen Auftraggeber erblickte, da schob er den Krug weg, so wie einer den Löffel in der halbgegessenen Suppe läßt, wenn sein Steak kommt. Wexford bestellte einen Demon King, nannte lediglich den Namen, nicht die Zutaten, und der Barkeeper verstand.

«Na, der bringt Sie ja ganz schön ins Rotieren, der Scheißkerl, was?» Ginge strebte zu einem Tisch im Alkoven. «Sind immer gleich zur Stelle, was? Aber lassen Sie sich die Sache nicht über den Kopf wachsen. Tja ja, wenn man sich in so was erst mal verbissen hat, dann landet man womöglich in der Klapsmühle...»

«Reden Sie nicht so dämlich», knurrte Wexford, dessen eigene Frau ihm heute morgen so ziemlich das gleiche gesagt hatte, nur in gewählteren Ausdrücken. «Es dauert sowieso nicht mehr lange. Ende nächster Woche müßte alles vorbei sein. Also, ich möchte, daß Sie...»

«Es dauert *überhaupt nicht* mehr, Mr. Wexford.» Ginges forsche Bestimmtheit schrumpfte, während er weitersprach. «Sie haben mich darauf angesetzt, ihn mit seiner Mieze aufzuspüren, und ich *hab* ihn mit der Mieze aufgespürt. Der Rest ist nun Ihre Sache.»

«Ginge», meinte Wexford beschwörend, «einfach bloß die Station überwachen in der nächsten Woche, während ich das Haus beobachte.»

«Nein», sagte Ginge.

«Sie sind ein Feigling.»

«Feigheit spielt hierbei keine Rolle.» Er zauderte, und in einem Ton, den man für Bescheidenheit oder auch für Scham halten konnte, fuhr er fort: «Ich hab einen Job.»

Wexford verschlug es schier die Sprache. «Einen *Job*?» In früheren Zeiten hatten Ginge und sein Bruder dieses einsilbige Wort ausschließlich benutzt, um kriminelle Handlungen zu umschreiben. «Sie meinen, Sie kriegen *bezahlte* Arbeit?»

«Ich nicht. Ich meine, nicht direkt.» Ginge betrachtete ziemlich traurig seinen Demon King, hob dann das Glas und nahm geradezu wehmütig einen kleinen Schluck. *Sic transit gloria mundi*, oder es war schön, so lange es dauerte. «Meine Frau hat einen. Als Barfrau. Abends und Sonntag mittags. Scheiße.» Er blickte leicht verstört drein. «Weiß gar nicht, was in die gefahren ist.»

«Ich verstehe nicht, warum Sie nicht weiter für mich arbeiten können.»

«Man könnte meinen», sagte Ginge, «Sie hätten nie selbst 'ne Scheißfamilie gehabt. Einer muß eben zu Hause bleiben und auf die Gören aufpassen.»

Wexford hatte Mühe, seinen Heiterkeitsausbruch zurückzuhalten, bis er draußen auf dem Bürgersteig stand. Lachen tat ihm gut, half ihm über die Enttäuschung hinweg, die ihn bei Ginges Weigerung, weiter für ihn zu arbeiten, zunächst gepackt hatte. Er würde es auch allein schaffen, dachte er, als er wieder in den Achtundzwanziger einstieg. Er konnte zum Beispiel am Sonntag vom Wagen aus die Station West Hampstead beobachten. Wenn er Glück hatte, würde Hathall wie am vorigen Sonntag seine Freundin abholen, und wenn die Frau erst einmal gefunden war, was machte es dann noch, ob Hathall von seiner Verfolgung wußte? Wer wollte ihm ein Vergehen gegen die Richtlinien vorwerfen, wenn er Erfolg hatte?

Aber Hathall holte seine Freundin am Sonntag nicht ab, und während die Woche verstrich, wurde Wexford immer beunruhigter über das undurchsichtige Verhalten des Mannes. Jeden Abend postierte er sich in der Dartmeet Avenue, aber nie sah er Hathall, und nur einmal bekam er den sichtbaren Beweis, daß das Zimmer mit dem Erkerfenster bewohnt war. Am Montag, Dienstag und Mittwoch war er bereits vor sechs dort, und er sah zwischen sechs und sieben drei Leute das Haus betreten. Aber von Hathall keine Spur. Aus irgendeinem Grund war der Verkehr am Donnerstag abend besonders dicht. Es wurde Viertel nach sechs, ehe er in der Dartmeet Avenue ankam. Es regnete unaufhörlich, und die lange, hügelige Straße war schwarz und leer. Nur hier und da spiegelte sich goldener Laternenschein glitzernd auf dem nassen Pflaster. Alles lag verlassen da, nur eine Katze huschte zwischen den Mülltonnen hervor und verschwand durch eine Öffnung in einer Gartenmauer.

In einem Raum im Parterre brannte Licht, und ein schwächerer Schein fiel durch das Oberlicht über der Haustür. Hathalls Fenster war dunkel, aber als Wexford die Handbremse anzog und die Zündung abdrehte, da wurde das Erkerfenster plötzlich zu einem grellen, gelben Rechteck. Hathall war also zu Hause, war vielleicht um Minuten früher angekommen als Wexford selbst. Nur sekundenlang strahlte das Licht, dann wurden von unsichtbarer Hand schwere Vorhänge zugezogen, bis nichts mehr zu sehen war als dünne, senkrechte Linien aus Licht, wie phosphoreszierende Fäden, die auf der feuchten, dämmerigen Fassade glommen.

Die Aufregung, in die ihn der Anblick gestürzt hatte, kühlte ab, als eine Stunde, zwei Stunden verstrichen, ohne daß Hathall erschien. Um halb zehn kam ein kleiner, älterer Mann heraus, packte die Katze zwischen nassem Gestrüpp und trug sie ins Haus zurück. Als sich die Haustür hinter ihm schloß, erlosch das Licht, das Hathalls Vorhänge umrahmte. Das machte Wexford wieder munter; er ließ den Wagen an und brachte ihn in eine weniger verdächtige Position, aber die Haustür blieb geschlossen, das Fenster blieb dunkel, und ihm wurde klar, daß Hathall früh zu Bett gegangen war.

Da er Dora schließlich zu einem Urlaub nach London gebracht hatte, besann er sich auf seine Pflichten und begleitete sie tagsüber durch die Einkaufszentren des West End. Aber Denise war auf diesem Gebiet so viel kompetenter, und am Freitag ließ er seine eigene und seines Neffen Ehefrau im Stich um einer weit weniger attraktiven Frau willen, die gar keine Ehefrau mehr war.

Das erste, was er sah, als er Eileen Hathalls Haus erreichte, war der Wagen ihres Exmannes, der in der Garageneinfahrt stand, jener Wagen, von dem Ginge gesagt hatte, er sei seit langem verkauft. Hatte Ginge sich da geirrt? Er fuhr weiter, bis er eine Telefonzelle fand, und rief bei Marcus Flower an. Ja, Mr. Hathall sei da, sagte die Stimme einer Jane oder einer Julie oder einer Linda. Wenn er bitte einen Moment warten wolle... Aber anstatt zu warten, hängte er den Hörer ein, und fünf Minuten später war er in Eileen Hathalls reizlosem Wohnzimmer und saß auf einem ungepolsterten Stuhl unter der spanischen Zigeunerin.

«Er hat Rosemary den Wagen geschenkt», antwortete sie ihm auf seine Frage. «Sie trifft ihn manchmal bei ihrer Omi, und als sie ihm erzählt hat, daß sie die Fahrprüfung bestanden hätte, da hat er ihr seinen Wagen geschenkt. Er braucht ihn ja auch nicht mehr, da, wo er hingeht, nicht wahr?»

«Wohin geht er denn, Mrs. Hathall?»

«Brasilien.» Sie spuckte ein rollendes R und ein zischendes S aus, als sei das nicht der Name eines Landes, sondern eines widerlichen Reptils. Wexford verspürte ein Schaudern, ein Gefühl, als ob jetzt etwas Schlimmes käme. Und es kam. «Er hat alles fix und fertig», sagte sie. «Am Tag vor Heiligabend reist er ab.»

In weniger als einem Monat...

«Hat er dort drüben einen Job?» fragte er gleichmütig.

«Eine sehr gute Position bei einer internationalen Wirtschaftsprüferfirma.» Es lag etwas Rührendes in dem Stolz, mit dem sie das sagte. Der Mann haßte sie, hatte sie gedemütigt, würde sie wahrscheinlich nie wiedersehen, und trotz alledem war sie auf bittere Weise stolz auf das, was er erreicht hatte. «Kaum zu glauben, was er dort für Geld kriegt. Er hat es Rosemary erzählt, und sie hat es mir erzählt. Er wird von London aus bezahlt, und ehe er sein Geld kriegt, ziehen sie davon ab, was mir zusteht. Er wird trotzdem noch Tausende und Tausende jährlich zum Leben haben. Und die Überfahrt zahlen sie ihm, alles ist für ihn erledigt, sogar ein Haus wartet da drüben schon auf ihn. Nichts, rein gar nichts brauchte er zu tun.»

Sollte er ihr erzählen, daß Hathall nicht allein rübergehen würde, daß er nicht allein in dem Haus leben würde? Sie war schwerer geworden während des vergangenen Jahres, ihr dicker Körper – überall Wülste, wo keine sein sollten – war in lachsrosa Wolle gequetscht. Und sie war permanent hochrot angelaufen, so, als befände sie sich in einem ständigen Wettlauf. Vielleicht war es auch so. Ein Wettlauf, um mit ihrer Tochter mitzuhalten, um immer einen Schritt voraus zu sein der Angst, dem Abschied und der öden Langeweile, die hinter allem lauerten? Während er noch zögerte, fragte sie plötzlich: «Warum wollen Sie das wissen? Sie glauben, er hat diese Frau umgebracht, stimmt's?»

«Glauben *Sie* es?» fragte er kühn zurück.

Hätte man ihr ins Gesicht geschlagen, ihre Haut hätte nicht flammender rot werden können. Haut wie ausgepeitscht, kurz vorm Platzen und Bluten. «Ich wollte, er hätte es getan!» stieß sie hervor, japste nach Luft und hob die Hand, nicht, um sie über die Augen zu legen, wie er zuerst dachte, sondern über ihren zitternden Mund.

Er fuhr nach London zurück, zu einer ergebnislosen Freitagabendwache, einem leeren Samstag und einem Sonntag, der ihm vielleicht – bloß vielleicht – bringen konnte, was er sich so wünschte.

Erster Dezember, und wieder goß es in Strömen. Aber der Regen kam Wexford gelegen. Er fegte die Straßen leer und verringerte die Gefahr, daß Hathall in ein verdächtig aussehendes Auto spähen würde. Um halb eins hatte er den Wagen auf der gegenüberliegenden Seite so dicht an der Station geparkt, wie er es riskieren konnte, denn er durfte weder von Hathall entdeckt werden, noch die enge Passage versperren. Der Regen trommelte hart auf das Wagendach, gurgelte die Gosse entlang zwischen Bordstein und gelb gemaltem Streifen. Aber dieser Regen war so heftig, daß er, wie er so über die Windschutzscheibe herabfloß, nicht seine Sicht behinderte, sondern sie lediglich leicht verzerrte wie fehlerhaftes Glas. Er konnte den Eingang der Station ganz klar erkennen und ebenso rund hundert Meter der West End Lane bis dorthin, wo sie über die Eisenbahnschienen buckelte. Unsichtbar ratterten Züge unter ihm, Busse der Linie 28 und 159 fuhren die Anhöhe hinauf und herab. Es waren nur wenige Leute zu sehen, und doch schien es, als sei die ganze Bevölkerung unterwegs, unterwegs von einem unbekannten Zuhause zu einem unbekannten Bestimmungsort, unterwegs durch das feuchte, bleiche Grau dieses Wintersonntags. Die Zeiger der Uhr im Armaturenbrett krochen langsam durch die Viertelstunden auf ein Uhr zu.

Er hatte sich mittlerweile so ans Warten gewöhnt, so resigniert aufs Beobachten eingestellt wie einer, der einem scheuen, verschlagenen Tier auf der Spur ist, daß es ihn wie ein elektrischer Schlag traf, ein zunächst ungläubiges Erschrecken, als er in der Ferne Hathalls Gestalt erkannte. Das Glas spielte ihm Streiche. Es war wie in einem Spiegelkabinett – zuerst ein knochendürrer Riese, dann ein fetter Zwerg, aber ein einziger Ausschlag des Scheibenwischers brachte ihn unvermittelt klar ins Bild. Mit aufgespanntem Regenschirm ging er rasch auf die Station zu – glücklicherweise auf der gegenüberliegenden Straßenseite. Er ging an dem Wagen vorüber, ohne den Kopf zu wenden, und vor der Station blieb er stehen, ließ den Schirm auf- und zuschnappen, um die Wassertropfen abzuschütteln, und verschwand dann im Eingang.

Wexford war in einem Dilemma. Wollte er jemanden abholen oder selber wegfahren? Bei Tageslicht, selbst bei diesem Regen, wagte er sich nicht aus dem Auto. Ein roter Zug ratterte unter der Straße hindurch und kam zum Stehen. Er hielt den Atem an. Die ersten Leute, die aus dem Zug ausgestiegen waren, erschienen auf dem Bürgersteig. Ein Mann legte sich eine Zeitung auf den Kopf und rannte los, ein kleiner Pulk Frauen kämpfte flatternd mit Regenschirmen, die nicht aufgehen wollten. Drei von ihnen öffneten sich gleichzeitig, ein roter, ein blauer und eine orangefarbene Pagode erblühten plötzlich in dem stumpfen Grau wie Blumen. Als sie sich entfaltet hatten und davontanzten, gaben sie den Blick frei auf das, was sie mit ihrem leuchtenden Kreisrund verborgen hatten – ein Paar mit dem Rücken zur Straße, das dicht beieinander stand, ohne sich jedoch zu berühren, während der Mann einen schwarzen Schirm aufspannte, der sie alsbald unter seinem Dach verbarg.

Sie trug Jeans und darüber einen weißen Regenmantel, dessen Kapuze hochgeschlagen war. Wexford hatte keinen Blick auf ihr Gesicht werfen können. Sie hatten sich in Bewegung gesetzt, als wollten sie zu Fuß gehen, aber ein Taxi kam spritzend herangefahren, und sein beleuchtetes Schild glomm rötlich wie ein Zigarettenende. Hathall winkte ihm, und es trug sie in nördlicher Richtung davon. Herrgott, dachte Wexford, bitte laß sie nach Hause fahren und nicht in irgendein Restaurant. Er wußte, er hatte keine Chance, einen Londoner Taxifahrer zu verfolgen, und wirklich war der Wagen bereits verschwunden, ehe er auch nur wieder in der West End Lane war.

Und die Fahrt die Steigung hinauf ging zum Verrücktwerden langsam. Er war hinter einem Bus der Linie 159 eingeklemmt, ein Bus, der nicht rot war, sondern über und über mit Spielzeugreklame für Dinky Toys bemalt, die ihn an Kidds in Toxborough erinnerte. Es vergingen nahezu zehn Minuten, ehe er das Haus in der Dartmeet Avenue erreichte. Das Taxi war fort, aber Hathalls Licht brannte. Kein Wunder, an einem solchen Tag mußte man schon mittags Licht machen. Während er auf die Haustür zuging und die Klingelschilder betrachtete, fragte er sich mehr aus Interesse als aus Furcht, ob Hathall wohl auch ihn schlagen würde. Unter den Klingelknöpfen standen keine Namen, lediglich die Nummern der Stockwerke. Er drückte die Klingel der ersten Etage und wartete. Es war möglich, daß Hathall gar nicht herunterkam, daß er sich einfach weigerte, aufzumachen. In dem Fall würde er sich jemand anderen suchen, der ihm öffnete, und dann gegen Hathalls Zimmertür hämmern.

Aber das erwies sich als unnötig. Über seinem Kopf ging ein Fenster auf, und als er ein wenig zurücktrat, blickte er hinauf in Hathalls Gesicht. Im ersten Moment sprach keiner von beiden. Der Regen strömte zwischen ihnen nieder, und durch ihn hindurch starrten sie einander an. Sehr unterschiedliche Emotionen spiegelten sich nacheinander auf Hathalls Gesicht während dieser Augenblicke – Verblüffung, Wut, Argwohn... aber Angst nicht, dachte Wexford. Und auf das alles folgte etwas, das merkwürdig nach Befriedigung aussah. Aber noch ehe er weiter darüber nachdenken konnte, sagte Hathall kalt:

«Ich komme runter und laß Sie rein.»

Keine fünfzehn Sekunden später hatte er es getan. Er schloß die Tür und deutete, ohne etwas zu sagen, auf die Treppe. Wexford hatte ihn noch nie so ruhig und höflich erlebt. Er wirkte vollständig gelassen. Er sah jünger aus und – irgendwie siegessicher.

«Würden Sie mich bitte mit der Dame bekannt machen, die Sie in einem Taxi mit hierhergebracht haben?»

Hathall begehrte nicht auf, er sprach auch nicht. Hat er sie versteckt? überlegte Wexford, während sie die Treppe hinaufgingen. Hat er sie in irgendeine Toilette geschickt, oder rauf ins oberste Stockwerk? Seine Zimmertür war nur angelehnt, er stieß sie auf und gestattete dem Chief Inspector, als erster einzutreten. Wexford ging hinein. Als erstes sah er ihren Regenmantel, der zum Trocknen über einer Stuhllehne hing.

Zunächst entdeckte er sie gar nicht. Das Zimmer war sehr klein, es maß kaum mehr als drei mal vier Meter, und es war möbliert, wie solche Räume es immer waren: ein Schrank, der aussah, als sei er zur Zeit der Schlacht von Mons hergestellt worden, ein schmales Bett mit einem indischen Baumwollüberwurf, ein paar Stühle mit hölzernen Armlehnen, die euphemistisch ‹Kaminsessel› genannt wurden, und Bilder, die todsicher von irgendeinem Verwandten des Hauswirts gemalt worden waren. Das Licht kam aus einer staubbedeckten Kugellampe, die von der pockennarbigen Decke hing.

Ein Wandschirm aus Zeltleinwand, erdfarben und häßlich, teilte eine Ecke des Raumes ab. Dahinter befand sich höchstwahrscheinlich ein Ausguß, denn als Hathall bedeutsam hüstelte, schob sie ihn beiseite und trocknete sich, während sie zum Vorschein kam, die Hände an einem Geschirrhandtuch ab. Es war kein hübsches Gesicht, bloß ein sehr junges, mit schweren Zügen, robust und unerschütterlich. Dickes, schwarzes Haar fiel ihr bis auf die Schultern, und ihre Augenbrauen waren breit und schwarz wie die eines Mannes. Sie trug ein T-Shirt und eine Strickjacke darüber. Wexford hatte dieses Gesicht irgendwo schon einmal gesehen, er überlegte fieberhaft, wo, da sagte Hathall:

«Dies ist die ‹Dame›, die Sie kennenlernen wollten.» Seine Siegessicherheit war in hämische Ironie umgeschlagen, er lachte beinahe. «Darf ich Ihnen meine Tochter Rosemary vorstellen?»

15

Es war lange her, seit Wexford einen solchen Tiefschlag erlebt hatte. Mit unangenehmen Situationen fertig zu werden war eigentlich nie ein Problem für ihn gewesen, aber der Schock, den Hathall ihm mit diesen letzten Worten versetzt hatte, zusammen mit der blitzhaften Erkenntnis, daß sein Verstoß gegen einen dienstlichen Befehl jetzt offen zutage lag, verschlug ihm so die Sprache, daß er kein Wort herausbrachte. Auch das Mädchen sagte nach einem ersten, gelangweilten «Hallo» nichts mehr, sondern zog sich wieder hinter den Wandschirm zurück, und man konnte hören, wie sie Wasser in einen Kessel laufen ließ. Hathall, der anfangs so zugeknöpft und abweisend gewesen war, als Wexford auftauchte, schien sich jetzt gar nicht genug an der peinlichen Verlegenheit seines Feindes weiden zu können. «Was war denn der Anlaß Ihres Besuches?» fragte er. «Wollten Sie mal wieder alte Bekannte sehen?»

Wennschon – dennschon, zitierte Wexford im Geist Miss Marcovitch: «Wie ich höre, gehen Sie nach Brasilien?» fragte er. «Allein?»

«Allein? Es sitzen sicher noch ungefähr dreihundert andere Leute mit im Flugzeug.» Wexford zuckte unter dem Seitenhieb zusammen, und Hathall merkte es. «Ich hatte gehofft, Rosemary würde mitfliegen, aber sie muß ja noch hier in die Schule. Vielleicht kommt sie in ein paar Jahren nach.»

Das brachte das Mädchen auf den Plan. Sie griff nach ihrem Regenmantel, hängte ihn auf einen Bügel und sagte: «Pah, ich kenne noch nicht mal Europa, da vergrab ich mich doch nicht in Brasilien!»

Hathall zuckte nur die Schultern bei diesem Beispiel krasser Unfreundlichkeit, die für seine Familie so typisch war, und ebenso barsch fragte er: «Zufrieden?»

«Muß ich ja wohl, Mr. Hathall, oder?»

Hielt er wegen der Gegenwart seiner Tochter seine Wut im Zaum? Seine Stimme klang beinahe milde, nur eine Spur seiner üblichen, nörgelnden Gekränktheit lag in ihr, als er sagte: «Also, wenn Sie uns jetzt bitte entschuldigen wollen, Rosemary und ich müssen uns ein bißchen was zu essen machen – was ja in diesem kleinen Loch nicht gerade einfach ist. Ich begleite Sie hinunter.»

Er schloß die Zimmertür, statt sie angelehnt zu lassen. Auf dem Treppenflur war es still und dunkel. Wexford wartete auf einen Wutausbruch, aber es kam keiner, nur Hathalls Augen fielen ihm auf. Beide Männer waren gleich groß, ihre Blicke trafen sich auf einer Ebene. Und eine flüchtige Sekunde lang leuchtete in Hathalls Augen das Weiße auf um eine harte, schwarzstarrende Iris, in der jener seltsame rote Funke glomm. Sie waren am Treppenabsatz angekommen, und als Wexford sich anschickte, die steilen Stufen hinunterzusteigen, spürte er hinter sich eine Bewegung – Hathalls Hand, die sich gespreizt erhob. Er packte das Geländer und nahm gleich zwei Stufen auf einmal. Dann zwang er sich, langsam und gemessen weiterzugehen. Hathall rührte sich nicht, aber als Wexford unten angekommen war und zurückblickte, sah er, wie die ausgestreckte Hand sich noch ein wenig höher erhob und wie sich die Finger zu einer ernsten und irgendwie pathetischen Abschiedsgeste schlossen.

«Der wollte mich doch glatt die Treppe runterstoßen», sagte Wexford zu Howard. «Und ich hätte kaum eine Handhabe gegen ihn. Er könnte behaupten, ich hätte mir mit Gewalt Zugang zu seinem Zimmer verschafft. Mensch, habe ich da einen Schlamassel angerichtet! Der beschwert sich doch wieder, und ich verliere womöglich meinen Job.»

«Nicht ohne eine eingehende Untersuchung der Sache, Reg, und ich glaube nicht, daß Hathall gern zu irgendeiner Vernehmung erscheinen möchte.» Howard warf die Sonntagszeitung, die er gelesen hatte, auf den Boden und wandte seinem Onkel das hagere, knochige Gesicht mit den durchdringenden, eisblauen Augen zu. «Es war nicht jedesmal seine Tochter, Reg.»

«Nein? Ich weiß, du hast diese Frau mit dem kurzen, blonden Haar gesehen, aber bist du auch sicher, daß es tatsächlich Hathall war, den du mit ihr zusammen gesehen hast?»

«Ich bin sicher.»

«Du hast ihn bloß einmal gesehen», beharrte Wexford. «Du hast ihn aus zwanzig Metern Entfernung gesehen, und nur für etwa zehn Sekunden. Und das aus einem Auto, wo *du* am Steuer gesessen hast. Und wenn du bei Gericht erscheinen und schwören müßtest, daß der Mann, den du vor dem Marcus-Flower-Gebäude gesehen hast, derselbe Mann war, den du damals im Garten von Bury Cottage gesehen hattest – würdest du schwören? Wenn das Leben eines Mannes davon abhinge – würdest du?»

«Wir haben ja die Todesstrafe nicht mehr, Reg.»

«Nein, und weder du noch ich wünschen sie sich zurück – im Gegensatz zu manch einem anderen aus unserem Berufsstand. Aber wenn wir sie noch hätten – würdest du dann?»

Howard zögerte. Wexford sah sein Zögern, und er spürte, wie sich eine Müdigkeit in seinem Körper ausbreitete, als hätte er ein Schlafmittel genommen. Schon der leiseste Zweifel löschte den kleinen Hoffnungsfunken aus, der ihm geblieben war.

Schließlich meinte Howard matt: «Nein.»

«Na bitte.»

«Nun mal langsam, Reg. Ich würde inzwischen nie die Identität irgendeines Menschen beschwören, wenn mein Schwur zu seinem Tod führen könnte. Du setzt mich da zu sehr unter Druck. Trotzdem steht es für mich außer jedem vernünftigen Zweifel, und das wiederhole ich dir nochmals, daß ich Robert Hathall gesehen habe. Ich habe ihn vor den Büros der Firma Marcus Flower in der Half Moon Street mit einer blondhaarigen Frau gesehen.»

Wexford seufzte. Was hieß das schließlich schon. Durch den Schlamassel, den er heute selbst angerichtet hatte, war ja alle Hoffnung, Hathall weiter zu verfolgen, zunichte geworden. Howard mißverstand sein Schweigen als Zweifel und sagte: «Wenn er nicht mit *ihr* zusammen ist, wohin geht er dann an all den Abenden, wo er nicht zu Hause ist? Wohin fährt er mit diesem Bus?»

«Oh, ich glaube ja immer noch, daß er mit ihr zusammen ist. Die Tochter besucht ihn nur manchmal am Sonntag. Aber was nützt mir das alles? Ich kann ihn doch im Bus nicht verfolgen. Der ist doch jetzt gewarnt.»

«Weißt du, er glaubt bestimmt, du gibst jetzt auf, nachdem du ihn mit seiner Tochter gesehen hast.»

«Möglich. Möglich, daß er jetzt unvorsichtig wird. Na und? Ich kann mich schließlich nicht in Hauseingängen herumdrücken und dann hinter ihm auf einen Bus aufspringen. Entweder ist der Bus weg, ehe ich drauf bin, oder er dreht sich um und sieht mich. Und selbst wenn ich von ihm unbemerkt einsteige...»

«Dann muß es jemand anders machen», sagte Howard entschieden.

«Leicht gesagt. Mein Chief Constable sagt nein, und du wirst dich wohl kaum mit ihm anlegen wollen, indem du mir einen deiner Männer überläßt.»

«Stimmt, will ich nicht.»

«Also vergiß es. Ich gehe nach Kingsmarkham zurück und lasse mir von Griswold mit Pauken und Trompeten den Marsch blasen – und Hathall kann in die sonnigen Tropen abhauen.»

Howard stand auf und legte ihm die Hand auf die Schulter. «Ich mach's», sagte er.

Die respektvolle Scheu von früher hatte sich längst in Zuneigung und Kameradschaft verwandelt. Aber dieses leichthin und selbstverständlich gesprochene «Ich mach's» ließ doch das alte Unterlegenheitsgefühl und den Neid gegenüber Howard wieder wach werden. Wexford spürte, wie eine dunkle Röte sein Gesicht überflutete. «Du?» fragte er gepreßt. «Du selbst? Das meinst du doch nicht ernst. Du rangierst schließlich ein paar Stufen über mir.»

«Du bist vielleicht ein Snob. Und wenn schon. Ich tu das gerne. Macht mir Spaß. Schließlich hab ich so was seit Jahren nicht mehr unternommen.»

«Willst du das wirklich für mich tun, Howard? Und deine eigene Arbeit?»

«Wenn ich der Halbgott bin, zu dem du mich machst, dann kann ich doch wohl über meine Arbeitsstunden bestimmen. Natürlich geht es nicht jeden Abend. Hin und wieder wird 's die üblichen Krisen geben, dann muß ich bis spät abends dableiben. Aber Kenbourne Vale wird schon nicht zu einem Klein-Chicago degenerieren, bloß weil ich ab und zu mal nach West Hampstead rüberflitze.»

Also verließ am folgenden Abend Chief Superintendent Howard Fortune sein Büro um Viertel vor sechs und war Punkt sechs am West End Green. Er wartete bis halb acht. Nachdem sein Mann nicht erschienen war, ging er die Dartmeet Avenue hinunter und stellte fest, daß in dem Fenster, das sein Onkel ihm als Hathalls beschrieben hatte, kein Licht brannte.

«Ich frage mich, ob er vielleicht gleich von der Arbeit aus zu ihr geht?»

«Hoffentlich wird das bei ihm nicht zur Gewohnheit. In der Rush-hour ist es fast unmöglich, ihm auf den Fersen zu bleiben. Wann gibt er denn seine Stellung auf?»

«Weiß der Himmel», erwiderte Wexford, «aber nach Brasilien geht er in genau drei Wochen.»

Eine der Krisen, von denen Howard gesprochen hatte, hinderte ihn am nächsten Abend, Hathall zu beobachten, aber am Mittwoch war er frei, und in Abänderung seiner Taktik begab er sich gegen fünf zur Half Moon Street. Eine Stunde später erzählte er seinem Onkel in der Teresa Street, was sich ereignet hatte.

«Der erste, der aus dem Marcus-Flower-Haus herauskam, war ein salopp aussehender Kerl mit einem Oberlippenbärtchen. Er hatte ein Mädchen bei sich, und sie fuhren mit einem Jaguar weg.»

«Jason Marcus mit seiner Anverlobten», meinte Wexford.

«Dann kamen zwei weitere Mädchen, und dann – Hathall. Ich hatte recht, Reg, es *war* derselbe Mann.»

«Meine Zweifel waren unberechtigt, entschuldige.»

Howard zuckte die Schultern. «Er ging in die U-Bahn, und ich hab ihn aus den Augen verloren. Aber nach Hause gefahren ist er nicht, das weiß ich.»

«Wieso?»

«Wenn er nach Hause gefahren wäre, dann hätte er zur Station Green Park gehen und die Piccadilly Line nehmen müssen, eine Haltestelle weit bis Piccadilly Circus, oder mit der Victoria Line bis Oxford Circus, um dann in die Bakerloo umzusteigen. Er hätte sich also nach Süden wenden müssen. Aber er lief nach Norden, und zuerst dachte ich, er wolle einen Bus nach Hause nehmen. Aber er ist zur Station Bond Street gegangen. Und man geht nicht zur Bond Street, wenn man in den Nordwesten von London will. Bond Street liegt nämlich auf der Central Line.»

«Und die Central Line verläuft wohin?»

«In östliche und westliche Richtung. Ich konnte ihm bis in die Station folgen, aber – na ja, du kennst ja das Gedränge um diese Zeit, Reg. Ich war um gut zwölf Personen hinter ihm in der Fahrkartenschlange. Ich mußte verdammt vorsichtig sein, nicht in sein Blickfeld zu geraten. Er fuhr mit der Rolltreppe runter zum Bahnsteig in westlicher Richtung, und da verlor ich ihn aus den Augen.» Entschuldigend fügte Howard hinzu: «Auf dem Bahnsteig standen nämlich ungefähr fünfhundert Menschen. Ich steckte fest und konnte mich nicht rühren. Aber eins beweist es. Weißt du, was ich meine?»

«Ich glaube schon. Wir müssen herausfinden, wo die Central Line in westlicher Richtung die Route der Buslinie 28 kreuzt, und irgendwo in dem Umkreis wohnt unsere große Unbekannte.»

«Ich kann dir gleich sagen, wo das ist. Die Central Line verläuft in westlicher Richtung über Bond Street, Marble Arch, Lancaster Gate, Queensway, Notting Hill Gate, Holland Park, Shepherd's Bush und so weiter. Die Route des Achtundzwanziger in südlicher Richtung geht über Golders Green, West Hampstead, Kilburn, Kilburn Park, Great Western Road, Pembridge Road, Nottinghill Gate, Church Street und weiter durch Kensington und Fulham nach hier und schließlich nach Wandsworth. Es muß demnach Notting Hill sein. Sie wohnt also wie die Hälfte der umherziehenden Londoner Bevölkerung irgendwo in Notting Hill. Kein großer Fortschritt, aber besser als gar nichts. Gibt's bei dir was Neues?»

Wexford, der seit zwei Tagen wie auf glühenden Kohlen saß, hatte Burden angerufen und zu hören erwartet, daß Griswold ihm an den Kragen wollte. Aber weit gefehlt. Der Chief Constable sei in Kingsmarkham ‹herumgewirbelt›, wie Burden es ausdrückte, hin- und hergerissen zwischen dort und Myringham, wo es einige Aufregung wegen einer vermißten Frau gebe. Aber er sei bester Laune, habe sich erkundigt, wohin Wexford in Urlaub gefahren sei, und als er hörte, nach London (‹wegen der Theater und Museen, wissen Sie, Sir›, hatte Burden gesagt), da habe er scherzend gefragt, warum der Chief Inspector ihm denn nicht eine Ansichtspostkarte von New Scotland Yard geschickt hätte.

«Dann hat sich Hathall also nicht beschwert», meinte Howard nachdenklich.

«Sieht nicht so aus. Wäre ich ein Optimist, würde ich sagen, er hält es für sicherer, keine Aufmerksamkeit auf sich zu ziehen.»

Aber es war der 3. Dezember... Nur noch zwanzig Tage. Dora hatte ihren Mann durch die Geschäfte geschleppt und all ihre restlichen Weihnachtseinkäufe erledigt. Er hatte Päckchen getragen, hatte beteuert, dies sei genau das Richtige für Sheila und jenes sei genau das, was Sylvias älterer Sohn sich wünschte, aber die ganze Zeit über mußte er denken: noch zwanzig Tage, zwanzig Tage...! Für ihn würde die Adventszeit dieses Jahres nur die Zeit von Hathalls gelungener Flucht sein.

Howard schien seine Gedanken zu erraten. Er verspeiste gerade eine der enormen Mahlzeiten, die er sich, ohne auch nur ein Pfund zuzunehmen, einverleiben konnte. Er nahm sich ein zweites Mal von der ‹Charlotte russe› und meinte: «Wenn wir ihn nur wegen irgendwas drankriegen könnten.»

«Was denn?»

«Weiß nicht. Irgendeine kleine Sache, wegen der man ihn belangen und ihn so daran hindern könnte, das Land zu verlassen. So was wie Ladendiebstahl zum Beispiel oder Schwarzfahren in der U-Bahn.»

«Aber er scheint ein ehrlicher Mann zu sein», seufzte Wexford, «wenn man einen Mörder ehrlich nennen kann.»

Sein Neffe kratzte die Dessertschüssel leer. «Ich vermute, er *ist* ehrlich?»

«Soweit ich weiß, ja. Mr. Butler hätte es mir erzählt, wenn es nur die geringste Unredlichkeit gegeben hätte.»

«Das glaube ich auch. Damals ging es Hathall ja finanziell auch gut. Aber es ging ihm finanziell schlecht, als er Angela heiratete, stimmt's? Und doch haben sie damals – trotz ihres knappen Budgets von angeblich fünfzehn Pfund pro Woche – anscheinend ganz flott gelebt. Du hast mir doch erzählt, Somerset hätte sie zufällig bei einem Einkaufsbummel gesehen, und später beim Essen in einem teuren Restaurant. Wo ist denn das Geld dafür hergekommen, Reg?»

Wexford goß sich ein Glas Chablis ein und sagte: «Darüber hab ich mir auch schon Gedanken gemacht, aber ohne Ergebnis. Ich hielt es auch nicht für relevant.»

«In einem Mordfall ist alles relevant.»

«Stimmt.» Wexford war seinem Neffen zu dankbar, um auf diese kleine Zurechtweisung gekränkt zu reagieren. «Ich hab mir wahrscheinlich gedacht, wenn ein Mann immer ehrlich gewesen ist, dann wird er doch nicht im mittleren Alter auf einmal unehrlich.»

«Das kommt auf den Mann an. Dieser Mann wurde auch im mittleren Alter plötzlich ein untreuer Ehemann. Er scheint sich sogar, obgleich er seit seiner Pubertät stets monogam war, zu einem richtigen Weiberhelden entwickelt zu haben. Und er wurde ein Mörder. Du wirst mir doch nicht sagen, er habe auch früher schon mal jemanden umgebracht, oder?» Howard schob den Teller weg und fing mit dem Gruyère an. «Es gibt bei alledem einen Faktor, den du meiner Meinung nach nicht genügend beachtet hast. *Eine* Persönlichkeit.»

«Angela?»

«Angela. Erst als er sie traf, hat er sich verändert. Viele würden sagen, sie habe ihn korrumpiert. Es ist zwar eine etwas abseitige Möglichkeit – wirklich ein weit hergeholter Gedanke –, aber Angela hat immerhin selbst eine kleine Betrügerei begangen, eine, von der du weißt, vielleicht aber auch noch andere, von denen du nichts weißt. Mal angenommen, sie hätte ihn zu irgendwelchen Unehrlichkeiten ermutigt?»

«Das erinnert mich an eine Bemerkung von Mr. Butler. Er erzählte mir, er habe zufällig mit angehört, wie Angela zu seinem Partner Paul Craig gesagt hat, er habe den richtigen Job, um seine Steuererklärung zu frisieren.»

«Na bitte! Sie müssen das Geld irgendwo hergekriegt haben. Es ist ja schließlich nicht auf Bäumen gewachsen wie die ‹Mirakelpflaumen›.»

«Aber ich bin nirgends auch nur auf eine Spur dergleichen gestoßen», sagte Wexford. «Das müßte dann bei Kidds gewesen sein. Und Aveney hat nicht die leiseste Andeutung fallenlassen.»

«Du hast ihn ja auch nicht nach Geld gefragt. Du hast ihn nach Frauen gefragt.» Howard stand vom Tisch auf und schob seinen Stuhl zur Seite. «Gehen wir zu den Damen. An deiner Stelle würde ich morgen mal einen kleinen Ausflug nach Toxborough unternehmen.»

16

Der rechteckige weiße Kasten, auf grünen Rasen gebettet, dahinter der Fächer neu angepflanzter Bäume, blattlos und kläglich jetzt im Dezember, und drinnen der warme Zellulosegeruch und die Turbanfrauen, die zur Musik aus ‹Dr. Schiwago› Puppen bemalten. Mr. Aveney geleitete Wexford durch die Arbeitsräume ins Büro des Personalchefs und redete dabei ebenso schockiert wie entrüstet auf ihn ein.

«Die Bücher frisiert? So was hat es bei uns nie gegeben.»

«Ich sage ja nicht, daß es bei Ihnen passiert ist, Mr. Aveney. Es ist eine reine Vermutung», entgegnete Wexford. «Haben Sie je von der guten alten Lohnlistenmasche gehört?»

«Na ja, gut, hab ich. Wurde häufig beim Militär praktiziert. Aber hier würde damit keiner durchkommen.»

«Warten wir's ab, ja?»

Der Personalchef, ein fader junger Mann mit wirrem Haar, wurde ihm als John Oldbury vorgestellt. Sein Büro war sehr unordentlich, und er schien leicht irritiert, so als habe man ihn bei der Suche nach etwas unterbrochen, was er sowieso nie finden würde. «Mit den Löhnen krumme Sachen machen, meinen Sie?» fragte er.

«Ich schlage vor, Sie erzählen mir mal, wie Sie bei den Lohnlisten mit dem Buchhalter zusammenarbeiten.»

Oldbury blickte beunruhigt zu Aveney hinüber, und Aveney nickte nach einem undefinierbaren Achselzucken. Der Personalchef ließ sich schwer auf seinen Stuhl nieder und fuhr mit den Fingern durch das unordentliche Haar. «Im Erklären bin ich nicht besonders gut», fing er an, «aber ich werde es versuchen. Also das läuft so: Wenn wir eine neue Arbeiterin kriegen, dann liefere ich dem Buchhalter so die Einzelheiten über sie, und er errechnet daraus ihren Lohn. Nein, ich muß das genauer sagen. Sagen wir, wir stellen eine – also, nennen wir sie Joan Smith, eine Mrs. Joan Smith ein.» Wexford fand, Oldbury war ebenso phantasielos wie unartikuliert. «Dann sag ich dem Buchhalter also ihren Namen und ihre Adresse, sagen wir ...»

Um seiner Einfallslosigkeit eine totale Pleite zu ersparen, sagte Wexford schnell: «Gordon Road 24, Toxborough.»

«Oh, fein!» Der Personalchef strahlte vor Bewunderung. «Ich sag ihm also, Mrs. Joan Smith, Gordon Road soundso, Toxborough ...»

«Und wie sagen Sie es ihm? Per Telefon? Durch eine schriftliche Notiz?»

«Entweder – oder. Natürlich mache ich mir Vermerke. Ich habe nämlich», setzte Oldbury unnötigerweise hinzu, «kein sehr gutes Gedächtnis. Ich teile ihm also ihren Namen und ihre Adresse mit und wann sie bei uns anfängt und ihre Arbeitszeit und was sonst noch, und er gibt das alles in den Computer ein – und fertig ist der Lack. Und danach mach ich das dann noch mal wöchentlich mit ihren Überstunden – oder was sonst so ist.»

«Und wenn sie wieder geht, sagen Sie ihm das auch?»

«Aber sicher.»

«Die gehen ja ständig. Rein und raus, so ist das dauernd», warf Aveney ein.

«Und die kriegen alle wöchentlich ihre Lohntüte?»

«Nicht alle», sagte Oldbury. «Sehen Sie, einige unserer Damen brauchen ihre Löhne nicht für – na ja, für den Haushalt. Bei denen sind die Ehemänner die – wie nennt man das doch?»

«Ernährer?»

«Ah, gut, die Ernährer. Die Damen, ich meine, manche, sparen sich ihren Verdienst für die Ferien, oder um die Wohnung zu verschönern oder, oder einfach bloß so, nehme ich an.»

«Gut, ich verstehe. Und was ist mit denen?»

«Ja», sagte Oldbury triumphierend, «*die* kriegen keine Lohntüte. Deren Bezüge werden auf ein Bankkonto gezahlt – oder wohl meist eher auf ein Postscheck- oder Sparkassenkonto.»

«Und wenn das so ist, dann sagen Sie das dem Buchhalter, und er gibt es in seinen Computer ein?»

«Das macht er, ja.» Oldbury lächelte entzückt, weil er sich so verständlich gemacht hatte. «Sie haben vollkommen recht. Schnelle Auffassungsgabe, wenn ich's mal so sagen darf.»

«Danke, danke», versetzte Wexford, leicht benommen von dem trotteligen Charme des Mannes. «Dann könnte also der Buchhalter einfach eine Frau erfinden und ihren fiktiven Namen plus Adresse in den Computer einspeisen? Und ihr Gehalt würde dann auf ein Bankkonto fließen, das der Buchhalter – oder vielmehr sein weiblicher Komplize – nach Belieben eröffnen könnte?»

«Aber das», sagte Oldbury todernst, «wäre doch Betrug.»

«Allerdings. Aber da Sie Ihre Personallisten aufbewahren, können wir ja sehr einfach feststellen, ob solch ein Betrug vorgekommen ist.»

«Natürlich können wir das.» Der Personalchef strahlte von neuem und trat eifrig an einen Aktenschrank, dessen offene Schubladen mit zerknitterten Dokumenten vollgestopft waren. «Nichts leichter als das. Wir heben sie ein ganzes Jahr auf, nachdem eine unserer Damen uns verlassen hat.»

Ein ganzes Jahr… Und Hathall war vor achtzehn Monaten gegangen. Aveney führte ihn zurück durch die Fabrik, wo die Arbeiterinnen jetzt durch die Stimme von Tom Jones eingelullt (oder stimuliert) wurden. «John Oldbury hat ein sehr gutes Psychologie-Examen», rechtfertigte er seinen Personalchef, «und er kann wunderbar mit Leuten umgehen.»

«Das glaube ich. Sie waren beide sehr liebenswürdig. Ich muß mich entschuldigen, daß ich Sie so lange in Anspruch genommen habe.»

Dieses Gespräch hatte Howards Theorie weder bestätigt noch entkräftet. Aber da keine Unterlagen mehr existierten, was konnte er nun noch machen? Wenn er seine Nachforschungen nicht heimlich durchführen müßte, wenn er seine Männer zur Verfügung hätte, ja, dann könnte er sie die örtlichen Sparkassenfilialen überprüfen lassen. Doch die Dinge waren eben nicht so. Dabei sah er jetzt ganz klar, wie die Sache gelaufen sein konnte: Die Idee selbst stammte von Angela; dann wurde eine Komplizin gefunden, um die von Hathall erfundene Frau zu personifizieren und das Geld von dem Konto abzuheben. Und dann – ja, dann hatte Hathall seine «Strohfrau» allmählich allzu lieb gewonnen, und Angela war eifersüchtig geworden. Wenn er recht hatte, dann ließe sich damit alles erklären – die freiwillig gewählte Einsamkeit der Hathalls, ihr klösterliches Leben, das Geld, das es ihnen gestattete, teuer essen zu gehen und Geschenke für Hathalls Tochter zu kaufen. Sie steckten so lange alle drei unter einer Decke, bis Angela merkte, daß die andere Frau für ihren Mann mehr war als eine Komplizin, mehr als eine nützliche Kassiererin heimlicher Einkünfte... Was hatte sie getan? Die Affäre auffliegen lassen und damit gedroht, die beiden zu verpfeifen, wenn sie nicht aufhörte? Das wäre der Ruin von Hathalls Karriere gewesen. Er wäre bei Marcus Flower gefeuert worden und hätte nie wieder eine Stelle als Buchhalter bekommen. Da hatten sie sie umgebracht. Sie hatten Angela ermordet, um zusammensein zu können und – da sie ja wußten, daß bei Kidds die Unterlagen nur für ein Jahr aufgehoben wurden – um für alle Zeit das Risiko des Entdecktwerdens los zu sein...

Wexford fuhr langsam den Zufahrtweg zwischen den flachen grünen Wiesen hinunter, und an der Einmündung in die Hauptverkehrsstraße des Industriegebietes begegnete er einem anderen Wagen. Dessen Fahrer war ein uniformierter Polizeibeamter, und neben ihm saß Chief Inspector Jack ‹Dachs› Lovat, ein kleiner, stupsnäsiger Mann, der eine kleine, goldgerahmte Brille trug. Der Wagen verlangsamte das Tempo, und Lovat kurbelte das Fenster herunter.

«Was tun Sie denn hier?» fragte Wexford.

«Meine Arbeit», sagte Lovat schlicht.

Sein Spitzname leitete sich von der Tatsache her, daß er in seinem Garten drei Dachse hielt, die er vor den Fallenstellern gerettet hatte, als das Dachsfallenstellen noch erlaubt war. Und Wexford wußte seit langem, daß es sinnlos war, den Chef der Kriminalpolizei von Myringham über irgend etwas anderes auszufragen als über dieses Hobby. Über dieses Thema verbreitete er sich ausgiebig und begeistert, bei allen anderen jedoch – obgleich er seine Arbeit mustergültig erledigte – war er nahezu stumm. Man kriegte lediglich ein ‹Ja› oder ‹Nein› aus ihm heraus, wenn man nicht bereit war, sich über potentielle Fallenstandorte und vierfüßige Sohlengänger zu unterhalten.

«Da es hier keine Dachse gibt», meinte Wexford ironisch, «außer vielleicht welche zum Aufziehen, würde ich nur eins gerne wissen: Hat Ihr Besuch hier irgendwas mit einem Mann namens Robert Hathall zu tun?»

«Nein», sagte Lovat. Verkniffen lächelnd hob er die Hand und bedeutete seinem Fahrer, weiterzufahren.

Ohne seine neuen Gewerbebetriebe wäre Toxborough mittlerweile zu einem halbverlassenen Dorf mit überalterter Bevölkerung zusammengeschmolzen. Die Industrie hatte neues Leben, Handel, Straßen, Häßlichkeit, ein Veranstaltungszentrum, einen Sportplatz und eine Gemeindesiedlung mit sich gebracht. Durch letztere führte eine breite Straße, die Maynnot Way hieß, in welcher die Betonpfeiler der Straßenlampen die Bäume ersetzten und die nach dem einzigen alten Haus benannt war, das noch stand, nämlich Maynnot Hall. Wexford, der zuletzt vor zehn Jahren in dieser Gegend gewesen war, als sich Beton und Backstein eben erst über die grünen Felder von Toxborough auszubreiten begannen, wußte noch, daß irgendwo hier, nicht weit entfernt, eine Bankfiliale war. Bei der zweiten Kreuzung bog er links in die Queen Elizabeth Avenue ein, und da war sie schon, eingeklemmt zwischen einem Wettbüro und einem Teppich-Abholmarkt.

Der Filialleiter war ein steifer, großspuriger Mensch, der auf Wexfords Fragen sehr ungehalten reagierte.

«Sie in unsere Bücher Einblick nehmen lassen? Nicht ohne gerichtliche Vollmacht.»

«Na gut. Aber sagen Sie mir bitte wenigstens eins: Wenn auf ein Konto keine Einzahlungen mehr erfolgen, und es ist leer oder nahezu leer, fragen Sie dann schriftlich bei dem Kontoinhaber an, ob es aufgelöst werden soll?»

«Wir haben diese Praxis aufgegeben. Wenn jemand nur noch fünfzehn Pence auf einem Konto hat, dann verschwendet er keine Briefmarke, um uns mitzuteilen, er wolle das Konto auflösen. Ebensowenig wird er fünf Pence für einen Busfahrschein ausgeben, um es abzuheben. Klar?»

«Würden Sie für mich nachprüfen, ob es bei irgendwelchen von Frauen unterhaltenen Konten seit – seit April oder Mai letzten Jahres weder Ein- noch Auszahlungen gegeben hat? Und wenn ja, würden Sie mit den Inhaberinnen in Verbindung treten?»

«Nein», sagte der Filialleiter kurz und bündig, «nicht, wenn dies keine offizielle polizeiliche Angelegenheit ist. Ich habe dafür kein Personal.»

Genau das habe ich auch nicht, dachte Wexford, als er die Bank verließ. Kein Personal, keine Geldmittel, keinerlei Ermutigung; nach wie vor nichts als seine persönlichen ‹Gefühle›, um Griswold zu überzeugen, daß diese Sache eine Verfolgung wert war. Kidds hatte eine Lohnliste, Hathall konnte sich über Bankkonten, deren Inhaber fiktive Frauen waren, Geld beschafft haben. So gesehen hatte aber auch das Polizeipräsidium Kingsmarkham eine bescheidene Bargeldkasse, und er, Wexford, hätte sich ebenfalls daraus bedienen können. Der erstere Fall bot nicht mehr Grund zu Verdächtigungen als der letztere, und genau so würde der Chief Constable es auch sehen.

«Wieder eine Sackgasse», sagte er abends zu seinem Neffen. «Aber ich blicke jetzt wenigstens durch, wie das alles geschehen ist, nämlich so: Die Hathalls und die andere Frau betreiben ihre Betrügereien erfolgreich über ein paar Jahre. Die Verteilung der Beute erfolgt jeweils in Bury Cottage. Als Hathall seinen neuen Job kriegt, besteht keine Notwendigkeit mehr für den Trick mit der Lohnliste. Die andere Frau könnte also von der Bildfläche verschwinden. Sie tut es aber nicht, weil Hathall ihr verfallen ist und sie weiterhin treffen will. Man kann sich Angelas Wut vorstellen. *Ihre* Idee war es gewesen, *sie* hatte es geplant, und nun *das*! Sie verlangt also von Hathall, entweder die andere aufzugeben, oder sie werde ihn auffliegen lassen, aber Hathall kann es nicht. Er tut zwar so als ob, und alles scheint wieder gut zwischen ihm und Angela, gut in einem Ausmaß, daß Angela ihre Schwiegermutter einlädt und das Haus saubermacht, um sie zu beeindrucken. Am Nachmittag holt Angela ihre Rivalin ins Haus, vielleicht, um die Sache endgültig zu bereinigen. Die andere stranguliert sie wie vereinbart, läßt aber diesen Abdruck an der Badewanne zurück.»

«Fabelhaft», sagte Howard, «ich bin überzeugt, daß du recht hast.»

«Und was hab ich davon? Ich kann ebensogut morgen nach Hause fahren. Kommt ihr Weihnachten zu uns?»

Howard klopfte ihm auf die Schulter wie an dem Tag, als er sich zur Wachablösung bereit erklärt hatte. «Bis Weihnachten sind es ja noch vierzehn Tage hin. Ich beobachte ihn weiter, so oft ich abends frei bin.»

Wenigstens erwartete ihn keine Vorladung von Griswold. Und während seiner Abwesenheit war nicht viel passiert in Kingsmarkham. In dem Haus vom Vorsitzenden des Landwirtschaftsrates war eingebrochen worden. Bei der Leasingfirma in der High Street waren sechs Farbfernseher gestohlen worden. Burdens Sohn war auf Grund seiner zufriedenstellenden Abschlußnoten zur Reading University zugelassen worden. Und Nancy Lakes Haus war für fünfundzwanzigtausend Pfund verkauft worden. Manche Leute sagten, sie zöge nach London, andere, daß sie nach Übersee ginge. Sergeant Martin hatte die Halle des Polizeipräsidiums mit Papierketten und Mobiles aus fliegenden Engeln dekoriert, die jedoch auf Anweisung des Chief Constable sofort wieder entfernt werden mußten, da sie der Würde von Mid-Sussex abträglich seien.

«Komisch, daß Hathall sich nicht beschwert hat, was?»

«Sie können von Glück sagen, daß er es nicht getan hat.» Burden hatte sich jetzt an seine neue Brille gewöhnt und sah ernster und puritanischer aus denn je. Sichtlich verärgert zog er den Atem ein und meinte: «Das müssen Sie lassen, wissen Sie.»

«Muß ich? Mein lieber Freund, *müssen* ist nicht das richtige Wort, wenn man mit einem Chief Inspector redet. Es gab mal Zeiten, da redeten Sie mich mit ‹Sir› an.»

«Und *Sie* haben mich gebeten, damit aufzuhören, wenn Sie sich erinnern.»

Wexford lachte. «Wir gehen ins *Carousel* rüber, einen Happen essen, dann erzähl ich Ihnen alles über die Sache, die ich lassen *muß*.»

Antonio war entzückt, daß er wieder da war, und empfahl ihm die Spezialität des Tages – «Moussaka».

«Ich dachte, das wäre griechisch?»

«Die Griechen», verwahrte sich Antonio mit einer schwungvollen Handbewegung, «haben es von uns.»

«Also die Umkehr des üblichen Prozesses. Wie interessant. Ich werd's mal probieren, Antonio. Und Steak Pie – was ihr übrigens von *uns* habt – für Mr. Burden. Bin ich dünner geworden, Mike?»

«Sie sind bald nur noch ein Strich in der Landschaft.»

«Ich hab die ganzen vierzehn Tage keine ordentliche Mahlzeit bekommen, bloß weil ich immer hinter dem verdammten Hathall her war.» Wexford berichtete ihm darüber, während sie aßen. «Na, glauben Sie es jetzt?»

«Ach, ich weiß nicht. Das meiste ist doch nur ein Produkt Ihrer Phantasie, oder? Meine Tochter hat mir neulich so was aus der Schule erzählt. Über Galileo, glaube ich. Sie zwangen ihn zum Widerruf seiner Behauptung, daß die Erde sich um die Sonne dreht, aber er wollte nicht, und auf dem Totenbett waren seine letzten Worte: ‹Und sie bewegt sich doch.›»

«Ich kenne den Ausspruch. Und was wollen Sie damit beweisen? Er hatte doch recht. Die Erde dreht sich um die Sonne. Und auf *meinem* Totenbett werde ich sagen: ‹Und Hathall war es doch!›»

Wexford seufzte. Es war sinnlos, er konnte ebensogut das Thema wechseln… «Ich sah den guten Lovat letzte Woche. Der war genauso einsilbig wie immer. Hat er denn sein vermißtes Mädchen gefunden?»

«Der gräbt die ganze Altstadt von Myringham nach ihr um.»

«Hat er einen bestimmten Verdacht?»

Burden betrachtete mißtrauisch Wexfords «Moussaka», schnüffelte argwöhnisch und nahm sein Steak Pie in Angriff. «Er ist überzeugt, daß sie tot ist, und er hat ihren Mann verhaftet.»

«Was, wegen Mordes?»

«Nein, doch nicht ohne Leiche. Der Kerl ist vorbestraft, und er hat ihn wegen eines Ladeneinbruchs drangekriegt.»

«Menschenskind!» explodierte Wexford. «Manche Leute haben vielleicht ein Schwein!»

Ihre Augen begegneten sich. Burden bedachte ihn mit einem Blick, mit dem man einen Freund betrachtet, wenn man an seiner geistigen Gesundheit zu zweifeln beginnt. Und Wexford sagte denn auch nichts weiter, er brach das Schweigen nur, um nach den Erfolgen und Aussichten des jungen John Burden zu fragen. Aber als sie aufbrachen und dem strahlenden Antonio zu seinen Kochkünsten gratuliert hatten, meinte Wexford: «Wenn ich pensioniert werde oder sterbe, Antonio, werden Sie dann ein Gericht nach mir benennen?»

Der Italiener bekreuzigte sich. «Sagen Sie so was nicht, Sir. Aber ja doch, bestimmt, das werd ich. ‹Lasagne Wexford›?»

«Lieber ‹Lasagne Galileo›.» Wexford lachte über die Verblüffung des anderen. «Das klingt lateinischer», setzte er hinzu.

Die Geschäfte in der High Street hatten ihre Schaufenster mit Glitzerkram angefüllt, und in den Zweigen der großen Tanne vor dem *Dragon* hingen orange und grüne und rote und blaue Glühbirnen. Im Schaufenster des Spielzeugladens nickte und winkte ein

Nikolaus aus Pappmaché und Watte lächelnd einem Publikum aus kleinen Kindern zu, die ihre Nasen an die Scheibe preßten.

«Bloß noch zwölf Einkaufstage bis Weihnachten», sagte Burden.

«O Mann, seien Sie bloß still», knurrte Wexford.

17

Grauer Dunst lag über dem Fluß, verhängte das jenseitige Ufer, hüllte die Weiden in Nebelschleier, nahm den Hügeln und entblätterten Wäldern die Farben und ließ sie aussehen wie eine Landschaft auf verschwommenen alten Schwarzweißfotos. Auf dieser Seite schliefen die Häuser der Altstadt im frostigen Dunst, die Fenster sämtlich dicht verschlossen, die Bäume der Gärten in starrer Reglosigkeit. Die einzige Bewegung war das sanfte, sehr langsame Fallen der Wassertropfen, die sich von den spinnenartigen Zweigen lösten. Es war bitterkalt. Während Wexford an St. Luke's und am Church House vorüberging, kam es ihm wie ein Wunder vor, daß es irgendwo dort oben, hinter diesen Wolkenschichten, hinter den Kilometern eisigen Dunstes eine helle, wenn auch ferne Sonne gab. Ein paar Tage nur noch bis zum kürzesten Tag, bis zur längsten Nacht. Ein paar Tage noch bis zur Wintersonnenwende, wenn die Sonne ihre weiteste Entfernung von diesem Teil der Erde erreicht hätte. Oder vielmehr, dachte er, als ihm Burdens Bruchstück populärer Schulweisheit vom Tag zuvor einfiel, wo der Boden, auf dem er stand, seine weiteste Entfernung von der Sonne erreicht hatte…

Er sah die Polizeiautos und die Mannschaftswagen in der River Lane schon, noch ehe er die Männer, die sie hergefahren hatten, erkennen konnte, oder auch nur irgendwelche Hinweise auf den Anlaß. Sie parkten dicht bei dicht die Straße entlang vor der Reihe fast verfallener Häuser, deren Eigentümer sie aufgegeben und der vorübergehenden Nutzung durch verzweifelte Obdachlose überlassen hatten. Hier und da waren, wo die Glasscheiben oder sogar die Rahmen zerbrochen und verschwunden waren, die Fensterhöhlen mit Plastikfolie verhängt. Vor anderen Fenstern hingen Bettüberwürfe, Säcke, Teppiche, zerrissenes, durchnäßtes braunes Packpapier. Aber Hausbesetzer gab es hier jetzt nicht. Der Winter und die vom Fluß aufsteigende Feuchtigkeit hatten sie vertrieben, wohl um sich bessere Quartiere zu suchen, und die alten Häuser, selbst jetzt noch unendlich viel schöner als jeder moderne Bungalow, warteten in der herben Kälte auf neue Bewohner oder Käufer. Sie waren zwar alt, aber sie waren auch beinahe unsterblich. Niemand würde sie zerstören, alles, was ihnen widerfahren konnte, war ein langsamer Verfall bis hin zur restlosen Auflösung.

Zwischen bröckelnden Backsteinmauern führte ein Weg zu den dahinterliegenden Gärten, Gärten, aus denen von Ratten wimmelnde Abfallhalden geworden waren, die sich bis ans Flußufer hinunterzogen. Wexford ging diesen Weg entlang bis zu einer Stelle, wo die Mauer zusammengebrochen war und sich eine Lücke auftat. Ein junger Polizeisergeant, der direkt dahinter stand und einen Spaten in der Hand hielt, vertrat ihm den Weg und sagte: «Tut mir leid, Sir, hier darf niemand rein.»

«Kennen Sie mich denn nicht, Hutton?»

Der Sergeant blickte genauer hin und sagte verdattert: «Ach, Sie sind Mr. Wexford, oder? Verzeihung bitte, Sir.»

«Schon gut», meinte Wexford und erkundigte sich, wo Chief Inspector Lovat sei.

«Da unten, wo sie graben, Sir. Da ganz unten auf der rechten Seite.»

«Sie graben nach der Leiche dieser Frau?»

«Ja, Mrs. Morag Grey. Sie und ihr Mann haben im vorletzten Sommer hier eine Weile gehaust. Mr. Lovat denkt, der Mann könnte sie hier im Garten vergraben haben.»

«Die haben hier *gewohnt*?» Wexford blickte zu dem durchhängenden Giebel auf, der mit einer Holzstrebe abgestützt war. Der lepröse, bröckelnde Putz war an manchen Stellen vollständig abgeplatzt und legte das Flechtwerk bloß, aus dem das Haus vor vierhundert Jahren gebaut worden war. Eine gähnende Türöffnung gab den Blick auf die Innenwände frei. Sie waren glitschig und troffen vor Nässe wie die Wände einer Höhle, in die täglich das Meer hineinspült.

«Im Sommer ist das wohl gar nicht so schlimm», meinte Hutton entschuldigend, «und sie waren ja auch bloß ein paar Monate hier.»

Wucherndes, von Schmutz besudeltes Gestrüpp, unter dem leere Dosen und durchnäßte Zeitungen lagen, bildete die Grenze des Gartens. Wexford bahnte sich seinen Weg hindurch auf das dahinterliegende Brachland. Vier Leute waren beim Graben, und sie gruben tiefer als die drei Spatenstiche, welche die goldene Regel für Gärtner vorschreibt. Große Erdhaufen, durchsetzt mit Kalksplittern, waren an der Ufermauer aufgetürmt. Auf der Mauer selbst saß Lovat, den Mantelkragen hochgeschlagen, eine dünne, feuchte Zigarette an die Unterlippe geklebt, und betrachtete mit undurchdringlicher Miene den Aushub.

«Wie kommen Sie darauf, daß sie *hier* ist?»

«Irgendwo muß sie ja sein.» Lovat schien durch Wexfords Auftauchen nicht im mindesten überrascht, er breitete lediglich einen weiteren Zeitungsbogen auf der Mauer aus, damit er sich neben ihn setzen konnte. «Ekelhafter Tag», brummte er.

«Sie glauben, ihr Mann hat sie umgebracht?» Wexford wußte, es war sinnlos, Fragen zu stellen. Man mußte eine Behauptung aufstellen und abwarten, bis Lovat zustimmte oder widersprach. «Ich höre, Sie haben ihn wegen Ladendiebstahls am Schlafittchen. Aber Sie haben keine Leiche, bloß eine verschwundene Frau. Irgend jemand muß Sie doch dazu gebracht haben, die Sache so ernst zu nehmen? Und doch bestimmt nicht Grey selbst.»

«Ihre Mutter», sagte Lovat.

«Ah, verstehe. Jeder hat gedacht, sie wäre zu ihrer Mutter gegangen, und ihre Mutter dachte, sie sei sonstwo, aber sie hat auf die Briefe ihrer Mutter nicht geantwortet. Grey ist vorbestraft, lebt vielleicht mit einer anderen Frau zusammen, hat einen Haufen Lügen erzählt... Hab ich recht?»

«Ja.»

Wexford fand, er habe seine Pflicht getan. Es war ein Jammer, daß er so wenig über Dachse wußte und daß er daran noch weniger interessiert war als an dem Fall Grey. Der eisige Nebel kroch ihm durch die Kleider ins Rückenmark und ließ ihn am ganzen Körper frösteln. «Lovat», sagte er, «tun Sie mir einen Gefallen?»

Die meisten Leute, denen man eine solche Frage stellt, antworten, es käme darauf an, was für ein Gefallen das sei. Aber Lovat besaß Tugenden, die seine Wortkargheit aufwogen. Er zog eine neue zerknitterte Zigarette aus seinem feuchten, zerknitterten Päckchen. «Ja», sagte er einfach.

«Sie wissen doch von diesem Burschen, diesem Hathall, hinter dem ich her bin? Ich glaube, der hat die Lohnlisten gefälscht, während er bei Kidds in Toxborough gearbeitet hat. Deshalb war ich auch neulich dort, als wir uns begegnet sind. Aber mir sind die Hände gebunden. Ich bin verdammt sicher, daß es folgendermaßen gelaufen ist...» Und Wexford erzählte ihm, wie es seiner Überzeugung nach gelaufen sein mußte. «Können Sie nicht jemanden rumschicken in diese Sparkassenfilialen und mal sehen, ob Sie dabei irgendwelche falschen Konten aufstöbern können? Und das schnell, ich hab nämlich bloß noch zehn Tage.»

Lovat fragte nicht, warum er bloß noch zehn Tage hätte. Er putzte seine Brille, die vom Nebel beschlagen war, und setzte sie sich wieder auf die rote Stupsnase. Ohne Wexford anzusehen oder auch nur das geringste Interesse zu bekunden, heftete er seinen Blick auf die Männer und sagte bloß: «Auf die eine oder andere Weise hatte ich in meinem Leben immer irgendwie mit Graben zu tun.»

Wexford gab keine Antwort. Im Augenblick konnte er wenig Begeisterung für ein Plädoyer für eine Liga zur Bekämpfung grausamer Sportarten aufbringen. Er wiederholte auch seine Bitte nicht, das hätte Lovat höchstens verärgert, also saß er stumm in dem kalten Dunst und lauschte dem Geräusch, das die Schaufeln machten, wenn sie auf Mörtelbrocken stießen, auf das sanfte Plumpsen, wenn die ausgehobene Erde schwer zur Seite fiel. Konservendosen und aufgeweichte Kartons flogen auf die wachsenden Haufen, es folgten ausgerissene Rosenbüsche, an deren skorpionartigen Wurzeln feuchte Erdballen hafteten. Lag da unten eine Leiche? Jeden Augenblick konnten die Schaufeln statt eines alten Mörtelbrockens oder eines Büschels braunen Wurzelwerks eine weiße, faulende menschliche Hand freilegen.

Der Nebel über dem fast unbewegten Wasser wurde dicker und dicker. Lovat warf seinen Zigarettenstummel in eine von Öl überzogene Pfütze. «Mach ich», sagte er.

Es war eine Erlösung, dem Fluß und seinen feuchten Dünsten zu entkommen – diesem Miasma, das man früher für die Keimzelle von Krankheiten gehalten hatte – und den eleganteren Teil der Altstadt zu erreichen, wo er seinen Wagen geparkt hatte. Er wischte gerade seine beschlagene Windschutzscheibe ab, da sah er Nancy Lake. Und er hätte sich gewiß gefragt, was sie hier zu suchen hatte, wäre sie nicht im nächsten Augenblick in eine kleine Bäckerei getreten, die für ihr Brot und Gebäck berühmt war. Mehr als ein Jahr war vergangen, seit er sie zuletzt gesehen hatte, und der innere Aufruhr, den sie bei ihm damals ausgelöst hatte, war schon fast vergessen – dieses Atemstocken, dieses leise Herzflackern. Aber jetzt spürte er es wieder, als er die Glastür hinter ihr zufallen sah und das warme, orange Licht des Ladens sie umfing.

Obgleich er fröstelte und sein Atem in der Kälte weiße Schleier bildete, wartete er am Bordstein auf sie. Und als sie herauskam, belohnte sie ihn mit dem ihr eigenen strahlenden Lächeln. «Mr. Wexford! Hier sind zwar überall Polizisten, aber *Sie* hier zu sehen, das hätte ich nicht erwartet.»

«Ich bin doch auch ein Polizist. Soll ich Sie nach Kingsmarkham mitnehmen?»

«Vielen Dank, aber ich möchte jetzt noch gar nicht zurück.» Sie trug einen Chinchillamantel, auf dem feinste Wassertröpfchen schimmerten. Die Kälte, unter der andere Gesichter förmlich schrumpften, ließ ihres rosig aufblühen und ihre Augen glänzen. «Aber ich komme und setze mich für fünf Minuten zu Ihnen in den Wagen, darf ich?»

Wexford wünschte sich eine Standheizung im Auto, aber sie schien die Kälte nicht zu spüren. Sie neigte sich zu ihm mit der Lebhaftigkeit und der Vitalität einer jungen Frau. «Wollen wir uns ein Stück Sahnekuchen teilen?»

Er schüttelte den Kopf. «Schlecht für meine Figur.»

«Aber Sie haben eine wundervolle Figur!»

Wohl wissend, daß er es besser nicht täte, daß es die Aufforderung zu einem neuen Flirt bedeutete, blickte er in diese leuchtenden Augen und erwiderte: «Sie sagen dauernd Sachen zu mir, die seit Ewigkeiten keine Frau mehr zu mir gesagt hat.»

Sie lachte. «Doch nicht dauernd. Wie kann es denn ‹dauernd› sein, wenn ich Sie nie sehe?» Sie fing an, den Kuchen zu essen. Es war eine Sorte Kuchen, an die kein Mensch sich ohne Teller, Gabel und Serviette heranwagen würde. Sie schaffte es mit den bloßen Fingern bemerkenswert gut, ihre kleine rote Zunge leckte Schlagsahnereste von den Lippen. «Ich hab mein altes Haus verkauft», erzählte sie. «Am Tag vor Heiligabend zieh ich aus.»

Am Tag vor Heiligabend… «Es heißt, Sie gingen nach Übersee?»

«Ach ja? Die Leute reden seit zwanzig Jahren so viele Sachen über mich, und das meiste davon stimmte einfach nicht. Heißt es auch, daß sich mein Traum endlich erfüllt hat?» Sie war fertig mit dem Kuchen und leckte sich genüßlich die Finger ab. «Jetzt muß ich aber gehen. Irgendwann einmal – oh, das scheint mir Jahre her zu sein – habe ich Sie zu mir zum Tee eingeladen.»

«Ja», bestätigte er.

«Wollen Sie kommen? Sagen wir – nächsten Freitag?» Als er nickte, fügte sie hinzu: «Dann essen wir die letzte Mirakelmarmelade.»

«Ich wollte, Sie würden mir mal erklären, warum Sie die so nennen.»

«Mach ich, mach ich...» Er hielt ihr die Wagentür auf, und sie nahm die Hand, die er ihr entgegenstreckte. «Ich werde Ihnen die Geschichte meines Lebens erzählen. Nichts soll verschwiegen werden. Also – bis Freitag dann.»

«Bis Freitag.» Es war wirklich absurd, dieses Gefühl, diese Aufregung. Du bist alt, redete er sich ins Gewissen; sie will dir Pflaumenmarmelade zum Probieren geben und dir die Geschichte ihres Lebens erzählen, und das ist auch alles, wozu du noch taugst. Und er blickte ihr nach, wie sie davonging, bis ihr grauer Pelz mit dem Flußnebel verschmolz und verschwunden war.

«Ich kann ihn in der U-Bahn nicht verfolgen, Reg. Ich hab's dreimal versucht, aber die Menschenmassen werden immer dichter bei dem Weihnachtsrummel.»

«Kann ich mir vorstellen», meinte Wexford, der am liebsten das Wort ‹Weihnachten› nie wieder hören wollte. Niemals in der Vergangenheit war ihm der festliche Druck der Adventszeit so stark bewußt geworden wie diesmal. War Weihnachten dieses Jahr weihnachtlicher als gewöhnlich? Oder lag es einfach daran, daß ihm jede Weihnachtskarte, die auf seine Fußmatte fiel, jedes Anzeichen kommender Festlichkeit als Vorboten drohenden Versagens erschienen? Es steckte eine bittere Ironie in der Tatsache, daß sie in diesem Jahr mehr Gäste im Haus haben würden als jemals zuvor – seine beiden Töchter, sein Schwiegersohn, seine beiden Enkel, Howard und Denise, Burden und seine Kinder. Und Dora hatte sogar schon begonnen, die Dekorationen anzubringen. Er mußte sich in seinem Stuhl zusammenkauern, das Telefon auf den Knien, damit ihm nicht der große Stechpalmenwedel, der über seinem Schreibtisch hing, ins Gesicht piekte. «Tja, das war's dann wohl, was?» sagte er. «Gib auf, mach Schluß damit. Vielleicht kommt bei der Sache mit den Lohnlisten irgendwas raus. Das ist meine letzte Hoffnung.»

Howards Stimme klang entrüstet. «Ich denke doch nicht ans Aufgeben. Ich meinte bloß, daß ich es *so* nicht machen kann.»

«Welche Möglichkeit gibt es denn sonst?»

«Warum sollte ich nicht mal versuchen, ihm vom anderen Ende her nachzuspionieren?»

«Vom anderen Ende?»

«Als mir Hathall gestern abend in der U-Bahn durch die Lappen ging, fuhr ich zur Dartmeet Avenue rüber. Sieh mal, ich habe mir gesagt, daß er vielleicht hin und wieder die ganze Nacht über bei ihr bleibt, aber nicht jedesmal. Sonst könnte er sich ja die eigene Wohnung sparen. Und letzte Nacht ist er auch nicht bei ihr geblieben, Reg. Er kam mit dem letzten Achtundzwanziger-Bus nach Hause. Also dachte ich mir, warum sollte ich eigentlich nicht ebenfalls mal in diesen letzten Bus steigen?»

«Ich scheine auf meine alten Tage zu verblöden», meinte Wexford, «aber ich kapiere nicht, was das uns nützen soll.»

«Paß auf: Er wird doch an der Haltestelle einsteigen, die ihrer Wohnung am nächsten gelegen ist, stimmt's? Und wenn ich die erst mal rausgefunden hab, dann kann ich am nächsten Abend von halb sechs an dort warten. Wenn er mit dem Bus kommt, kann ich ihn verfolgen, wenn er mit der U-Bahn kommt, wird es schon schwieriger, aber es besteht doch immer noch eine gute Chance.»

Kilburn Park, Great Western Road, Pembridge Road, Church Street... Wexford seufzte. «Es gibt doch Dutzende von Haltestellen», sagte er.

«Nicht in Notting Hill, mein Lieber. Und erinnere dich, es muß Notting Hill sein. Der letzte Achtundzwanziger kreuzt Notting Hill Gate um zehn vor elf. Morgen abend warte ich also in der Church Street auf ihn. Ich hab doch noch sechs Wochentagsabende, Reg, sechs ganze Überwachungsabende bis Weihnachten.»

«Du kriegst die Brust vom Truthahn», sagte sein Onkel, «und das Fünfzigpencestück aus dem Pudding.»

Als er den Hörer auflegte, klingelte die Haustürglocke, und er hörte die dünnen, piepsigen Stimmen kindlicher Weihnachtssänger.

God rest you merry, Gentlemen.
Let nothing you dismay...

18

Der Montag der Vorweihnachtswoche verstrich, und der Dienstag kam, und keine Silbe von Lovat. Höchstwahrscheinlich war er viel zu beschäftigt mit dem Fall Morag Grey, um sonst viel zu unternehmen. Ihre Leiche war noch nicht gefunden worden, und ihr Ehemann, seit einer Woche in Untersuchungshaft, mußte demnächst erneut vor Gericht erscheinen, einzig aufgrund der Anklage wegen Ladendiebstahl. Am Dienstag nachmittag rief Wexford das Polizeipräsidium Myringham an. Es sei Mr. Lovats freier Tag, erklärte Sergeant Hutton ihm, aber zu Hause sei er auch nicht zu erreichen, denn er nähme an der Tagung der Gesellschaft der Freunde des britischen Dachses teil.

Auch von Howard kein Wort. Es war nicht ehrfürchtige Scheu, die Wexford davon abhielt, ihn anzurufen. Er konnte einfach nicht jemanden dauernd belästigen, der ihm den enormen Gefallen tat, all seine Freizeit zu opfern, um die Obsession seines Onkels zu befriedigen, um dessen Schimäre nachzujagen. Nein, er konnte ihn nur machen lassen und ergeben abwarten. *Schimäre*: Ungeheuer, Popanz, Hirngespinst, so definierte das Lexikon sie, stellte Wexford fest, als er in der Abgeschiedenheit seines Büros das Wort nachschlug. Hirngespinst...? Hathall selbst war zwar aus Fleisch und Blut, aber die Frau? Lediglich Howard hatte sie bisher gesehen, und auch Howard war zu beschwören nicht bereit, daß Hathall – das Ungeheuer, der Bösewicht – wirklich ihr Begleiter gewesen war. «Und nie sollt ihr verzagen...» beschwor Wexford sich selbst. Irgend jemand hatte schließlich den Handabdruck gemacht, irgend jemand hatte die spröden, dunklen Haare auf Angelas Schlafzimmerboden hinterlassen.

Und selbst wenn seine Chancen, sie festzunehmen, mittlerweile sehr klein waren, kleiner wurden mit jedem Tag, der verging, so wollte er doch immer noch wissen, wie es geschehen war, einfach um die immer noch bestehenden Wissenslücken zu füllen. Er wollte wissen, wo Hathall sie kennengelernt hatte. Auf der Straße, in einem Pub, wie Howard vermutete? Oder war sie ursprünglich eine Freundin von Angela gewesen, in jenen frühen Londoner Zeiten, bevor Hathall auf der Party in Finchley seiner zweiten Frau vorgestellt wurde? Bestimmt aber mußte sie in der Umgebung von Toxborough oder Myringham gewohnt haben, wenn sie die Aufgabe gehabt hatte, Geldbeträge von den gewissen Konten abzuheben. Oder hatten sie und Angela sich diese Aufgabe geteilt? Hathall hatte bei Kidds nur eine Teilzeitstellung gehabt. An seinen freien Tagen konnte Angela den Wagen benutzt haben, um zu kassieren.

Dann war da auch noch dieses Buch über die keltischen Sprachen, auch so ein merkwürdiges «Beweisstück» des Falles, das er noch gar nicht weiter in Betracht gezogen hatte. Keltische Sprachen besaßen zwar einen gewissen Zusammenhang mit Archäologie, aber Angela hatte keinerlei Interesse daran gezeigt, während sie in der Bibliothek der National Archaeologists' League arbeitete. Wenn das Buch aber bedeutungslos war, weshalb war Hathall dann so aufgeregt gewesen, als er es in seinen, Wexfords Händen gesehen hatte?

Aber was immer er auch an Schlußfolgerungen aus dem hartnäkkigen Nachdenken über diese Fakten ableitete, aus dem sorgfältigen Auflisten scheinbar zusammenhangloser Informationsbruchstücke, in der Hoffnung, eine Verbindung zu entdecken und damit die Möglichkeit – das Wichtigste von allem! –, Hathall festzunageln, ehe er das Land verließ, alles hing nun einzig und allein davon ab, daß man einen Nachweis für jenen Betrug erbrachte. Die Teilchen des Puzzles zusammenzufügen und sich ein Bild von seiner Schimäre zu machen, das konnte warten, bis es zu spät war, bis Hathall verschwunden war. Eine schöne Beschäftigung, dachte er bitter, für die langen Abende des neuen Jahres. Und als er am Mittwoch morgen immer noch nichts von Lovat gehört hatte, da fuhr er nach Myringham, um ihn in seinem Büro zu erwischen. Gegen zehn war er dort und erfuhr, Mr. Lovat sei bei einer Gerichtsverhandlung und werde nicht vor Mittag zurückerwartet.

Wexford bahnte sich seinen Weg durch die Menschenmassen im Einkaufszentrum von Myringham, stieg Betontreppen hinauf, fuhr mit Rolltreppen auf- und abwärts – der ganze Komplex war vollgehängt mit blinkenden Lichterketten in Form von gelben und roten Märchenblumen – und schlug sich bis zum Bezirksgericht durch. Die Publikumstribüne war nahezu leer. Er schob sich auf einen Sitz, blickte sich nach Lovat um und entdeckte ihn ganz vorn, dicht unter dem Richtersitz.

Ein bleichgesichtiger, schlaksiger Mann von etwa dreißig Jahren saß auf der Anklagebank – nach den Worten des Anwalts, der für ihn auftrat, ein gewisser Richard George Grey, ohne festen Wohnsitz. Ach, der Ehemann von Morag. Kein Wunder, daß Lovat so angespannt dreinblickte. Aber Wexford brauchte nicht lange, um mitzukriegen, daß die Ladendiebstahlsanzeige gegen Grey auf sehr wackeligen Indizien basierte. Die Polizei strebte augenscheinlich eine Haftstrafe an, aber es sah nicht so aus, als ob sie die kriegen würden. Greys Anwalt, jugendlich beredt und forsch, tat sein Bestes für seinen Klienten, und Lovats Mundwinkel zogen sich während seines Plädoyers immer weiter nach unten. Voll inniger Schadenfreude hoffte Wexford, Grey möge davonkommen. Warum sollte Lovat das Glück haben, seinen Mann so lange festzuhalten, bis er genügend Indizien beisammenhatte, um ihn des Mordes an seiner Frau anklagen zu können?

«Und so werden Sie sicherlich berücksichtigen, Euer Ehren, daß mein Klient geradezu von einer Pechserie verfolgt wurde. Obgleich er nicht verpflichtet ist, Ihnen irgendwelche Vorstrafen offen darzulegen, möchte er genau das tun, in der sicheren Annahme, daß Sie seine einzige Verfehlung als trivial einstufen werden. Und worin besteht nun diese seine einzige Vorstrafe? Darin, Euer Ehren, daß man ihm Bewährungsfrist zubilligte, nachdem er im zarten Alter von siebzehn Jahren in fremden, geschlossenen Räumen ertappt wurde.»

Wexford rutschte zur Seite, um für zwei ältere Frauen mit Einkaufstaschen Platz zu machen. Mit lüsternem Gesichtsausdruck machten sie es sich bequem. Diese Unterhaltung, dachte er, war nicht nur kostenlos und allmorgendlich, sie war auch mitten aus dem Alltag des Lebens gegriffen, drei Vorzüge, die sie dem Kino voraushatte. Er genoß geradezu Lovats Verdruß, während er den Ausführungen des Anwalts lauschte.

«Abgesehen davon aber – worin manifestieren sich denn seine sogenannten ‹kriminellen Neigungen›? Oh, es ist wahr, als er mittellos und ohne Dach über dem Kopf dastand, da sah er sich gezwungen, in einem verfallenen Haus Zuflucht zu suchen, für das sein rechtmäßiger Eigentümer keine Verwendung mehr hatte, ein Haus, das als ‹für Wohnzwecke ungeeignet› eingestuft war. Aber das ist, wie Euer Ehren wissen werden, kein Verbrechen. Es ist laut einem seit sechshundert Jahren bestehenden Gesetz nicht einmal ein Vergehen. Es ist auch richtig, daß er von seinem früheren Arbeitgeber entlassen wurde, weil er sich – wie er offen zugibt, obgleich keine Anklage erhoben wurde – von diesem Arbeitgeber die geringfügige Summe von zwei Pfund fünfzig angeeignet hatte. Als Folge davon wurde er gezwungen, seine Wohnung, beziehungsweise seine Dienstwohnung in Maynnot Hall, Toxborough, zu verlassen, und als noch gravierendere Folge davon wurde er von seiner Frau verlassen mit der Begründung, sie weigere sich, mit einem Mann zusammenzuleben, dessen Ehrbarkeit nicht über jeden Zweifel erhaben sei. Diese Dame, deren derzeitige Lebensumstände nicht bekannt sind und deren Fortgehen meinem Klienten tiefen Kummer bereitete, hat einiges gemeinsam mit dem Vorgehen der Polizei von Myringham – nämlich, auf einen Menschen einzuschlagen, der am Boden liegt…»

In diesem Ton ging es weiter. Wexford hätte es weniger langweilig gefunden, wenn er mehr konkretes Beweismaterial gebracht hätte statt dieser Larifari-Verteidigung. Aber die Indizien mußten tatsächlich dünn gewesen sein und Greys Identifizierung ungewiß, denn die Richter erschienen bereits nach drei Minuten wieder und stellten das Verfahren ein. Lovat stand voller Entrüstung auf, und auch Wexford erhob sich, um ihm zu folgen. Seine ältlichen Nachbarinnen räumten nur widerwillig ihre Einkaufstaschen aus dem Weg. Draußen vor dem Gericht staute sich eine Menschenmenge, eine Ansammlung von Zeugen, die zu einem Prozeß wegen schwerer Körperverletzung erschienen waren. Als er sich endlich mit einiger Mühe hindurchgedrängt hatte, da fuhr Lovat gerade in seinem Wagen davon, und zwar nicht in Richtung Polizeipräsidium.

Nun gut, er befand sich fast zwanzig Kilometer nördlich von Kingsmarkham, also zwanzig Kilometer näher an London. Warum diese Kilometer vergeuden? Warum nicht weiterfahren nach Norden, zu einem letzten Gespräch mit Eileen Hathall? Schlimmer als jetzt konnte es ja sowieso nicht werden, höchstens besser. Und wie wäre ihm wohl zumute, wenn sie ihm erzählte, daß Hathalls Emigration sich verzögere, daß er noch ein, zwei Wochen länger in London bliebe?

Als er durch Toxborough kam und sein Weg ihn durch den Maynnot Way führte, da blitzte in seinem Hinterkopf eine Erinnerung auf. Richard und Morag Grey hatten hier einmal gewohnt, waren wahrscheinlich Bedienstete in Maynnot Hall gewesen – aber das war es nicht. Trotzdem hatte es etwas zu tun mit dem, was der junge Anwalt gesagt hatte. Konzentriert ließ er den Fall in Gedanken Revue passieren, diese Gegend hier, die für ihn gleichsam zu Hathalls Land geworden war, zu einer Landschaft mit Figuren. So viele Orte, so viele Figuren... Von all den Personen, denen er darin begegnet war oder von denen er gehört hatte, war eine von jenem Anwalt in seinem dramatischen Plädoyer vor dem Gericht erwähnt worden. Aber außer Grey war doch niemand namentlich genannt worden... O doch, seine Frau. Die vermißte Frau, genauer gesagt. «Verlassen von seiner Frau mit der Begründung, sie weigere sich, mit einem Mann zusammenzuleben, dessen Ehrbarkeit nicht über jeden Zweifel erhaben sei.» Aber woran erinnerte ihn das? Weit entfernt in Hathalls Land, vor einem Jahr vielleicht, oder vor Monaten oder Wochen, hatte irgendwo irgendwer ihm irgendwas von einer Frau mit einer so übertriebenen Ehrpusseligkeit erzählt. Das Dumme war bloß, er hatte nicht mehr die leiseste Ahnung, wer dieser Jemand gewesen war.

Keine Anstrengung des Gehirns war vonnöten, um Eileen Hathalls Mittagsgast zu identifizieren. Wexford hatte die alte Mrs. Hathall seit fünfzehn Monaten nicht mehr gesehen, und er war ein bißchen entsetzt, sie hier anzutreffen. Die Exfrau würde dem Exmann wohl nichts von seinem Besuch erzählen, die Mutter jedoch würde es dem Sohn sehr wahrscheinlich berichten. Aber egal, das spielte auch keine Rolle mehr. In fünf Tagen verließ Hathall das Land, und ein Mann, der seine Heimat für immer verließ, hatte keine Zeit für kleinliche Racheakte und unnötige Vorsichtsmaßregeln.

Glücklicherweise schien aber Mrs. Hathall, die am Tisch saß und ihre Tasse Tee nach dem Essen trank, den Zweck seines Besuchs zu verkennen. Dieser lästige Polizist war doch damals schon mal in einem Haus aufgetaucht, als sie anwesend war; und nun tauchte er hier in diesem Haus auf, und wieder war sie anwesend. Die vorigen Male hatte er auch immer nach ihrem Sohn gefragt, also... «Hier treffen Sie ihn nicht an», erklärte sie in ihrem barschen Tonfall mit dem unverkennbaren Akzent des Nordens. «Der ist mit Packen beschäftigt, weil er doch nach Übersee geht.»

Eileen erklärte auf seinen fragenden Blick: «Er war gestern abend hier, um sich zu verabschieden.» Ihre Stimme klang ruhig, beinahe selbstzufrieden. Und wie Wexford abwechselnd beide Frauen anblickte, wurde ihm klar, was mit ihnen geschehen war. Solange Hathall in der Nähe war, hatte er ständig Anlaß zur Verbitterung gegeben. Die Mutter mußte an ihm herumnörgeln, die Exfrau hatte mit bösartigen Ausfällen reagiert. Ein Hathall, der fort war, so weit weg, daß er ebensogut tot sein konnte, würde ihnen Ruhe bescheren. Eileen hätte dann fast den Status einer Witwe, und die alte Frau hätte künftig eine höchst respektable Erklärung zur Hand, weshalb sich ihr Sohn und ihre Schwiegertochter getrennt hätten – nämlich wegen der weiteren Ausbildung der Enkelin in England.

«Er fährt Montag?» fragte er.

Die alte Mrs. Hathall nickte mit einer gewissen Genugtuung. «Ich glaub nicht, daß wir den je wieder zu Gesicht kriegen.» Sie trank ihren Tee aus, stand auf und begann, den Tisch abzuräumen. Unmittelbar nachdem man mit dem Essen fertig war, mußte der Tisch abgeräumt werden, das war ehernes Gesetz. Wexford sah, wie sie den Deckel der Teekanne hob und ihren Inhalt mit irritierter Miene betrachtete, als ärgere sie sich über die schändliche Verschwendung, einen Viertelliter Tee wegzukippen. Also bedeutete sie Eileen mit pantomimischen Gesten, daß noch etwas drin wäre, falls sie noch wollte...? Eileen schüttelte den Kopf, und Mrs. Hathall trug die Kanne fort. Daß Wexford den Tee hätte trinken können, daß man ihm wenigstens die Chance hätte geben können, abzulehnen, dieser Gedanke schien ihr gar nicht zu kommen. Eileen wartete, bis ihre Schwiegermutter das Zimmer verlassen hatte.

«Ja, den bin ich endlich los», sagte sie. «Und er hat auch keinen Grund, hier je wieder aufzutauchen. Ich bin fünf Jahre ohne ihn zurechtgekommen, da komme ich auch für den Rest meines Lebens ohne ihn aus. Nein, was mich betrifft, so ist das wahrhaftig kein Verlust.»

Es war, wie er vermutet hatte. Bald würde sie sich einreden, *sie* hätte ihn fortgeschickt, und sie hätte ihn auch, nun, da Angela weg war, nach Brasilien begleiten können, wenn sie gewollt hätte. «Mami und ich», fuhr sie fort und ließ ihren Blick durch das kahle Zimmer gleiten, in dem es keinen einzigen Stechpalmenzweig, keine einzige Papiergirlande gab, «Mami und ich, wir werden ein ruhiges Weihnachten verleben, ganz für uns. Rosemary fährt morgen zu ihrer französischen Brieffreundin, und sie kommt erst zurück, wenn die Schule wieder anfängt. Wir sind also ganz gemütlich für uns.»

Er fröstelte förmlich. Die Zuneigung zwischen diesen beiden Frauen war geradezu erschreckend. Hatte Eileen Hathall geheiratet, weil er ihr die Mutter bringen konnte, die sie wollte? Hatte Mrs. Hathall Eileen für ihn ausgesucht, weil sie die Tochter war, die sie brauchte?

«Mami denkt daran, ganz zu mir zu ziehen», sagte sie, als die alte Frau wieder angetrottet kam. «Das heißt, wenn Rosemary aufs College geht. Ist doch dumm, zwei Wohnungen zu unterhalten.»

Eine wärmere, liebevollere Frau hätte darauf vielleicht reagiert, indem sie dankbar gelächelt oder sich bei dieser idealen Schwiegertochter eingehakt hätte. Mrs. Hathalls kleine, kalte Augen jedoch schweiften lediglich durch das schmucklose Zimmer, verweilten kurz auf Eileens aufgedunsenem Gesicht und dem gekräuselten Haar, während ihr Mund, verkniffen und abwärts gezogen, so etwas wie Enttäuschung ausdrückte, wohl darüber, daß sie nichts auszusetzen fand. «So, nun komm, Eileen», sagte sie, «wir müssen das Geschirr abwaschen.»

Sie ließen Wexford allein hinausgehen. Als er unter dem Vordach heraustrat, das ihn so an einen Provinzbahnhof erinnerte, bog gerade der Wagen, der einmal Hathall gehört hatte, in die Einfahrt ein. Am Steuer saß Rosemary. Ihr Gesicht, eine intelligentere Version des Gesichtes ihrer Großmutter, signalisierte zwar ein Wiedererkennen, sonst aber keinerlei höfliche Regung, wie etwa ein Begrüßungslächeln.

«Wie ich höre, fahren Sie über Weihnachten nach Frankreich?»

Sie stellte den Motor ab, aber sonst rührte sie sich nicht.

«Sie haben mal gesagt, Sie seien noch nie aus England herausgekommen.»

«Das stimmt.»

«Nicht mal auf einer Tagestour nach Frankreich mit Ihrer Schule, Miss Hathall?»

«Ach, das», sagte sie mit eisiger Ruhe. «Das war an dem Tag, als es Angela an den Kragen ging, was?» Sie vollführte eine rasche, makabre Geste, indem sie sich mit einem Finger quer über den Hals fuhr. «Stimmt, da hatte ich meiner Mutter erzählt, ich führe mit der Schule rüber. Stimmte aber gar nicht. Ich war mit einem Jungen aus. Zufrieden?»

«Nicht ganz. Sie können Auto fahren, Sie können schon seit achtzehn Monaten Auto fahren. Und Sie verabscheuten Angela, aber Ihren Vater scheinen Sie gern zu haben...»

Sie unterbrach ihn heftig. «Ihn gernhaben? Ich kann die allesamt nicht ausstehen. Meine Mutter ist 'ne dumme Pute und die Alte 'ne blöde Kuh. Sie wissen ja nicht – kein Mensch weiß das –, was ich durchgemacht hab mit denen, wie sie mich zwischen sich hin und her gezerrt haben.» Ihre Worte loderten förmlich, doch ihre Stimme blieb monoton. «Ich hau noch dies Jahr ab, und keiner von denen wird mich je wieder zu Gesicht kriegen. Sollen die beiden Weiber hier doch weiter zusammenglucken! Eines Tages sind die einfach sang- und klanglos tot, und monatelang wird kein Mensch sie finden!» Sie hob die Hand und schob sich heftig eine Strähne des spröden, dunklen Haars aus dem Gesicht. Dabei sah er ihre Fingerspitzen, rosig und völlig glatt. «Zufrieden?» fragte sie wieder.

«Jetzt ja.»

«Ich – und Angela umbringen?» Sie brach in ein kehliges Lachen aus. «Da gibt es andere, die ich zuerst umbringen würde, das kann ich Ihnen sagen. Haben Sie wirklich geglaubt, *ich* hätte sie umgebracht?»

«Nicht wirklich», erwiderte Wexford, «aber ich bin überzeugt, Sie hätten es fertiggebracht, wenn Sie gewollt hätten.»

Er war ein bißchen stolz auf diesen Hieb, den er ihr zum Abschied versetzt hatte, und er sann über weitere Spitzen nach, während er davonfuhr. Bisher war es ihm nur einmal beschieden gewesen, einen Hathall aus der Fassung zu bringen. Er hätte sie natürlich fragen können, ob sie eine Frau mit einer Narbe auf der Fingerkuppe kenne, aber es ging ihm gegen den Strich, eine Tochter aufzufordern, ihren Vater zu verraten, selbst bei einer solchen Tochter und einem solchen Vater. Er war schließlich kein mittelalterlicher Inquisitor oder die Säule eines faschistischen Staates.

Als er wieder im Polizeipräsidium war, rief er Lovat an, der natürlich unterwegs war und erst am nächsten Tag wieder da sein würde. Howard würde nicht anrufen. Wenn er gestern abend auf Beobachtungsposten gewesen war, dann hatte er vergeblich gewartet, denn Hathall war ja zum Abschiednehmen in Croydon gewesen.

Dora überzog die Weihnachtstorte mit weißem Zuckerguß, stellte in die Mitte der süßen Rundung einen bemalten Weihnachtsmann aus Gips und umgab ihn mit Gipsvögeln, die alle Jahre wieder aus ihrer Silberpapierverpackung gewickelt wurden, und die sie gekauft hatten, als Wexfords älteste Tochter ein Baby war.

«Schau mal! Sieht das nicht hübsch aus?»

«Entzückend», meinte Wexford finster.

Darauf versetzte Dora betont boshaft: «Ich bin richtig froh, wenn dieser Kerl dort angelangt ist, wo er hin will, und du dann endlich wieder du selbst bist!» Sie deckte die Torte zu und wusch sich die Hände. «Übrigens, erinnerst du dich, du hast mich doch mal nach einer Frau gefragt, die Lake heißt? Die, von der du meintest, sie erinnert dich an Georg den Zweiten?»

«Das hab ich doch nicht gesagt», erwiderte Wexford befangen.

«Na, irgend so was Ähnliches. Also ich dachte, es interessiert dich vielleicht, daß sie demnächst heiratet. Einen Mann namens Somerset. Seine Frau ist vor ein paar Monaten gestorben. Ich könnte mir vorstellen, daß die beiden schon seit Jahren was miteinander hatten, aber sie haben nie was durchblicken lassen. Großes Geheimnis. Jedenfalls kann *er* wohl keine Versprechungen auf dem Totenbett gemacht haben, von wegen, er werde sich bloß Mätressen halten, oder? Ach Liebling, ich wollte wirklich, du würdest ab und zu mal ein *bißchen* Interesse zeigen und nicht dauernd so aussehen, als hättest du alles satt!»

19

Donnerstag war sein freier Tag. Nicht daß er sich eigens einen freien Tag genommen hätte, weil er vorhatte, endlich Lovat aufzustöbern, aber es bestand ja kein Grund, früh aufzustehen. Kurz vor dem Einschlafen hatte er immer daran denken müssen, was für ein alter Narr er gewesen war, sich einzubilden, Nancy Lake habe es auf ihn abgesehen, dabei wollte sie doch Somerset heiraten, und als es Tag wurde, war er tief in einem Hathall-Traum befangen. Diesesmal war er vollkommen unsinnig. Hathall und die Frau stiegen in einen fliegenden Achtundzwanziger-Bus, und um acht Uhr ließ ihn das Telefon neben seinem Bett in die Höhe fahren.

«Ich dachte, ich erwische dich besser jetzt, ehe ich ins Präsidium fahre», sagte Howards Stimme. «Ich hab die Bushaltestelle gefunden, Reg.»

Das machte ihn rascher munter als das Schrillen des Telefons. «Schieß los», sagte er.

«Ich sah ihn um halb sechs bei Marcus Flower rauskommen, und als er zur Station Bond Street hinunterging, wußte ich, daß er zu ihr fahren würde. Für ein paar Stunden mußte ich dann selbst nach Hause, aber gegen halb elf war ich wieder an der New King's Road. Gott, es war im Grunde ganz einfach, das ganze Unternehmen gelang besser, als ich zu hoffen gewagt hatte.

Ich saß auf einem der vordersten Sitze, einem Fensterplatz. Er wartete nicht an der Haltestelle oben an der Church Street und auch nicht an der nächsten, direkt hinter der U-Bahn-Station Notting Hill Gate. Doch ich wußte, *wenn* er einstieg, dann mußte es bald sein, und tatsächlich, höre und staune, stand er plötzlich ganz allein an der Bedarfshaltestelle auf der Pembridge Road. Er ging nach oben. Ich blieb im Bus sitzen und sah ihn bei West End Green aussteigen. Und dann», schloß Howard triumphierend, «fuhr ich weiter bis Golders Green und nahm ein Taxi nach Hause.»

«Howard, du bist mein einziger Verbündeter.»

«Na schön, und du weißt ja, was Chesterton darüber sagt. Ich bin also heute abend ab halb sechs an dieser Haltestelle, und dann werden wir ja sehen.»

Wexford zog seinen Morgenmantel über und ging hinunter, um nachzuschlagen, was Chesterton gesagt hatte. «Allein zu sein, oder aber *einen* Verbündeten zu haben – es gibt keine Worte, den Abgrund zwischen beidem zu beschreiben. Sei es den Mathematikern zugestanden, daß vier zwei mal zwei ist. Aber zwei ist nicht zwei mal eins; zwei ist zweitausend mal eins…» Er fühlte sich sehr ermutigt. Gewiß, er hatte keine Truppe von Leuten zur Verfügung, aber er hatte Howard, den resoluten, den unendlich verläßlichen, den unschlagbaren Howard, und gemeinsam waren sie zweitausend. Zweitausendundeins mit Lovat. Er mußte jetzt baden, sich anziehen und sofort nach Myringham hinüberfahren.

Der Chef der Kriminalpolizei von Myringham war anwesend, und bei ihm war Sergeant Hutton.

«Gar kein schlechter Tag», meinte Lovat und blinzelte durch seine komische kleine Brille in den gleichmäßig mattweißen, verhangenen Himmel.

Wexford hielt es für klüger, Richard Grey gar nicht zu erwähnen. «Haben Sie schon was unternommen in dieser Lohnlistensache?»

Lovat nickte sehr langsam und bedeutungsvoll, überließ aber Sergeant Hutton das Wort. «Wir haben ein oder zwei Konten entdeckt, die verdächtig sind, Sir. Genauer gesagt, drei. Eins war bei der Sparkassenfiliale in Toxborough, eins in Passingham St. John und eins hier. Auf allen dreien waren regelmäßige Einzahlungen durch Kidd und Co. erfolgt, und in allen drei Fällen hörten die Ein- und Auszahlungen im März oder April letzten Jahres auf. Das Konto in Myringham lief auf den Namen einer Frau, deren Adresse sich als eine Art Hotelpension herausstellte. Die Leute dort konnten sich nicht an sie erinnern, und es ist uns nicht gelungen, ihr weiter nachzuspüren. Das Konto in Passingham erwies sich als korrekt, da war nichts faul. Die Frau hat bei Kidds gearbeitet, hörte im März auf und hat sich bloß nicht die Mühe gemacht, die letzten dreißig Pence ihres Kontos abzuheben.»

«Und das Konto in Toxborough?»

«Da ist die Schwierigkeit, Sir. Das läuft auf den Namen einer Mrs. Mary Lewis, wohnhaft in Toxborough, aber das Haus ist völlig dicht und die Leute offenbar verreist. Die Nachbarn sagen, die Leute hießen Kingsbury und nicht Lewis, aber sie hätten im Laufe der Jahre etliche Untermieter gehabt, und einer von denen hieße ja vielleicht Lewis. Wir müssen also bloß abwarten, bis die Kingsburys zurückkommen.»

«Und wissen die Nachbarn, wann?»

«Nein», sagte Lovat.

Verreist irgend jemand eine Woche vor Weihnachten und bleibt nicht bis nach Weihnachten weg? Wexford fand das sehr unwahrscheinlich. Leer und endlos lag sein freier Tag vor ihm. Vor einem Jahr hatte er beschlossen, geduldig zu sein, aber jetzt war die Zeit gekommen, da er nicht mehr die Tage, sondern die Stunden bis zu Hathalls Abreise zählte. Vier Tage. Sechsundneunzig Stunden. Und dies war bestimmt das einzige Beispiel dafür, fiel ihm ein, daß eine große Zahl so jammervoll viel kleiner wirken konnte als eine kleine: sechsundneunzig Stunden; fünftausendsiebenhundertundsechzig Minuten... Ein Nichts. Ein Wimpernschlag, und sie waren vergangen...

Und das Frustrierende dabei war, daß er diese Stunden nur irgendwie verplempern konnte, diese Tausende von Minuten, denn es gab nichts mehr, was er persönlich tun konnte. Er konnte nur nach Hause gehen und Dora helfen, noch mehr Papierketten aufzuhängen, noch mehr spröde Mistelzweigsträuße zu arrangieren, den Weihnachtsbaum in den Kübel zu pflanzen und mit ihr zu überlegen, ob die Pute klein genug war, auf einem Backofenblech zu liegen, oder eher groß genug, um mit Bindfaden hängend oben im Backofen befestigt zu werden. Und am Freitag, als es nur noch zweiundsiebzig Stunden waren (viertausenddreihundertundzwanzig Minuten), ging er mit Burden zum Weinachtsessen in die Kantine des Polizeipräsidiums. Er setzte sich sogar einen Papierhut auf und ließ mit der Polizistin Polly Davis einen Knallbonbon platzen.

Vor ihm lag die Tee-Einladung bei Nancy Lake. Er war nahe daran, anzurufen und abzusagen, aber er tat es nicht. Er sagte sich, es gäbe doch noch ein, zwei Fragen, die sie ihm beantworten könne, und schließlich sei das auch nur eine Möglichkeit wie jede andere, jene viertausendsoundsoviel Minuten herumzukriegen. Gegen vier Uhr war er in der Wool Lane, dachte gar nicht weiter an sie, sondern lediglich daran, wie er hier vor acht Monaten mit Howard entlanggegangen war, voller Hoffnung, Energie und Entschlossenheit.

«Wir sind schon seit neunzehn Jahren ein Liebespaar», sagte sie. «Ich war damals seit fünf Jahren verheiratet und gerade mit meinem Mann hierhergezogen, und eines Tages, als ich den Weg entlangging, begegnete ich Mark. Er war im Garten seines Vaters damit beschäftigt, die Pflaumen zu pflücken. Wir kannten natürlich den richtigen Namen, aber wir nannten ihn ‹Mirakelbaum›, denn für uns beide war es ein Mirakel.»

«Die Marmelade», sagte Wexford, «ist sehr gut.»

«Dann nehmen Sie doch noch etwas.» Sie lächelte ihn über den Tisch hinweg an. Das Zimmer, in dem sie saßen, war ebenso schmucklos wie Eileen Hathalls Wohnzimmer, nirgends gab es Weihnachtsdekorationen. Und doch wirkte es nicht leer oder steril oder kalt. Überall sah man noch, wo ein Bild abgenommen worden war, ein Spiegel, irgendein Ornament, und wie er sie so betrachtete und ihr zuhörte, konnte er sich die Schönheit und den Charakter des Mobiliars gut vorstellen, das in Kisten verpackt darauf wartete, in ihr neues Heim transportiert zu werden. Die dunkelblauen Samtvorhänge hingen noch vor den Fenstertüren, sie hatte sie zugezogen, um die winterlich frühe Dämmerung auszuschließen. Sie waren wie ein dunkler Nachthimmel, gegen den sie sich strahlend abhob, das Gesicht ein wenig errötet, der alte Diamant an ihrem Finger und der neue Diamant daneben, die im Licht der Lampe an ihrer Seite in allen Regenbogenfarben sprühten. «Wissen Sie, wie das ist», fragte sie plötzlich, «verliebt zu sein und nirgends hingehen zu können, um sich zu lieben?»

«Ich kann's Ihnen nachfühlen.»

«Wir schafften es irgendwie. Aber mein Mann kam dahinter, und Mark konnte nicht mehr in die Wool Lane kommen. Wir versuchten immer wieder Schluß zu machen, und manchmal sahen wir uns monatelang nicht, aber es nützte alles nichts.»

«Warum haben Sie nicht geheiratet? Sie hatten doch beide keine Kinder.»

Sie nahm seine leere Tasse und goß nach. Als sie sie ihm zurückreichte, streiften ihre Finger die seinen, und er spürte, wie ihm heiß wurde – eigentlich fast vor Wut. Als ob es nicht schon schlimm genug war, fand er, wie sie da saß, wie sie aussah, auch ohne dieses Gerede über Sex. «Mein Mann starb», fuhr sie fort. «Wir wollten heiraten. Aber da wurde Marks Frau krank, und er konnte sie nicht verlassen. Das war einfach unmöglich.»

Er vermochte den hämischen Unterton in seiner Stimme nicht zu unterdrücken. «So hielten Sie denn einander die Treue und lebten in der Hoffnung?»

«Nein, es gab andere – jedenfalls für mich.» Sie blickte ihn unverwandt an, und er brachte es nicht fertig, diesen Blick zu erwidern. «Mark wußte es, und wenn es ihm was ausmachte, so hat er mir doch nie Vorwürfe gemacht. Wie hätte er auch? Ich habe Ihnen ja mal erzählt, ich käme mir vor wie eine Ablenkung, wie etwas, das ihn unterhielt, wenn er am Bett seiner Frau entbehrlich war.»

«Dann meinten Sie also seine Frau, als Sie mich fragten, ob es schlimm sei, wenn man einem Menschen den Tod wünsche?»

«Natürlich. Wen sonst? Dachten Sie – dachten Sie etwa, ich spräche von *Angela*?» Der Ernst wich aus ihrem Gesicht, und sie lächelte wieder. «Ach du meine Güte...! Soll ich Ihnen noch was erzählen? Vor zwei Jahren, als ich mich sehr elend und einsam fühlte, weil Gwen Somerset aus dem Krankenhaus nach Hause entlassen worden war und Mark nicht aus den Augen ließ, da – da machte ich Robert Hathall Avancen. Da haben Sie ein Geständnis! Aber der wollte mich nicht. Er ließ mich glatt abblitzen! Ich bin nicht daran gewöhnt», sagte sie mit gespieltem Pathos, «daß man mich abblitzen läßt.»

«Kann ich mir vorstellen. Glauben Sie, ich bin blind?» fragte er fast grimmig. «Oder ein kompletter Idiot?»

«Nein, nur... so unnahbar. Wenn Sie fertig sind, wollen wir dann nicht lieber in das andere Zimmer gehen? Es ist gemütlicher. Dort habe ich noch nicht meine sämtlichen persönlichen Spuren getilgt.»

Seine Fragen waren beantwortet, und es bestand kein Grund mehr, zu fragen, wo sie gewesen war, als Angela starb, oder wo Somerset gewesen war, oder jene Geheimnisse um sie und Somerset zu ergründen, die jetzt keine Geheimnisse mehr waren. Er könnte sich also eigentlich verabschieden und gehen, dachte er, als er ihr durch die Diele in ein wärmeres Zimmer mit intimerem Flair folgte, mit tiefen, vollen Farben, in welchem es keine harten Konturen zu geben schien, nur Seide, die mit Samt verschmolz, und Samt, der in Brokat überging. Noch ehe sie die Tür schließen konnte, streckte er ihr die Hand hin und setzte zu einer kleinen Dankes- und Abschiedsrede an. Aber sie nahm seine Hand in ihre beiden Hände.

«Am Montag werde ich fort sein», sagte sie und blickte ihm voll ins Gesicht. «Dann ziehen die neuen Leute ein. Wir werden uns nie wieder begegnen. Das verspreche ich Ihnen, wenn Sie wollen.»

Bis zu diesem Augenblick hatte er an ihren Absichten gezweifelt. Jetzt war kein Zweifel mehr möglich.

«Und wieso glauben Sie, ich wäre gern der letzte Seitensprung einer Frau, die zu ihrer ersten Liebe zurückkehrt?»

«Ist das nicht ein Kompliment?»

Er sagte: «Ich bin ein alter Mann, und ein alter Mann, der auf Komplimente hereinfällt, ist bemitleidenswert.»

Sie errötete ein wenig. «Ich werde bald eine alte Frau sein. Wir könnten doch gemeinsam bemitleidenswert sein.» Ein wehmütiges

Lachen ließ ihre Stimme zittern. «Bitte gehen Sie trotzdem noch nicht. Wir können doch – miteinander reden. Wir haben noch nie wirklich miteinander geredet.»

«Wir haben nichts anderes getan als geredet», erwiderte Wexford, aber er ging nicht. Er ließ sich von ihr zu einem Sofa führen, sie setzte sich neben ihn, und sie redete von Somerset und Somersets Frau und den neunzehn Jahren der Heimlichkeiten und Täuschungen. Ihre Hand lag in der seinen, und während er ihr entspannt zuhörte, fiel ihm ein, wie er zum erstenmal diese Hand gehalten hatte, und auch ihre Worte, als er sie den Bruchteil einer Sekunde zu lange gehalten hatte. Schließlich stand sie auf. Er erhob sich ebenfalls und führte jene Hand an seine Lippen. «Ich wünsche Ihnen Glück», sagte er. «Ich hoffe, Sie werden sehr glücklich.»

«Ich hab ein bißchen Angst, wissen Sie, wie das sein wird nach all der Zeit. Verstehen Sie, was ich meine?»

«Natürlich.» Er sagte es freundschaftlich, alle Aufgebrachtheit war verschwunden, und als sie ihn bat, mit ihr einen Drink zu nehmen, sagte er: «Ich werde auf Sie und Ihr Glück trinken.»

Da legte sie die Arme um seinen Hals und küßte ihn. Der Kuß war impulsiv und leicht und schon vorbei, ehe er ihn erwidern oder sich wehren konnte. Sie verschwand für mehrere Minuten aus dem Zimmer – mehr Minuten, als nötig waren, Gläser und Flaschen zu holen. Er hörte über sich das Geräusch von Schritten, und da wußte er, wie sie sein würde, wenn sie wiederkäme. Also mußte er sich entscheiden, was er tun wollte, gehen oder bleiben. Die Rose – eines anderen Mannes Rose – pflücken, solang sie noch blühte? Oder ein alter Mann sein, Träume träumen und den ehelichen Treuegelöbnissen eingedenk bleiben?

Sein ganzes Leben der letzten Zeit kam ihm vor wie eine einzige Kette von Fehlern, halbherzigen Anläufen und feigen Kompromissen. Und doch war sein ganzes Leben der letzten Zeit auf das ausgerichtet gewesen, was er für gut und richtig hielt. Vielleicht lief es im Endeffekt auf dasselbe hinaus?

Schließlich ging er in die Diele. Er rief ihren Namen: «Nancy!» Zum ersten und einzigen Mal benutzte er ihren Vornamen, und als er am Fuß der Treppe stehenblieb, da sah er sie oben stehen. Das Licht dort war sanft und freundlich, unnötig freundlich, und sie war so, wie er es schon gewußt, wie er sie schon in seinen Phantasien gesehen hatte – nur noch viel schöner, schöner als in allen seinen Erwartungen.

Er sah sie an mit staunendem Wohlgefallen, sah sie minutenlang an. Doch sein Entschluß war gefaßt.

Nur der Tor hängt Vergangenem an – voller Bedauern über verpaßte Gelegenheiten oder voll wehmütiger Erinnerung an genossene Freuden. Er bedauerte nichts, denn er hatte nur getan, was jeder Mann von Vernunft in seiner Position getan hätte. Er hatte seine Entscheidung während jener Momente getroffen, als sie ihn allein gelassen hatte und aus dem Zimmer gegangen war, und an diesen Entschluß hatte er sich gehalten, überzeugt, daß er so handelte, wie es ihm und seinen Grundsätzen entsprach. Und doch war er erstaunt, wie spät es geworden war, als er zu Hause in die Tür trat, fast acht Uhr. Seine Grübeleien über das Verstreichen der Zeit fielen ihm wieder ein, und schon fing er wieder an, die Minuten zu zählen, schon rechnete er sich aus, daß es nur noch an die dreieinhalbtausend waren. Nancys Gesicht verblaßte, ihre Wärme verflüchtigte sich. Schnurstracks ging er in die Küche, wo Dora noch einen weiteren Schub Weihnachtsplätzchen backte, und fragte ziemlich forsch: «Hat Howard angerufen?»

Sie blickte auf. Er hatte vergessen – er vergaß das immer wieder –, wie scharfsinnig sie war. «Der würde doch um diese Zeit nicht anrufen, oder? Das tut er doch höchstens als letztes spätabends oder als erstes gleich frühmorgens.»

«Stimmt, ich weiß. Ich bin eben bloß so nervös wegen dieser Sache.»

«Das bist du allerdings. Du hast vergessen, mir einen Kuß zu geben.»

Also küßte er sie, und das jüngst Vergangene war wie weggeblasen. Kein Bedauern, ermahnte er sich, keine Sentimentalität, kein Grübeln. Er griff sich ein Plätzchen und biß in die heiße, rösche Kruste.

«Davon wirst du dick und fett und abstoßend.»

«Vielleicht», meinte Wexford nachdenklich, «wäre das gar nicht mal so schlecht – in Grenzen natürlich.»

20

Sheila Wexford, Schauspielerin und des Chief Inspectors älteste Tochter, traf am Samstag vormittag ein. Es sei schön, sie leibhaftig vor sich zu sehen, meinte ihr Vater, statt immer nur zweidimensional in ihrer Fernsehserie. Sie tänzelte durchs Haus, arrangierte die Karten kunstvoller und sang dabei «...dreaming of a white Christmas». Es sah jedoch ganz so aus, als ob es ein nebliges Weihnachten würde. Die Langzeit-Wettervorhersage jedenfalls hatte es so angekündigt, und nun schien diese Prognose wahr zu werden. Der weiße Morgennebel verhüllte gegen Mittag vollständig die Sonne, und gegen Abend war er dick und gelblich.

Der kürzeste Tag des Jahres. Wintersonnenwende. Arktisch die Lichtverhältnisse, arktisch auch die Temperatur. Bereits um drei Uhr verdüsterte der Nebel das Tageslicht und kündigte eine siebzehnstündige Dunkelheit an. Überall in den Straßen sah man die Weihnachtsbäume nur als trübes, gelbliches Glimmen hinter den Fenstern. Siebzehn Stunden Dunkelheit, sechsunddreißig Stunden nur noch.

Wie versprochen rief Howard abends um zehn an. Hathall war seit drei Uhr in der Dartmeet Avenue allein in seinem Zimmer gewesen. Howard rief aus der Telefonzelle gegenüber der Nummer 62 an, aber jetzt würde er nach Hause fahren. Seine sechs Wachtposten-Abende waren vorbei – der heute war bereits ein zusätzlicher gewesen, drangehängt, weil er sich nicht geschlagen geben wollte, aber jetzt ginge er heim.

«Ich beobachte ihn morgen auch noch mal, Reg. Zum letztenmal.»

«Hat das noch irgendeinen Sinn?»

«Ich hab dann wenigstens das Gefühl, die Sache so gründlich wie nur irgend möglich gemacht zu haben.»

Hathall war den großen Teil des Tages allein gewesen. Hieß das, er hatte seine Freundin schon vorausgeschickt? Wexford ging früh zu Bett, lag wach und dachte an Weihnachten, dachte daran, wie er und Howard sich in einen stillen Winkel zurückziehen würden zu einer abschließenden Betrachtung all dessen, was passiert war, was sie sonst noch hätten tun können, was hätte geschehen können, wenn nicht Griswold am 2. Oktober vor einem Jahr seinen Bann verhängt hätte.

Am Sonntag begann sich der Nebel zu lichten. Die vage Hoffnung, die Wexford gehegt hatte, nämlich daß der Nebel Hathall zwingen werde, seine Abreise zu verschieben, schwand dahin, als die Sonne gegen Mittag hell und strahlend zum Vorschein kam. Er hörte die Nachrichten ab, aber kein Flughafen war geschlossen, kein Flug abgesagt. Und als der Abend mit einem leuchtenden Sonnenuntergang an klarem, frostigem Himmel begann – als ob der Winter nach Überschreiten der Sonnenwende bereits den Todeskeim in sich trüge –, da wußte er, daß er sich mit Hathalls gelungener Flucht abfinden mußte. Es war alles vorbei.

Aber wenn er sich auch zwingen konnte, nicht zu grübeln, soweit es Nancy Lake betraf, so konnte er doch nicht umhin, voll Bitterkeit und Bedauern über die lange Periode nachzusinnen, während der er und Hathall Feinde gewesen waren. Wie anders hätten die Dinge verlaufen können, wenn er rechtzeitig auf die Sache mit dem Lohnlistenbetrug gekommen wäre – wenn es denn ein Betrug gewesen war. Ebenso hätte er wissen müssen, daß ein wütender Paranoiker, für den so viel auf dem Spiel stand, nicht tatenlos reagieren würde auf seine plumpen Ermittlungsmethoden und das, worauf diese Ermittlungen abzielten. Aber jetzt war das alles vorbei, und er würde nie erfahren, wer die Frau war. Melancholisch dachte er an all die anderen Fragen, die nun unbeantwortet bleiben mußten. Was hatte dieses Buch über keltische Sprachen in Bury Cottage zu suchen? Warum hatte Hathall, der in seinen mittleren Jahren plötzlich Spaß an sexueller Abwechslung gefunden hatte, eine Frau wie Nancy Lake abgewiesen? Warum hatte seine Komplizin, die sonst in jeder Weise so gründlich und sorgfältig vorgegangen war, ausgerechnet an der Seite der Badewanne einen Handabdruck hinterlassen? Und warum hatte Angela, der doch so sehr daran gelegen war, ihrer Schwiegermutter zu gefallen und eine Versöhnung herbeizuführen, am Tag ihres Besuches ausgerechnet die Kleidung getragen, die mit dazu beigetragen hatte, ihre Schwiegermutter gegen sie aufzubringen?

Er kam gar nicht auf die Idee, daß Howard in diesem späten Stadium noch irgendwelche Erfolge erzielen könnte. Normalerweise blieb Hathall sonntags daheim und hatte seine Mutter oder seine Tochter zu Gast. Auch wenn er sich von den beiden bereits verabschiedet hatte, bestand ja kein Grund, diese Gewohnheit dahingehend zu ändern, daß er nun nach Notting Hill zu ihr fuhr, da sie ohnehin am nächsten Tag gemeinsam das Land verlassen würden.

Als er daher an jenem Sonntag abend um elf Uhr den Hörer abnahm und die vertraute Stimme hörte – ein wenig müde und gereizt –, da dachte er, Howard wolle ihm bloß mitteilen, wann er und Denise am Weihnachtsabend ankämen. Und als er dann den wahren Grund des Anrufes begriff, daß nämlich Howard jetzt, da es zu spät war, kurz davor stand, seine Mission doch noch zu Ende zu bringen, da überfiel ihn die kranke Verzweiflung eines Menschen, der seine Resignation nicht durch neue Hoffnung bedroht wissen möchte.

«Du hast sie gesehen?» fragte er wie betäubt. «Du hast sie tatsächlich gesehen?»

«Ich weiß, wie dir jetzt zumute ist, Reg, aber ich *muß* es dir erzählen, ich kann es einfach nicht für mich behalten. Ich habe *ihn* gesehen, ich habe *sie* gesehen, ich habe sie *zusammen* gesehen. Und dann hab ich sie aus den Augen verloren!»

«O Gott. Mein Gott, das ist mehr, als ich verkraften kann.»

«Bring nicht den Boten um, Reg», seufzte Howard.

«Ich bin nicht böse auf dich. Wie könnte ich auch, nach allem, was du getan hast? Ich bin böse auf – auf das Schicksal. Erzähl mir, was passiert ist.»

«Gleich nach dem Mittagessen fing ich an, das Haus in der Dartmeet Avenue zu beobachten. Ich hatte keine Ahnung, ob Hathall zu Hause war oder nicht, bis ich ihn rauskommen und einen großen Abfallsack in eine dieser Mülltonnen stopfen sah. Der war beim Ausräumen und beim Packen, nehme ich an, und warf alles weg, was er nicht mehr brauchte. Ich saß da in meinem Wagen und wäre schon fast nach Hause gefahren, als ich um halb fünf sein Licht angehen sah.

Vielleicht wäre es besser gewesen, wenn ich nach Hause gefahren wäre. Wenigstens hätte ich dann bei dir keine neuen Hoffnungen geweckt. Er kam um sechs aus dem Haus, Reg, und ging nach West End Green hinunter. Ich folgte ihm mit dem Wagen und parkte in der Mill Lane – das ist die Straße, die von der Fortune Green Road nach Westen abbiegt. Wir warteten beide ungefähr fünf Minuten. Der Achtundzwanziger-Bus kam nicht, und er stieg statt dessen in ein Taxi.»

«Und dem bist du gefolgt?» Für einen Moment überwog Wexfords Bewunderung seine Bitterkeit.

«Es ist leichter, einem Taxi zu folgen als einem Bus. Busse halten ja dauernd. Und einem Taxi in London am Sonntag abend zu folgen ist viel leichter als werktags während der Hauptverkehrszeit.

Jedenfalls, der Fahrer nahm mehr oder weniger dieselbe Route wie der Bus. Und vor einem Pub in der Pembridge Road stieg Hathall dann aus.»

«In der Nähe der Haltestelle, wo du ihn schon mal in den Bus hast einsteigen sehen?»

«Ja, ganz in der Nähe. Ich bin jeden Abend dieser Woche an dieser Haltestelle und in den Straßen ringsum gewesen, Reg. Aber er muß irgendeinen Weg hintenherum benutzt haben, um von der Station Notting Hill Gate dort hinzugelangen. Ich habe ihn nicht ein einziges Mal gesehen.»

«Bist du ihm in den Pub nachgegangen?»

«Er nennt sich *Rosy Cross* und war gestopft voll. Er holte sich zwei Drinks, Gin für sich selbst und Pernod für sie, obwohl sie noch gar nicht da war. Es gelang ihm, zwei Plätze in einer Ecke zu ergattern, und über einen davon legte er seinen Mantel, um ihn freizuhalten. Die meiste Zeit verdeckten die vielen Leute mir die Sicht auf ihn, aber ich konnte dieses Glas mit dem gelben Pernod sehen, das auf dem Tisch stand und darauf wartete, daß sie kam und es austrank.

Entweder war Hathall zu früh dort oder sie zehn Minuten zu spät. Ich wußte gar nicht, daß sie gekommen war, bis ich eine Hand sah, die sich um das gelbe Glas schloß und es hochhob, bis es aus meinem Gesichtsfeld verschwand. Da setzte ich mich in Bewegung und drängte mich durch die Menge, um besser sehen zu können. Es war dieselbe Frau, die ich mit ihm vor dem Marcus-Flower-Gebäude gesehen habe, eine hübsche Frau Anfang Dreißig mit kurzem, blondgefärbtem Haar. Nein, frag nicht. Ich habe ihre Hand nicht gesehen. Ich war sowieso schon zu nahe dran. Ich glaube, Hathall hat mich wiedererkannt. Mein Gott, er hätte ja auch blind sein müssen, um nichts zu merken, trotz aller Vorsicht, die ich habe walten lassen.

Sie tranken ihre Gläser sehr schnell aus und drängten sich nach draußen. Sie muß dort ganz in der Nähe wohnen, aber wo genau, kann ich dir nicht sagen. Das spielt jetzt auch keine Rolle mehr. Als ich herauskam, sah ich sie davongehen, und ich wollte ihnen zu Fuß folgen. Da kam ein Taxi vorbei, und sie stiegen ein. Hathall hat nicht mal gewartet, um dem Fahrer das Fahrtziel zu nennen. Er stieg nur ein und muß ihm hinterher Anweisungen gegeben haben. Er wollte auf jeden Fall seinen Verfolger abschütteln, und ich konnte ja nicht hinter ihm her. Das Taxi fuhr die Pembridge Road hinauf, und ich verlor sie aus den Augen – verlor sie glatt aus den Augen und fuhr nach Hause.

Und damit Schluß mit Robert Hathall, Reg. Die Jagd ist vorüber. Ich dachte wirklich... aber vergiß es. Du hast auf der ganzen Linie recht gehabt, und das ist leider dein einziger Trost.»

Wexford sagte seinem Neffen gute Nacht, und sie sähen sich ja am Weihnachtsabend. Über ihm dröhnte ein Flugzeug, das in Gatwick gestartet war. Er trat an sein Schlafzimmerfenster und beobachtete, wie seine weißen und roten Lichter gleich Meteoren über den sternklaren Himmel fuhren. Nur noch ein paar Stunden, und Hathall würde auch in einem solchen Flugzeug sitzen. Gleich morgen früh? Oder ein Nachmittagsflug? Oder würden er und sie über Nacht fliegen? Er mußte feststellen, daß er sehr wenig über Auslieferungsmodalitäten wußte. Es hatte für ihn bislang kein Grund bestanden, sich damit vertraut zu machen. Und diese Dinge hatten sich in jüngster Zeit so merkwürdig entwickelt, daß ein Land vermutlich unverblümt feilschte, daß es irgendwelche Konzessionen oder Gegenleistungen verlangte, ehe es einen fremden Staatsangehörigen auslieferte. Außerdem, bei Mord mochte ja eine Auslieferung durchzusetzen sein, bei Betrug ganz bestimmt nicht. Auf arglistige Täuschung gemäß Paragraph 15 des Diebstahlgesetzes von 1968 würde die Anklage hinauslaufen, überlegte er. Und plötzlich erschien es ihm völlig absurd, die ganze politische Maschinerie in Gang zu setzen, bloß um einen Mann aus Brasilien herauszuholen, der sich an den Lohngeldern einer Plastikpuppenfabrik vergriffen hatte.

Er dachte an Crippen, den man mitten auf dem Ozean durch eine drahtlose Übermittlung gestellt, an Zugräuber, die man nach einer langen Periode der Freiheit im fernen Süden geschnappt hatte, an Filme, die er gesehen, in denen irgendein Krimineller, der sich wohlgemut in Sicherheit wiegt, plötzlich die schwere Hand des Gesetzes auf der Schulter spürt, während er in einem sonnigen Straßencafé seinen Wein trinkt. Das war nicht seine Welt. Er sah sich nicht – nicht einmal in einer untergeordneten Rolle – als Akteur in solch einem exotischen Drama. Statt dessen sah er Hathall davonfliegen in die Freiheit, in ein Leben, das er geplant, für das er einen Mord begangen hatte, während vielleicht in ein, zwei Wochen Lovat gezwungen war, sich geschlagen zu geben, weil er auf keinerlei Betrug oder arglistige Täuschung gestoßen war, sondern bloß auf ein paar vage Verdachtsmomente, wegen der man Hathall hätte zur Rede stellen können – wenn Hathall verfügbar gewesen wäre.

Der Tag war da.

Wexford war früh wach und dachte an Hathall, der wohl ebenfalls schon wach war. Am Abend zuvor hatte er Howard bemerkt, hatte befürchten müssen, daß er weiterhin verfolgt würde, und sicher nicht riskiert, die Nacht bei der Frau zu verbringen oder sie mit zu sich zu nehmen. Jetzt wusch er sich vielleicht gerade an dem Ausguß des schäbigen kleinen Zimmers, nahm einen Anzug aus seinem uralten Schrank, rasierte sich, bevor er seinen Rasierapparat in dem kleinen Handkoffer verstaute, den er mit ins Flugzeug nehmen würde. Wexford sah das rote, granitene Gesicht vor sich, das schüttere, schwarze Haar, mit nassem Kamm zurückgestriegelt. Jetzt warf Hathall einen letzten Blick auf die winzige Zelle, die für neun Monate sein Zuhause gewesen war, und dachte dabei wahrscheinlich voller Vorfreude an das Zuhause, das ihn erwartete. Und jetzt hinüber in die Telefonzelle, beim ersten, winterlichen Tagesgrauen, um sicherheitshalber beim Flughafen wegen seines Fluges rückzufragen, dabei würde er natürlich das Mädchen, mit dem er sprach, herunterputzen, weil sie nicht schnell oder nicht effizient oder nicht höflich genug war; und zu guter Letzt ein Anruf bei *ihr*, wo immer sie war in dem Labyrinth von Notting Hill. Nein, vielleicht auch noch ein weiterer Anruf. Beim Taxistand oder bei einer Autovermietung wegen des Wagens, der ihn und sein Gepäck auf Nimmerwiedersehen wegfahren würde...

Hör auf! befahl Wexford sich energisch. Laß das. Schluß damit. Das ist der Weg, der zum Wahnsinn führt – oder wenigstens zu obsessiven Neurosen. Weihnachten steht vor der Tür, los, an die Arbeit, vergiß ihn! Er brachte Dora eine Tasse Tee und ging zum Dienst.

In seinem Büro sah er die morgendliche Post durch und stellte hier und da ein paar Weihnachtspostkarten auf. Eine war von Nancy Lake, und er betrachtete sie einen Moment lang nachdenklich, ehe er sie in seine Schreibtischschublade schob. Nicht weniger als fünf Kalender waren gekommen, davon einer vom Genre ‹nackte Schönheit auf Glanzpapier›, die Neujahrsgabe einer lokalen Autowerkstatt. Das brachte ihn auf Ginge an der Station West Hampstead, auf die Büros von Marcus Flower... Wurde er langsam verrückt? Was war los mit ihm, wenn ihm angesichts solcher Erotika eine Mörderjagd in den Sinn kam? Hör auf! Er wählte aus seiner Kollektion einen hübschen, unendlich langweiligen Kalender, zwölf Farbdrucke mit Landschaftsszenen aus Sussex, und hängte ihn neben den Übersichtsplan des Distrikts an die Wand. Das Geschenk der dankbaren Autowerkstatt schob er in einen neuen Umschlag, schrieb ‹persönlich› darauf und ließ ihn in Burdens Büro bringen. Das würde den prüden Inspector zu Wutausbrüchen gegen die heruntergekommene Moral veranlassen, und ihn, Wexford, von dem gottverdammten, entwischten, triumphierenden, betrügerischen und flüchtigen Robert Hathall ablenken!

Dann wandte er seine Aufmerksamkeit den Dingen zu, mit denen die Kingsmarkhamer Polizei im Augenblick befaßt war. Fünf Frauen in der Stadt und zwei aus umliegenden Dörfern hatten sich über obszöne Telefonanrufe beschwert. Das einzig Außergewöhnliche bei der Geschichte war, daß es sich bei dem Anrufer um eine Frau handelte. Wexford mußte lächeln bei dem Gedanken, bis in welche obskuren Winkel des Lebens sich die Frauenemanzipation auswirkte. Sein Lächeln wurde sehr viel grimmiger und sogar verärgert, als er Sergeant Martins Versuch las, die Aktivitäten von vier kleinen Jungen aufzubauschen, die einen Bindfaden zwischen einem Laternenpfahl und einer Gartenmauer gespannt hatten, um Passanten zu Fall zu bringen. Warum mußte er mit solchem Blödsinn seine Zeit vergeuden? Aber manchmal war es vielleicht besser, man vergeudete seine Zeit, als daß man sie damit verbrachte, immer und immer wieder einer gescheiterten Sache nachzuhängen...

Das interne Telefon piepte. Er nahm den Hörer ab und war auf die Stimme eines selbstgefälligen und empörten Burden gefaßt.

«Chief Inspector Lovat möchte Sie sprechen, Sir.»

21

Lovat kam gemächlich herein, und mit ihm sein unvermeidliches Sprachrohr, Sergeant Hutton.

«Schöner Tag heute.»

«Verschonen Sie mich mit Ihrem schönen Tag», knurrte Wexford mit kehliger Stimme, denn sein Herz und sein Blutdruck benahmen sich höchst merkwürdig. «Von wegen schöner Tag. Ich wollte, es würde schneien, verdammt noch mal, ich wollte...»

Hutton sagte ruhig: «Wenn wir uns vielleicht eine Weile setzen könnten, Sir? Mr. Lovat hat Ihnen etwas zu sagen, wovon er annimmt, daß es Sie sehr interessiert. Und da er den Tip Ihnen verdankt, erschien es ihm als ein Gebot der Kollegialität...»

«Setzen Sie sich, ganz nach Belieben, nehmen Sie sich einen Kalender, nehmen Sie jeder einen. Ich weiß, weshalb Sie kommen. Aber sagen Sie mir bloß eins: Reicht das, was Sie gefunden haben, um einen Mann ausgeliefert zu kriegen? Wenn nicht, können Sie sich Ihren ganzen Kram sparen. Hathall fliegt heute nach Brasilien, und es steht zehn zu eins, daß er bereits weg ist.»

«Meine Güte», sagte Lovat seelenruhig.

Wexford hätte fast den Kopf in den Händen vergraben. «Also, was ist? Haben Sie was?» brüllte er.

«Ich berichte Ihnen wohl besser, *was* Mr. Lovat gefunden hat, Sir. Wir haben gestern abend nochmals in dem Haus von Mr. und Mrs. Kingsbury vorgesprochen. Sie waren gerade zurückgekommen. Sie hatten ihre verheiratete Tochter besucht, die ein Baby bekommen hat. Keine Mrs. Mary Lewis hat je bei ihnen in Untermiete gewohnt, und sie hatten nie Verbindung zu Kidd und Co. Ferner hat Mr. Lovat auch durch weitere Ermittlungen in der Pension, von der er Ihnen berichtete, keinerlei Existenznachweis der anderen angeblichen Kontoinhaberin erbringen können.»

«Also haben Sie einen Haftbefehl für Robert Hathall ausstellen lassen?»

«Mr. Lovat möchte zuerst mit Robert Hathall sprechen, Sir», verwahrte sich Hutton. «Ich nehme an, Sie werden verstehen, daß wir noch etwas mehr brauchen, auf das wir uns stützen können. Wir sind nicht nur aus – äh, Kollegialität gekommen, sondern möchten von Ihnen auch Hathalls derzeitige Adresse erfahren.»

«Seine derzeitige Adresse», fauchte Wexford, «ist vermutlich etwa sechs Kilometer hoch in der Luft über Madeira oder wo immer dieses verdammte Flugzeug fliegt.»

«Pech», meinte Lovat kopfschüttelnd.

«Vielleicht ist er noch gar nicht fort, Sir. Wenn wir ihn vielleicht anrufen könnten?»

«Aber gewiß doch könnten Sie – wenn er nur Telefon hätte und noch nicht weg wäre!» Wexford blickte verzweifelt auf die Uhr. Es war halb elf. «Ehrlich gesagt, ich weiß nicht, was ich machen soll. Das einzige, was ich vorschlagen kann, ist, daß wir alle rausfahren nach Millerton-*les-deux* – äh, ich meine Hightrees Farm, und das alles dem Chief Constable vorlegen.»

«Gute Idee», sagte Lovat. «Dort habe ich manche schöne Nacht mit dem Beobachten der Dachse verbracht.»

Wexford hätte ihm in den Hintern treten können.

Er wußte selbst nicht, weshalb er die Frage gestellt hatte. Mit dem sechsten Sinn hatte das nichts zu tun. Vielleicht bloß, weil er die Details dieses Betruges ebenso genau im Kopf haben wollte wie Hutton. Aber er stellte sie, und hinterher dankte er Gott, daß er sie dort auf der Landstraße nach Millerton gestellt hatte.

«Die Adressen der Kontoinhaberinnen, Sir? Die eine lautete auf Mrs. Dorothy Carter, Ascot House, Myringham – das ist diese Hotelpension – und die andere auf Mrs. Mary Lewis, Maynnot Way 19, Toxborough.»

«Haben Sie Maynnot Way gesagt?» fragte Wexford mit einer Stimme, die wie von weit her kam und nicht seine eigene zu sein schien.

«Richtig, Sir. Sie verläuft von der Hauptverkehrsstraße nach...»

«Ich weiß, wo sie verläuft, Sergeant. Und ich weiß auch, wer in der Maynnot Hall mitten im Maynnot Way gewohnt hat.» Die Kehle war ihm wie zugeschnürt. «Lovat», sagte er, «was haben Sie bei Kidds gemacht an dem Tag, als wir uns in der Einfahrt begegnet sind?»

Lovat sah Hutton an, und Hutton sagte: «Mr. Lovat führte seine Ermittlungen in Verbindung mit dem Verschwinden von Morag Grey durch, Sir. Morag Grey arbeitete kurze Zeit als Putzfrau bei Kidds, während ihr Mann Gärtner in Maynnot Hall war. Selbstverständlich haben wir alles sondiert, was uns möglich war.»

«Maynnot Way habt ihr nicht gründlich genug sondiert.» Wexford rang nahezu nach Atem angesichts der Tragweite seiner Entdeckung. Seine Schimäre, dachte er, sein Hirngespinst! «Eure Morag Grey liegt nicht in irgendeinem Garten begraben. Sie ist Robert Hathalls Geliebte, und sie haut mit ihm nach Brasilien ab. Mein Gott, jetzt ist mir alles klar...» Wenn er doch bloß Howard neben sich hätte, um ihm alles dies zu erklären, statt des phlegmatischen Lovat und seines großmäuligen Sergeants. «Hören Sie zu», sagte er. «Diese Person, diese Grey war Hathalls Komplizin bei der Betrügerei. Er hat sie kennengelernt, während sie beide bei Kidds arbeiteten, und sie und seine Frau hatten die Aufgabe, von diesen Konten Geld abzuheben. Ohne Zweifel hat sie den Namen und die Adresse einer Mrs. Mary Lewis erfunden, weil sie den Maynnot Way kannte und weil sie wußte, daß die Kingsburys Zimmer vermieteten. Hathall wurde ihr hörig, und sie ermordete Hathalls Frau. Sie ist nicht tot, Lovat, sie hat seitdem die ganze Zeit als

Hathalls Geliebte in London gelebt... Wann war das, wann ist sie verschwunden?»

«Soweit wir wissen im August oder September letzten Jahres, Sir», sagte der Sergeant, und er brachte den Wagen auf dem Kies vor Hightrees Farm zum Stehen.

Dem Ansehen von Mid-Sussex sei es höchst unzuträglich, wenn Hathall die Flucht gelänge. So lautete zu Wexfords Verblüffung die Meinung von Charles Griswold. Und er bemerkte denn auch, wie eine leichte Welle des Unbehagens das staatsmännische Gesicht rötete, als der Chief Constable sich gezwungen sah, diese Theorie für stichhaltig zu akzeptieren.

«Dies ist ein wenig mehr als bloß ‹Gefühle›, meine ich, Reg», sagte er, und dann rief er höchstpersönlich den Londoner Flughafen an.

Wexford, Lovat und Hutton mußten lange warten, ehe er zurückkam. Als er schließlich erschien, berichtete er, daß Robert Hathall und eine Frau, die als Mrs. Hathall reiste, auf der Passagierliste der Maschine nach Rio stünden, die um zwölf Uhr fünfundvierzig startete. Die Flughafenpolizei würde angewiesen, beide wegen Verdachts auf arglistige Täuschung festzunehmen. Man müsse also umgehend einen Haftbefehl ausstellen.

«Sie muß auf seinen Paß reisen.»

«Oder auf Angelas», sagte Wexford. «Den hat er noch. Ich erinnere mich, ich habe ihn gesehen, aber er blieb dann bei ihm in Bury Cottage zurück.»

«Überhaupt kein Grund zur Verzweiflung, Reg. Besser spät als gar nicht.»

«Darf ich darauf aufmerksam machen, Sir», sagte Wexford betont höflich, wenn auch mit einer gewissen Schärfe in der Stimme, «daß es jetzt zwanzig vor zwölf ist. Ich kann nur hoffen, daß wir noch rechtzeitig kommen.»

«Oh, der entwischt uns ja nicht mehr», meinte Griswold leichthin und forsch. «Sie halten ihn doch auf dem Flugplatz fest, wohin Sie sich jetzt bitte umgehend begeben werden. Umgehend, Reg. Und morgen früh können Sie dann auf einen Weihnachtsdrink herüberkommen und mir alles berichten.»

Sie fuhren nach Kingsmarkham zurück, um Burden mitzunehmen. Der Inspector stand in der Halle, blickte durch seine Brillengläser auf den Umschlag in seiner Hand, fuchtelte wütend damit dem verdutzten, diensthabenden Sergeant vor der Nase herum und fragte, wer sich die Frechheit erlaubt hätte, ihm Pornographie zuzuschicken.

«Hathall?» sagte er, als Wexford berichtete. «Das kann doch nicht wahr sein. Sie machen einen Witz!»

«Los, steigen Sie ein, Mike, ich erzähle Ihnen unterwegs alles. Nein, Sergeant Hutton wird es *uns* unterwegs erzählen. Was haben Sie denn da? Künstlerische Fotografie? Ach, jetzt verstehe ich, wozu Sie eine Brille brauchten.»

Burden gab als Antwort ein wütendes Schnauben von sich und wollte sich lang und breit über seine Unschuld ergehen, aber Wexford schnitt ihm das Wort ab. Er hatte jetzt keine Ablenkung mehr nötig. Auf diesen Tag hatte er gewartet, auf diesen Moment – und das seit fünfzehn Monaten. Er hätte seinen Triumph in die prikkelnde, blaue Luft, in die frühlingshafte Sonne hinausbrüllen mögen. Sie fuhren in zwei Wagen. In dem ersten saßen Lovat und sein Fahrer und Polly Davis, im zweiten Wexford, Burden und Sergeant Hutton mit ihrem Fahrer.

«Ich möchte alles hören, was Sie mir über Morag Grey erzählen können.»

«Sie war – ich meine ist – Schottin, Sir. Aus dem Nordwesten Schottlands, aus Ullapool. Aber dort oben gibt es nicht viel Arbeit, und so ging sie nach Süden und nahm eine Stellung an. Grey lernte sie vor sieben oder acht Jahren kennen. Sie heirateten und bekamen diesen Job in Maynnot Hall.»

«Was, er machte den Garten, und sie putzte das Haus?»

«Richtig. Ich verstehe zwar nicht ganz, warum, denn allem Anschein nach war so ein Job ziemlich unter ihrem Niveau. Laut Aussage ihrer Mutter und – was wohl stichhaltiger ist – ihres Arbeitgebers in Maynnot Hall hatte sie eine vernünftige Ausbildung und war recht intelligent. Ihre Mutter sagt, Grey habe sie heruntergezogen.»

«Wie alt ist sie, und wie sieht sie aus?»

«Sie dürfte jetzt zweiunddreißig sei, Sir. Dünn, dunkelhaarig, keine besonderen Merkmale. Sie erledigte die Hausarbeit in Maynnot Hall und hatte darüber hinaus auch noch außerhalb Putzstellen. Eine davon war bei Kidds, im März vor einem Jahr, aber da blieb sie nur zwei oder drei Wochen. Dann wurde Grey fristlos entlassen, weil er der Frau seines Arbeitgebers ein paar Scheine aus der Handtasche gestohlen hatte. Sie mußten ihre Dienstwohnung räumen und zogen als illegale Bewohner in eines der baufälligen

Häuser in der Altstadt von Myringham. Aber bald darauf gab Morag ihm den Laufpaß. Grey sagt, sie habe den wahren Grund seiner Kündigung herausgefunden und erklärt, sie wolle nicht mehr mit einem Dieb zusammenleben. Ziemlich windige Geschichte, das werden Sie mir zugeben, Sir, aber er beharrte darauf, trotz der Tatsache, daß er unmittelbar von ihr zu einer anderen Frau zog, die ein Zimmer auf der anderen Seite von Myringham hatte, etwas über einen Kilometer entfernt.»

«Klingt nicht sehr wahrscheinlich», meinte Wexford nachdenklich, «unter solchen Umständen.»

«Er sagt, er habe das Geld, das er geklaut hat, für ein Geschenk für sie ausgegeben, für eine goldene Schlangenkette.»

«Ach.»

«Was ja wahr sein mag, aber nicht viel beweist.»

«Das würde ich nicht sagen, Sergeant. Was ist aus ihr geworden, nachdem sie allein dort zurückblieb?»

«Darüber wissen wir sehr wenig. Illegale Hausbewohner haben keine Nachbarn im normalen Sinne, das sind ja ständig umherziehende Leute. Sie hatte verschiedene Putzstellen bis in den August, von da an lebte sie von der Sozialunterstützung. Alles, was wir wissen, ist, daß Morag einer Frau in der Häuserzeile dort erzählt hat, sie habe in der Umgebung einen guten Job gefunden und würde wegziehen. Was das für ein Job war und wohin sie zog, haben wir nicht feststellen können. Seit Mitte September hat niemand sie mehr gesehen. Grey kam gegen Weihnachten zurück und nahm mit, was sie an Besitztümern zurückgelassen hatte.»

«Sagten Sie nicht, es sei ihre Mutter gewesen, die schließlich Alarm geschlagen hätte?»

«Morag war eine regelmäßige Briefschreiberin gewesen, und als ihre Mutter keine Antwort auf ihre Briefe mehr kriegte, schrieb sie an Grey. Er fand die Briefe, als er Weihnachten dorthin zurückging, und schließlich schrieb er auch zurück, irgendeine Lügengeschichte, daß er gedacht hätte, seine Frau sei nach Schottland zurückgekehrt. Die Mutter hatte Richard Grey nie über den Weg getraut, und sie ging zur Polizei. Sie kam sogar persönlich her, und wir mußten uns einen Dolmetscher suchen, weil – glauben Sie's oder nicht – weil sie bloß gälisch sprach.»

Wexford, der in diesem Moment das schwindelnde Gefühl hatte, daß es nichts auf der Welt gäbe, was es nicht gab, fragte nur: «Spricht Morag auch – auch gälisch?»

«Ja, Sir. Sie ist zweisprachig.»

Mit einem Seufzer sank Wexford in die Polsterung zurück. Es gab noch ein paar lose Enden, die verknüpft werden, ein paar unerklärte Einzelheiten, die erklärt werden mußten, aber sonst... Er schloß die Augen. Der Wagen fuhr sehr langsam. Ohne aufzublicken, überlegte er vage, ob sie wohl in dichten Verkehr gerieten, je näher sie London kamen. Aber das machte ja nichts. Inzwischen hatte man Hathall wohl schon festgehalten, hatte ihn in irgendeinen kleinen Seitenraum des Flughafens gesperrt. Und selbst wenn man ihm nicht gesagt hatte, weshalb er nicht fliegen dürfe – er würde es wissen. Er würde wissen, daß alles aus war. Der Wagen stand annähernd still. Wexford öffnete die Augen und griff nach Burdens Arm. Er kurbelte das Fenster hinunter.

«Sehen Sie», meinte er und zeigte auf den Erdboden, der jetzt im Schneckentempo vorbeirollte. «Sie bewegt sich doch. Und das da...» Sein Arm zeigte nach oben, himmelwärts, «...das bewegt sich nicht.»

«Was bewegt sich nicht?» fragte Burden. «Da ist doch nichts zu sehen. Schauen Sie selbst. Wir haben Nebel.»

22

Es war fast vier Uhr, ehe sie den Flughafen erreichten. Alle Maschinen standen am Boden, Weihnachtsurlauber füllten die Lounges, und lange Schlangen bildeten sich vor den Informationsschaltern. Der Nebel hüllte alles ein, er war duftig wie luftiger Schnee, lagerte wolkendick auf der Erde, ein weißes Gas, in dem die Menschen husteten und ihre Gesichter verbargen.

Hathall war nicht da.

Gegen halb zwölf hatte der Nebel begonnen, sich auf Heathrow herabzusenken, andere Stadtteile Londons hatte er jedoch schon früher heimgesucht. War Hathall unter den Hunderten von Leuten gewesen, die aus den nebeligen, äußeren Vororten angerufen hatten, um zu fragen, ob ihre Flüge abgehen würden? Das war nicht festzustellen. Langsam und gewissenhaft durchkämmte Wexford sämtliche Lounges, ging von der Bar ins Restaurant und auf die Zuschauerterrasse, er blickte in jedes Gesicht, in müde Gesichter, empörte Gesichter, gelangweilte Gesichter. Hathall war nicht da.

«Nach dem Wetterbericht soll sich der Nebel gegen Abend lichten», sagte Burden.

«Und wenn es nach dem Langzeit-Wetterbericht geht, dann soll es weiße Weihnachten geben, weiße Nebelweihnachten. Sie und Polly bleiben hier, Mike. Setzen Sie sich mit dem Chief Constable in Verbindung und sorgen Sie dafür, daß sämtliche Ausreisehäfen überwacht werden, nicht bloß Heathrow.»

So blieben Burden und Polly zurück, während Wexford und Lovat und Hutton sich auf die lange Fahrt nach Hampstead begaben. Es ging sehr langsam voran. Dichte Verkehrsströme, die auf die M 1 strebten, verstopften die nordwestlichen Straßen, und der Nebel, bräunlich verfärbt durch die von oben scheinende, gelbe Straßenbeleuchtung, warf ein undurchsichtiges Leichentuch über die Stadt. Sämtliche Landmarken auf dem Weg, die ihm mittlerweile nur zu vertraut waren, hatten ihre scharfen Konturen verloren und sahen verwaschen aus. Das hügelige Hampstead lag unter einem rauchigen Schleier, und die großen Bäume von Hampstead kauerten wie schwarze Wolken am Boden, ehe sie weiter oben vom blasseren Dunst verschlungen wurden. Zehn Minuten vor sieben krochen sie endlich in die Dartmeet Avenue und hielten vor Nummer 62. Das Haus lag im Dunkeln, jedes Fenster fest verschlossen und nachtschwarz. Die Mülltonnen waren von Nässe überzogen, wo der Nebel auf ihnen kondensiert war. Ihre Deckel waren zerbrochen, und unter einem kam eine Katze herausgeschossen, einen Hühnerknochen im Maul. Als Wexford aus dem Wagen stieg, drang ihm der Nebel in die Kehle. Er mußte an einen anderen Nebeltag denken, damals, in der Altstadt von Myringham, an Männer, die vergeblich nach einer Leiche gegraben hatten, die dort nie gewesen war. Er mußte daran denken, wie überhaupt seine ganze Verfolgungsjagd auf Hathall von Zweifeln und Konfusion und Behinderung vernebelt gewesen war. Dann trat er an die Haustür und drückte auf den Klingelknopf des Hauswirts.

Er hatte schon zweimal geläutet, als es endlich hinter der Glasscheibe des Oberlichts über der Tür hell wurde. Schließlich wurde die Tür von demselben kleinen, älteren Mann geöffnet, den Wexford schon einmal gesehen hatte, als er nach draußen kam, um seine Katze zu holen. Er rauchte eine dünne Zigarre und zeigte weder Überraschung noch Interesse, als der Chief Inspector sagte, wer er sei, und seinen Ausweis zeigte.

«Mr. Hathall ist gestern abend ausgezogen», sagte er nur.

«Gestern abend?»

«Richtig. Wenn ich ehrlich sein soll, so hatte ich gedacht, daß er nicht vor heute morgen ausziehen würde. Er hat bis heute abend Miete bezahlt. Aber gestern abend tauchte er ziemlich in Eile bei mir auf und sagte, er hätte sich entschlossen, gleich auszuziehen. Und dagegen konnte ich ja auch gar nichts haben, nicht wahr?»

Die Diele war eiskalt trotz des Ölofens, der am Fuß der Treppe stand, und es roch nach verbrennendem Öl und nach Zigarrenrauch. Lovat rieb die Hände aneinander und hielt sie dann über die blaugelben Flammen unter dem Gitter.

«Mr. Hathall kam gestern abend gegen acht mit einem Taxi nach Hause», berichtete der Hauswirt. «Ich war draußen im Vorgarten und rief meine Katze. Er kam zu mir und sagte, er wolle sein Zimmer jetzt auf der Stelle aufgeben.»

«Was für einen Eindruck machte er?» hakte Wexford nach. «Hatte er Angst? War er aufgeregt?»

«Nein, nichts Außergewöhnliches. Der war ja nie das, was man einen umgänglichen Menschen nennt. Meckerte immer und ewig über irgendwas. Wir gingen gemeinsam rauf in sein Zimmer, damit ich das Inventar überprüfen konnte. Darauf bestehe ich immer, ehe ich ihnen ihre Vorauszahlung zurückgebe. Möchten Sie jetzt raufgehen? Da ist zwar nichts zu sehen, aber wenn Sie wollen, bitte schön.»

Wexford nickte, und sie stiegen die Treppe hinauf. Diele und Treppenflur waren von Lampen erhellt, die nach zwei Minuten automatisch ausgingen, und sie gingen aus, ehe Hathalls Tür erreicht war. Der Hauswirt fluchte in der stockschwarzen Dunkelheit und suchte umständlich nach Schlüsseln und Lichtschalter. Und Wexford, dessen Nerven wieder unter Spannung standen, gab einen panischen Grunzlaut von sich, als etwas auf dem Handlauf des Treppengeländers entlangstrich und dem Hauswirt auf die Schulter sprang. Es war natürlich bloß die Katze. Das Licht ging wieder an, die Schlüssel kamen zum Vorschein, und die Tür wurde geöffnet. Das Zimmer war muffig und verkommen und kalt obendrein. Wexford sah, wie Hutton ironisch den Mund verzog angesichts des Schrankes aus dem Ersten Weltkrieg, der Kaminsessel und der häßlichen Gemälde, vor allem wohl bei dem Gedanken, daß dieser Flohmarktströdel in einer Inventarliste erfaßt war. Dünne Decken lagen unordentlich zusammengefaltet auf der nackten Matratze.

Sonst gab es noch ein Bündel Nickelbestecke, die mit einem Gummiband zusammengehalten waren, einen Pfeifkessel, dessen Griff mit Bindfaden repariert war, und eine Steingutvase, auf deren Boden noch das Preisschild klebte, demzufolge sie fünfunddreißig Pence gekostet hatte.

Die Katze lief auf dem Kaminsims entlang und sprang auf den Wandschirm. «Ich hatte mir schon gedacht, daß mit dem irgendwas faul war», meinte der Hauswirt.

«Und wieso? Wie sind Sie darauf gekommen?»

Er bedachte Wexford mit einem ziemlich geringschätzigen Blick. «Also zuerst mal – *Sie* hab ich doch schon mal gesehen. Einen Bullen erkenn ich doch auf tausend Meter Entfernung. Und hier trieben sich ja dauernd welche rum, die ihn beobachteten. Mir entgeht so leicht nichts, auch wenn ich nicht viel darüber rede. Auch den kleinen Burschen mit den roten Haaren hab ich natürlich bemerkt – hätte mich schieflachen können, als der ankam und sagte, er käme von der Behörde –, und dann der lange Dünne, der immer im Wagen sitzengeblieben ist.»

«Dann wissen Sie wahrscheinlich auch», sagte Wexford, der an dieser Demütigung zu schlucken hatte, «weshalb er beobachtet wurde?»

«Keine Ahnung. Der tat doch weiter nichts als zu kommen und zu gehen, seine Mutter zum Tee mitzubringen und über die Miete zu meckern.»

«Ist er nie von einer Frau besucht worden? Von einer Frau mit kurzem, blonden Haar?»

«Der doch nicht! Bloß seine Mutter und seine Tochter, das war alles. Jedenfalls hat er mir gesagt, daß sie das wären, und das stimmte wohl auch, denn sie sahen ihm ja ähnlich wie gespuckt. Los, komm, Pussy, wir gehen wieder ins Warme zurück.»

Wexford wandte sich verdrossen um, blieb an der Stelle stehen, wo Hathall ihn um ein Haar die Treppe hinuntergestoßen hätte, und fragte: «Sie gaben ihm also seine Vorauszahlung zurück, und er fuhr weg? Um welche Zeit war das?»

«Gegen neun.» Das Flurlicht ging wieder aus, wieder drückte der Hauswirt auf den Schalter, und während die Katze auf seiner Schulter schnurrte, meinte er halblaut: «Der wollte irgendwie nach Übersee, hat er gesagt. Waren auch 'ne Menge Aufkleber auf seinen Koffern, aber ich hab nicht näher hingeguckt. Ich behalt die Leutchen möglichst im Auge und weiß immer gern, was sie so machen, bis sie aus dem Haus sind. Der hier ist rübergegangen über die Straße ans Telefon, und dann kam ein Taxi und holte ihn ab.»

Sie waren in der nach Öl riechenden unteren Diele angekommen, und wieder ging das Licht aus. Diesmal knipste der Hauswirt es nicht wieder an. Er schloß hastig die Tür hinter ihnen.

«Möglich, daß er schon gestern abend weggefahren ist», meinte Wexford zu Lovat. «Er könnte nach Paris oder Brüssel oder Amsterdam gefahren und von dort geflogen sein.»

«Aber warum hätte er das tun sollen?» widersprach Hutton. «Er konnte doch gar nicht wissen, daß wir nach all der Zeit immer noch hinter ihm her sind.»

Wexford hatte keine Lust, ihnen in diesem Stadium von Howards Beteiligung an der Sache oder gar von Howards Begegnung mit Hathall gestern abend zu erzählen. Ihm selbst aber war es da oben in dem kalten, verlassenen Zimmer in aller Schärfe bewußt geworden: Hathall hatte Howard etwa um sieben Uhr gesehen, hatte begriffen, daß dieser Mann ihn verfolgte, und hatte ihn kurz darauf abgehängt. Das Taxi, in das er gestiegen war, hatte zuerst das Mädchen abgesetzt und ihn dann in die Dartmeet Avenue gefahren. Dort hatte er rasch alles mit dem Hauswirt geregelt, hatte sein Gepäck genommen und war abgehauen. Aber wohin? Erst wieder zu ihr, und dann...? Wexford hob unglücklich die Schultern und ging über die Straße in die Telefonzelle.

Burdens Stimme teilte ihm mit, daß der Flughafen noch durch den Nebel lahmgelegt sei. Es wimmele dort nicht nur von enttäuschten, verhinderten Reisenden, sondern mittlerweile auch von gewissenhaft fahndenden Polizisten. Hathall sei aber nicht aufgetaucht. Und wenn er, wie Hunderte von anderen Leuten auch, angerufen hätte, so habe er nicht seinen Namen genannt.

«Aber er weiß, daß wir hinter ihm her sind», sagte Burden.

«Wie meinen Sie das?»

«Erinnern Sie sich an einen Burschen namens Aveney? Manager bei Kidds?»

«Natürlich. Was zum Teufel soll das?»

«Der hat gestern abend bei sich zu Hause einen Anruf von Hathall bekommen. Hathall wollte wissen – er fragte das so ganz nebenher, versteht sich –, ob wir uns bei Kidds nach ihm erkundigt hätten. Und Aveney, der Idiot, hat gesagt ja, aber nicht wegen seiner Frau, das sei ja alles vorbei, wir hätten uns bloß die Bücher ansehen wollen für den Fall, daß da mit den Lohnlisten irgendwas faul sei.»

«Und wieso wissen wir das?» fragte Wexford verblüfft.

«Aveney kriegte hinterher Bedenken, überlegte, ob er ihm überhaupt irgendwas hätte sagen dürfen, obgleich er ja wußte, daß unsere Ermittlungen zu nichts geführt hatten. Anscheinend hat er versucht, Sie heute morgen zu erreichen, und als das nicht klappte, hat er sich schließlich an Mr. Griswold gewandt.»

Das also war der Anruf gewesen, den Hathall von der Telefonzelle in der Dartmeet Avenue aus getätigt hatte, dieser verflixten Telefonzelle, nachdem er sich von seinem Hauswirt verabschiedet hatte und bevor er in das Taxi stieg. Aveneys Auskünfte zusätzlich zu der Tatsache, daß er Howard erkannt hatte, reichten natürlich vollkommen aus, ihn in Panik zu versetzen. Wexford ging wieder zurück über die Straße und stieg in den Wagen, wo Lovat eine seiner gräßlichen kleinen, qualmenden Zigaretten rauchte.

«Ich glaub, der Nebel lichtet sich, Sir», sagte Hutton.

«Schon möglich. Wie spät ist es?»

«Zehn vor acht. Was machen wir jetzt? Zurück zum Flugplatz, oder sollen wir versuchen, Morag Greys Wohnung ausfindig zu machen?»

Mit gedehntem Sarkasmus erwiderte Wexford: «Das versuche ich seit neun Monaten, Sergeant, der normalen Zeitspanne des Austragens, aber zur Welt gebracht hab ich nichts. Vielleicht glauben Sie, das innerhalb von ein paar Stunden bewerkstelligen zu können?»

«Wir könnten ja wenigstens durch Notting Hill zurückfahren, Sir, statt den schnelleren Weg über die North Circular zu nehmen.»

«Mensch, machen Sie, was Sie wollen», knurrte Wexford und lehnte sich in die Ecke, so weit wie möglich von Lovat und seiner Zigarette entfernt, die genauso schlecht roch wie die Zigarre des Hauswirts. Dachse! Landgendarme! dachte er wütend und ungerecht. Idioten, die nicht mal mit einem einfachen Ladendiebstahl anständig fertig wurden. Was glaubte Hutton eigentlich, was Notting Hill war? Ein Dorf wie Passingham St. John, wo jeder jeden kannte und auf jede Neuigkeit erpicht war, wo der Klatsch blühte, wenn ein Nachbar in ferne Länder weggezogen war?

Sie folgten der Route des Achtundzwanziger-Busses. West End Lane, Quex Road, Kilburn Road, Kilburn Park... Der Nebel lichtete sich wirklich, bewegte sich, lag hier in dichten Schwaden, waberte dort und löste sich zu dünnen Streifen auf. Die weihnachtliche Farbenpracht glitzerte wieder durch ihn hindurch, schreiend bunte

Papierfahnen in den Fenstern, grelle Sternenlämpchen, die rhythmisch aufblinkten. Shirland Road, Great Western Road, Pembridge Villas, Pembridge Road…

Eine von diesen Haltestellen, dachte Wexford und richtete sich auf, mußte die sein, wo Howard Hathall in den Achtundzwanziger hatte einsteigen sehen. Überall zweigten Straßen ab, Straßen, die wieder in andere Straßen mündeten, in Plätze, in ein bevölkertes, urbanes Dickicht. Sollte Hutton doch sehen, was er hier…

«Halten Sie bitte, ja?» sagte er plötzlich.

Rosa Licht ergoß sich über den Fahrdamm aus den verglasten Türen des Pubs. Wexford hatte das Schild gesehen und sich blitzartig erinnert. Das *Rosy Cross*. Wenn sie hier regelmäßig Gäste gewesen waren, wenn sie sich hier häufig getroffen hatten, dann erinnerte sich vielleicht der Inhaber oder der Barkeeper an sie. Vielleicht hatten sie sich auch gestern abend hier getroffen, ehe sie wegfuhren, oder sie hatten bloß noch einmal hereingeschaut, um sich zu verabschieden. Mindestens würde er es erfahren. Auf diese Weise würde er vielleicht endgültig Bescheid wissen.

Der Innenraum war ein Inferno aus Licht und Lärm und Qualm. Die Menschenmenge war von einer Dichte und Ausgelassenheit, wie sie sich gewöhnlich erst viel später am Abend einstellen, aber es war schließlich Weihnachten, ein Tag vor Heiligabend. Es war nicht nur jeder Tisch besetzt, jeder Barhocker und jeder Platz an der Bar, sondern auch jeder Quadratzentimeter Fußboden. Die Leute standen dicht aneinandergedrängt, die Augen blinzelnd halb geschlossen, denn aus ihren Zigaretten stiegen Rauchspiralen auf, die sich mit dem blauen Dunst vermengten, der zwischen den leise schwankenden Girlanden hing. Wexford bahnte sich einen Weg an die Bar. Zwei Barmänner und ein Mädchen bedienten, servierten fieberhaft Getränke, wischten über den Tresen, versenkten schmutzige Gläser in das dampfende Spülbecken.

«Der nächste bitte?» rief der ältere der beiden Barkeeper, der Inhaber vielleicht. Sein Gesicht war rot, die Stirn glänzte von Schweiß, und das graue Haar klebte ihm in feuchten Locken am Kopf. «Was nehmen Sie, Sir?»

Wexford sagte: «Polizei. Ich suche nach einem großen, schwarzhaarigen Mann, etwa fünfundvierzig, und einer jüngeren, blonden Frau.» Sein Ellbogen wurde angestoßen, und er spürte, wie ihm ein Rinnsal aus Bier das Handgelenk entlanglief. «Sie waren gestern abend hier. Sein Name ist…»

«Die sagen mir doch nicht ihre Namen. Und gestern abend waren hier ungefähr fünfhundert Leute.»

«Ich habe aber Grund zu der Annahme, daß sie regelmäßig hierhergekommen sind.»

Der Barmann zuckte die Achseln. «Ich muß meine Gäste bedienen. Können Sie zehn Minuten warten?»

Aber Wexford fand, er habe lange genug gewartet. Sollte die Sache in andere Hände übergehen, er konnte nichts weiter tun. Er drängte sich wieder durch die dichte Menschenmenge, wollte zur Tür. Er war wie benebelt von den Farben, den Lichtern, dem dichten Qualm und dem schweren Alkoholdunst. Farbige Umrisse allenthalben, die Kreise der roten und purpurnen Ballons, die leuchtenden, durchsichtigen Konusse der Likörflaschen, die Rechtecke der farbigen Glasfenster... Ihm schwindelte der Kopf, und ihm fiel ein, daß er den ganzen Tag noch nichts gegessen hatte. Rote und purpurne Kreise, orange und blaue Papierkugeln, hier ein grünes Glasquadrat, dort ein hellgelbes Rechteck...

Ein hellgelbes Rechteck! Sein Kopf wurde augenblicklich klar. Er hatte sich wieder in der Gewalt. Eingeklemmt zwischen einem Mann in einem Ledermantel und einem Mädchen in einem Pelzmantel blickte er durch einen winzigen Spalt, der nicht von Röcken und Beinen und Stuhlbeinen und Handtaschen verstellt war, blickte durch den beißenden blauen Qualm auf jenes gelbe Rechteck, das eine Flüssigkeit in einem hohen Glas war, und er sah, wie es von einer Hand gehoben wurde und aus seinem Gesichtsfeld entschwand.

Pernod. Kein populäres Getränk in England. Ginge hatte es mit Guiness vermischt als ‹Demon King› getrunken. Und jemand anders, nämlich *sie*, die er suchte, seine Schimäre, sein Hirngespinst, trank es verdünnt und gelb gefärbt durch Wasser. Er bewegte sich langsam vorwärts, schob sich auf den Ecktisch zu, wo sie saß, aber er kam nur auf drei Meter an sie heran. Es waren zu viele Leute im Weg. Aber jetzt gab es für ihn eine Sichtscharte auf Augenhöhe, durch die er sie sehen konnte, und er blickte sie an, unentwegt, starrte sie begierig an, wie ein verliebter Mann eine Frau anstarrt, auf deren Erscheinen er Monate und Monate gewartet hat.

Sie hatte ein hübsches Gesicht, ein müdes, blasses Gesicht. Ihre Augen waren durch den Qualm gerötet, und ihre kurzgeschorenen, blonden Haare waren an der Kopfhaut gut einen Zentimeter dunkel nachgewachsen. Sie war allein, aber der Stuhl neben ihr war mit einem zusammengefalteten Mantel belegt, einem Herrenmantel. An der Wand hinter ihr aber und zu ihren Füßen standen wie eine Mauer um sie herum ein halbes Dutzend Koffer aufgetürmt. Wieder hob sie ihr Glas und nippte daran, ohne im geringsten von ihm Notiz zu nehmen, aber sie blickte immer wieder nervös und hastig zu der schweren Mahagonitür hinüber, an der *Telefon und Toiletten* stand. Wexford zögerte, starrte weiter auf seine fleischgewordene Schimäre, bis Hüte und Haare und Gesichter sich davorschoben und sie seinen Blicken entzogen.

Er öffnete die Mahagonitür, schlüpfte in den Korridor dahinter, sah gegenüber zwei weitere Türen, und am Ende des Korridors war eine Glaszelle. Darin stand Hathall über das Telefon gebeugt; er hatte Wexford den Rücken zugekehrt. Er ruft den Flughafen an, dachte Wexford, ruft an, um zu fragen, ob sein Flug jetzt, wo der Nebel sich lichtet, abgeht. Er ging in die Herrentoilette, zog die Tür hinter sich zu, wartete, bis er Hathalls Schritte im Korridor hörte.

Die Mahagonitür fiel ins Schloß. Wexford ließ noch eine Minute verstreichen, dann ging auch er zurück in die Bar. Die Koffer waren fort, das gelbe Glas leer. Er boxte die Leute zur Seite, ignorierte Beschimpfungen, erreichte die Tür zur Straße und stieß sie auf. Hathall und die Frau standen an der Straßenecke, umgeben von ihren Koffern, und warteten darauf, daß ein Taxi vorbeikäme.

Wexford sah scharf zum Wagen hinüber, begegnete Huttons Blick, hob kurz die Hand und nickte. Drei Türen des Wagens öffneten sich gleichzeitig, und die drei Polizisten standen draußen, als hätten sie Sprungfedern in den Füßen. Und da begriff Hathall. Er fuhr herum, blickte ihnen entgegen und legte mit schützender, aber vergeblicher Geste den Arm um die Frau. Alle Farbe wich aus seinem Gesicht, das vorspringende Kinn, die scharfe Nase und die hohe Stirn verfärbten sich im dunstigen Licht der gelben Straßenlampen grünlich vor Entsetzen über das endgültige Scheitern all seiner Hoffnungen. Wexford trat auf ihn zu.

Die Frau sagte: «Wir hätten gestern abend fliegen sollen, Bob.» Und als er ihren Akzent hörte, der durch die Angst noch verstärkt wurde, da wußte er Bescheid. Es gab keinen Zweifel mehr. Aber es verschlug ihm die Sprache, er stand stumm da und überließ es Lovat, auf sie zuzugehen und mit den üblichen Verhaftungsfloskeln zu beginnen:

«Morag Grey...»

Sie preßte die Fingerknöchel an die zitternden Lippen, und Wexford sah die kleine L-förmige Narbe auf ihrem Zeigefinger, genauso, wie er sie im Traum gesehen hatte.

23

Heiligabend.

Sie waren alle angekommen, und Wexfords Haus war voll. Oben lagen die beiden kleinen Enkelsöhne im Bett. In der Küche beschäftigte sich Dora mit der Pute und beriet sich mit Denise über die immens wichtige Frage, ob man sie aufhängen oder auf das Ofenblech legen solle. Im Wohnzimmer schmückten Sheila und ihre Schwester den Tannenbaum, während Burdens Teenagerkinder den Plattenspieler einer ziemlich laienhaften Überprüfung unterzogen, damit er am nächsten Tag in Ordnung war. Burden war mit Wexfords Schwiegersohn auf einen Drink in den *Dragon* gegangen.

«Also bleibt für uns nur das Eßzimmer», sagte Wexford zu seinem Neffen. Der Tisch war bereits für das Weihnachtsessen gedeckt und in der Mitte mit einem schönen Tafelaufsatz geschmückt. Auch die Holzscheite im Kamin waren schon vorsorglich geschichtet, ebenso sakrosankt wie der gedeckte Tisch, aber Wexford hielt ein Streichholz an die Späne. «Ich werde Ärger kriegen deswegen», meinte er, «aber das ist mir egal. Mir ist ohnehin alles egal jetzt, wo ich sie gefunden habe, ich meine, wo *du* und ich sie gefunden haben», fügte er freimütig hinzu.

«Ich habe dabei ja so gut wie nichts gemacht», sagte Howard. «Ich habe nicht mal rausgefunden, wo sie wohnte. Wahrscheinlich weißt du es inzwischen?»

«Direkt in der Pembridge Road», erklärte Wexford. «Er selbst hatte bloß dieses elende Zimmer, aber für sie zahlte er die Miete für eine ganze Wohnung. Kein Zweifel, er liebt sie, obwohl es mir wirklich fernliegt, in bezug auf ihn sentimental zu werden.» Er nahm eine neue Flasche Whisky von der Anrichte, goß ein Glas für Howard ein, und dann kühn und entschlossen auch eins für sich selbst. «Soll ich dir die Sache erzählen?»

«Gibt's denn da noch viel zu erzählen? Mike Burden hat mich ja schon über die Identität dieser Frau informiert, über diese Morag

Grey. Ich hab versucht, ihn zu bremsen, denn ich dachte mir, daß du es mir selbst erzählen wolltest.»

«Mike Burden», sagte sein Onkel, als das Feuer zu knistern und zu flackern begann, «hatte heute frei. Ich habe ihn nicht mehr gesehen, seit wir uns gestern nachmittag auf dem Flughafen getrennt haben. Der kann dich gar nicht informiert haben, denn er weiß von nichts, außer – steht es womöglich schon in der Abendzeitung? In den Gerichtsnachrichten, meine ich?»

«In den frühen Ausgaben jedenfalls nicht.»

«Dann gibt es noch eine Menge zu erzählen.» Wexford zog die Vorhänge vor den Nebel draußen, der sich am Nachmittag wieder eingestellt hatte. «Was hat Mike denn gesagt?»

«Daß es mehr oder weniger alles so gewesen sei, wie du es vermutet hattest, nämlich daß sie alle drei in diesem Lohnlistenbetrug drinsteckten. War es denn nicht so?»

«Meine Theorie», meinte Wexford, «hatte viel zu viele Löcher.» Er rückte seinen Sessel dichter an das Feuer. «Auch gut, sich so zu entspannen, was? Bist du nicht auch froh, daß du nicht wieder Wache schieben und nach West End Green rausfahren mußt?»

«Ich muß es noch mal sagen, ich hab sehr wenig getan. Aber daß du mich jetzt zappeln läßt, das hab ich doch nicht verdient.»

«Stimmt, und ich laß dich auch nicht mehr zappeln. Es hat tatsächlich diesen Lohnlistenbetrug gegeben. Hathall hat mindestens zwei fiktive Konten eingerichtet, vielleicht auch mehr, und zwar bald, nachdem er bei Kidds angefangen hatte. Zwei Jahre lang bezog er auf diese Weise mindestens dreißig Pfund extra pro Woche. Aber Morag Grey hatte nichts damit zu tun. Sie hätte niemals jemandem geholfen, eine Firma zu betrügen. Sie war eine ehrliche Frau. Sie war so ehrlich, daß sie nicht mal eine Pfundnote für sich behielt, die sie auf dem Boden der Büros gefunden hatte, und so aufrichtig, daß sie nicht länger mit einem Mann verheiratet sein wollte, der zwei Pfund fünfzig gestohlen hatte. Sie hätte auch gar nicht mit drinstecken können, und schon gar nicht an der Planung und am Abheben des Geldes von dem Mary-Lewis-Konto beteiligt gewesen sein, weil Hathall sie erst im März kennenlernte. Sie war nur ein paar Wochen bei Kidds, und das war drei Monate, bevor Hathall dort wegging.»

«Aber Hathall war doch in sie verliebt? Das hast du doch selbst gesagt. Und was für ein anderes Motiv ...»

«Hathall war in seine Frau verliebt. Oh, ich weiß, wir haben vermutet, er sei, was die Liebe betrifft, auf den Geschmack gekommen, aber welche wirklichen Beweise hatten wir denn dafür?» Mit einem geheimen Stolz, zu gut verborgen, als daß Howard ihn hätte bemerken können, sagte Wexford: «Wenn er für Frauen so empfänglich war, weshalb hätte er dann wohl die Avancen einer gewissen – sehr attraktiven – Nachbarin zurückweisen sollen? Warum machte er auf jeden, der ihn kannte, den Eindruck eines geradezu obsessiv ergebenen Ehemannes?»

«Das mußt *du* mir erklären», grinste Howard. «Gleich wirst du mir wohl auch noch erzählen, daß Morag Grey Angela Hathall gar nicht ermordet hat.»

«Stimmt. Hat sie nicht. Angela Hathall hat Morag Grey ermordet.»

Ein Gejaule tönte aus dem Plattenspieler nebenan. Über den Fußboden oben trappelten kleine Füße, und aus der Küche drang ein lautes Klirren herüber. Der Lärm erstickte Howards schwachen Protestlaut.

«Ja, ich war selbst verblüfft», fuhr Wexford leichthin fort. «Ich glaube, ich kam darauf, als ich gestern hörte, daß Morag Grey so ehrlich war und daß sie bloß so kurze Zeit bei Kidds gearbeitet hatte. Und dann, als wir sie festnahmen und ich ihren australischen Akzent hörte, da wußte ich ganz genau Bescheid.»

Howard wiegte bedächtig den Kopf, mehr verblüfft und staunend als ungläubig. «Aber die Identifizierung, Reg. Wie konnte er denn hoffen, damit durchzukommen?»

«Er ist doch damit durchgekommen, fünfzehn Monate lang. Sieh mal, dieses zurückgezogene, isolierte Leben, das sie führten, damit das Ding mit der Lohnliste klappte, kam ihnen doch auch zugute, als sie diesen Mord planten. Es wäre nicht gut gewesen für Angela, allzu bekannt zu werden, dann wäre es womöglich aufgefallen, daß sie nicht Mrs. Lewis oder Mrs. Carter war, wenn sie von den fiktiven Konten Geld abhob. Kaum eine Seele kannte sie vom Sehen. Mrs. Lake kannte sie natürlich, und ebenso ihr Vetter, Mark Somerset, aber wer hätte denn die beiden hinzugezogen, um die Leiche zu identifizieren? Dafür kam doch in erster Linie Angelas Ehemann in Frage. Und genau für den Fall, daß irgendwelche Zweifel auftauchten, nahm er doch seine Mutter mit und sorgte auch noch dafür, daß sie die Leiche als erste sah. Angela hatte Morag ihre eigenen Sachen angezogen, dazu auch noch genau die Sachen, die sie bei der einzigen früheren Begegnung mit ihrer Schwiegermutter angehabt hatte. Das war eine tolle psychologische Finesse, Howard, und ich bin überzeugt, daß Angela sie sich ausgedacht hat, die ja überhaupt sämtliche Winkelzüge dieser Angelegenheit ausgetüftelt hat. Es war die alte Mrs. Hathall, die uns anrief, und die alte Mrs. Hathall, die bei Gericht jedem Zweifel mit ihrer Aussage zuvorkam, ihre Schwiegertochter in Bury Cottage tot aufgefunden zu haben.

Angela fing schon Wochen zuvor an, das Haus sauberzumachen, und zwar, um ihre *eigenen* Fingerabdrücke zu beseitigen. Kein Wunder, daß sie Gummihandschuhe *und* Handschuhe zum Staubwischen benutzte. Es war wohl auch kein zu schwieriges Unternehmen, wenn man bedenkt, daß sie die ganze Woche allein war ohne Hathall, der dort auch noch überall seine eigenen Fingerabdrücke verteilen konnte. Und wenn wir unsere Zweifel hatten wegen dieser extremen Sauberkeit, welche bessere Erklärung gab es schon dafür, als daß sie das Haus für den Besuch der alten Mrs. Hathall so perfekt hergerichtet hatte?»

«Dann stammte also der Handabdruck mit der L-förmigen Narbe von ihr?»

«Natürlich.» Wexford trank seinen Whisky sehr langsam, um lange etwas davon zu haben. «Die Abdrücke, die wir für die ihren hielten, waren Morags. Die Haare in der Bürste, die wir für ihre hielten, waren Morags. Sie muß dem toten Mädchen das Haar gebürstet haben – gräßlich, was? Die dickeren, dunklen Haare dagegen waren Angelas. Den Wagen brauchte sie nicht erst in der Garage oder in Wood Green sauberzumachen. Sie konnte ihn zu jeder beliebigen Zeit in der Woche davor saubergemacht haben.»

«Aber warum ließ sie diesen einen Abdruck zurück?»

«Ich glaube, ich kann mir das vorstellen: An dem Tag, an dem Morag stirbt, steht Angela morgens früh auf, um mit dem Hausputz weiterzumachen. Sie putzt das Badezimmer, hat vielleicht gerade die Gummihandschuhe abgelegt, um die anderen zum Polieren des Bodens überzuziehen, da klingelt das Telefon. Mrs. Lake ruft an und fragt, ob sie rüberkommen kann, um die Mirakelpflaumen zu pflücken. Und Angela, verständlicherweise nervös, stützt sich mit der nackten Hand an der Seite der Badewanne ab, als sie aufsteht, um ans Telefon zu gehen.

Morag Grey sprach gälisch und konnte es sicherlich auch lesen. Das muß Hathall gewußt haben. Also beschaffte sich Angela ihre

Adresse – sie hatten sie wahrscheinlich schon länger im Auge – und schrieb ihr, oder rief sie an, was wahrscheinlicher ist, um sie zu fragen, ob sie ihr bei einer Studie über keltische Sprachen assistieren könne. Morag, eine Hausangestellte, konnte sich dadurch nur geschmeichelt fühlen. Und arm war sie auch, sie brauchte Geld. Dies, glaube ich, war der gute Job, den sie einer Nachbarin gegenüber erwähnt hatte, und um diese Zeit gab sie auch ihre Putzarbeit auf und ging auf Sozialunterstützung, bis Angela soweit war, daß sie mit ihr anfangen konnte.»

«Aber kannte sie Angela denn nicht?»

«Wieso sollte sie? Angela hatte ihr wahrscheinlich einen falschen Namen genannt, und ich wüßte nicht, aus welchem Grund sie Hathalls Adresse gekannt haben sollte. Am neunzehnten September fuhr Angela in die Altstadt von Myringham hinüber, holte sie ab und fuhr mit ihr nach Bury Cottage zu einer Besprechung über ihre zukünftige, gemeinsame Arbeit. Sie führte Morag nach oben, damit sie sich die Hände waschen oder auf die Toilette gehen oder sich das Haar kämmen konnte. Und dort strangulierte sie sie, Howard, mit ihrem eigenen, goldenen Schlangenhalsband.

Danach war es dann ganz einfach: Morag das rote Hemd und die Jeans anziehen, ein paar bewegliche Gegenstände mit ihren Fingerabdrücken versehen, ihr Haar bürsten. Handschuhe an, mit dem Wagen den Hohlweg runter, und ab nach London. Ein oder zwei Nächte im Hotel, bis sie ein Zimmer gefunden hatte, wo sie die Zeit abwartete, bis Hathall nachkommen konnte.»

«Aber warum, Reg? Warum sie umbringen?»

«Weil sie eine ehrliche Frau war und weil sie rausgekriegt hatte, was Hathall machte. Sie war nicht dumm, Howard, sie gehörte eher zu den Leuten, die zwar Fähigkeiten, aber zu wenig Antrieb haben. Sowohl ihr früherer Arbeitgeber als auch ihre Mutter haben doch bestätigt, daß die Arbeit, die sie verrichtete, unter ihrem Niveau lag. Ihr charakterschwacher Ehemann habe sie heruntergezogen. Wer weiß? Vielleicht hätte sie die Fähigkeit gehabt, einem echten Etymologen Hilfestellung im Gälischen zu leisten, und vielleicht dachte sie, dies sei jetzt, da sie Grey los war, ihre Chance, etwas aus ihrem Leben zu machen. Angela Hathall ist, wenn man es richtig bedenkt, wirklich eine sehr gute Psychologin.»

«Das verstehe ich schon alles», sagte Howard, «aber wie hat Morag den Betrug mit der Lohnliste rausgekriegt?»

«Das», bekannte Wexford freimütig, «weiß ich auch nicht – noch nicht. Ich könnte mir das so vorstellen: Hathall ist vielleicht eines Abends länger geblieben, während sie dort schon saubermachte, und dabei hat sie womöglich ein Telefongespräch mit angehört, das er mit Angela über die Sache führte. Vielleicht hatte Angela ihm eine falsche Adresse vorgeschlagen, und er rief sie an, um zu fragen, ob er sie richtig mitbekommen hatte, ehe er sie in den Computer einspeiste. Vergiß nicht, daß Angela die Triebfeder bei der ganzen Geschichte war. Du hattest vollkommen recht mit deiner Vermutung, sie habe ihn beeinflußt und korrumpiert. Und Hathall ist doch genau der Mann, der eine Reinmachefrau wie ein Möbelstück betrachtet. Aber selbst wenn er sich vorsichtig geäußert hat, der Name Mrs. Mary Lewis und die Adresse Maynnot Way 19 mußten Morag ja aufhorchen lassen, denn das war doch nur ein Stück die Straße hinunter, wo sie und ihr Mann wohnten, und sie wußte, daß es dort keine Mary Lewis gab. Und wenn Hathall dann unmittelbar nach dem Telefongespräch die Daten in den Computer eingespeist hat...»

«Du meinst, sie hat ihn erpreßt?»

«Das bezweifle ich. Sie war eine ehrliche Frau. Aber womöglich hat sie gleich auf der Stelle nachgefragt. Vielleicht hat sie ihm bloß gesagt, sie habe gehört, was er gesagt hätte, und da gäbe es gar keine Mary Lewis, und wenn er dann nervös geworden ist – mein Gott, du solltest den sehen, wenn er nervös wird! –, dann könnte es sein, daß sie mehr und mehr Fragen gestellt hat, bis sie eine verschwommene Vorstellung bekam von dem, was wirklich vor sich ging.»

«Und *darum* haben sie sie umgebracht?»

Wexford nickte. «Aus deiner und meiner Sicht ist das vielleicht ein jämmerliches Motiv, aber aus *ihrer*? Sie hätten doch keine ruhige Minute mehr gehabt, denn wenn Hathalls Schwindel entdeckt worden wäre, dann hätte er seinen Job verloren, hätte auch seine neue Stellung bei Marcus Flower verloren und hätte nie wieder eine Beschäftigung auf dem einzigen Gebiet gefunden, für das er ausgebildet war. Du darfst nicht vergessen, was für ein paranoides Paar die beiden sind. Sie fühlten sich dauernd verfolgt und gejagt, sie verdächtigten jeden noch so unschuldigen und harmlosen Menschen, daß er es auf sie abgesehen hätte.»

«Na, *du* warst ja nicht gerade unschuldig und harmlos, Reg», meinte Howard ruhig.

«Nein, und vielleicht war ich der einzige Mensch, der Robert Hathall jemals tatsächlich verfolgt hat.» Wexford hob sein fast leeres

Glas. «Frohe Weihnachten», sagte er. «Jedenfalls soll mir Hathalls Verlust der Freiheit nicht die Weihnachtsfreude verderben. Wenn jemand es verdient hat, dann er. Gehen wir zu den anderen? Mir ist so, als hätte ich Mike mit meinem Schwiegersohn kommen hören.»

Der Baum war geschmückt. Sheila tanzte mit John Burden nach den stampfenden Kakophonien, die aus dem Plattenspieler dröhnten. Nachdem Sylvia einen schläfrigen kleinen Jungen zum drittenmal in sein Bett zurückgetragen hatte, wickelte sie die letzten Geschenke ein, ein Plüschtier Marke *Kidds kits for kids*, einen Malkasten, einen Globus, ein Bilderbuch und ein Spielzeugauto. Wexford legte einen Arm um seine Frau, den anderen um Pat Burden und küßte sie unter dem Mistelzweig. Lachend streckte er die Hand nach dem Globus aus und versetzte ihm einen Stoß. Dreimal drehte er sich um seine Achse, ehe Burden begriff, weshalb. Dann sagte er:

«Und sie bewegt sich doch. Sie hatten recht. Er hat es getan.»

«Na ja, aber *Sie* hatten auch recht», sagte Wexford. «Er hat seine Frau nicht umgebracht.» Und als er Burdens verständnislosen Blick sah, fügte er hinzu: «Ich fürchte, jetzt muß ich die ganze Geschichte noch mal erzählen.»

Ruth Rendell

Dämon hinter Spitzenstores
(2677)

Durch das Tor zum Himmlischen Frieden
(2684)

Der Pakt
(2709)

Flucht ist kein Entkommen
(2712)

Die Masken der Mütter
(2723)

Alles Liebe vom Tod
(2731)

Die Grausamkeit der Raben
(2741)

Der Tod fällt aus dem Rahmen
(2754)

Die Verblendeten
(2763)

Ruth Rendell

Die neue Freundin
Kriminalstories (2778)

In blinder Panik
(2798)

Mord ist ein schweres Erbe
(2789)

Das geheime Haus des Todes
(2814)

Der Liebe böser Engel
(2830)

Mord am Polterabend
(2848)

Phantom in Rot
(2875)

Schuld verjährt nicht
(2878)

Die Tote im falschen Grab
(2874)

thriller rororo

C 2310/2 a

Killer-Ladies

Paula Gosling
Töten ist ein einsames Geschäft (2533)
Blut auf den Steinen (2826)
Tod auf dem Campus (2858)

Christine Grän
Ein Brand ist schnell gelegt. . . (2901)
Weiße sterben selten in Samyana (2777)
Nur eine läßliche Sünde (2865)

Patricia Highsmith
Venedig kann sehr kalt sein (2202)

Jane Johnston
Gesucht wird Ricky Foster (2785)

Faye Kellermann
Geh nicht zur Mikwe! (2812)

Anne D. LeClaire
Die Ehre der Väter (2902)
Herr, leite mich in Deiner Gerechtigkeit (2783)

Barbara Neuhaus
Ich bitte nicht um Verzeihung (2747)
Tatmotiv Angst (2824)

Helga Riedel
Einer muß tot (2656)
Wiedergänger (2682)
Ausgesetzt (2715)

Patricia Roberts
Gebrochene Flügel (2702)

thriller rororo

C 2165/6